Night Land Gallery

マンタム

未知なるものへの畏れ

　さまざまな骨董や剥製などを組み合わせて、奇態なオブジェを生み出す作家、マンタム。本誌新創刊準備号「幻獣」でも紹介したが、無機物と有機物とが混淆したそれらの作品は、生命のあり方の根本をも問い直し、未知なるものへの畏怖と好奇を喚起させる。
　そのマンタムはまた、展覧会や舞台などの空間演出の担い手としても知られている。マンタムにかかると空間そのものが変質し、足を踏み入れた観客は怪異でも潜んでいるかのような異様な空気感に身を震わせることになる。人を脅かすトリックが仕掛けられているわけではない。あくまでも空間に漲る気配が、オブジェ同様、われわれに未知への畏れの感覚をもたらすのだ。
　そう、その畏れという感覚をこれほどまで体感させてくれる作家は、なかなかいない。（沙月樹京）

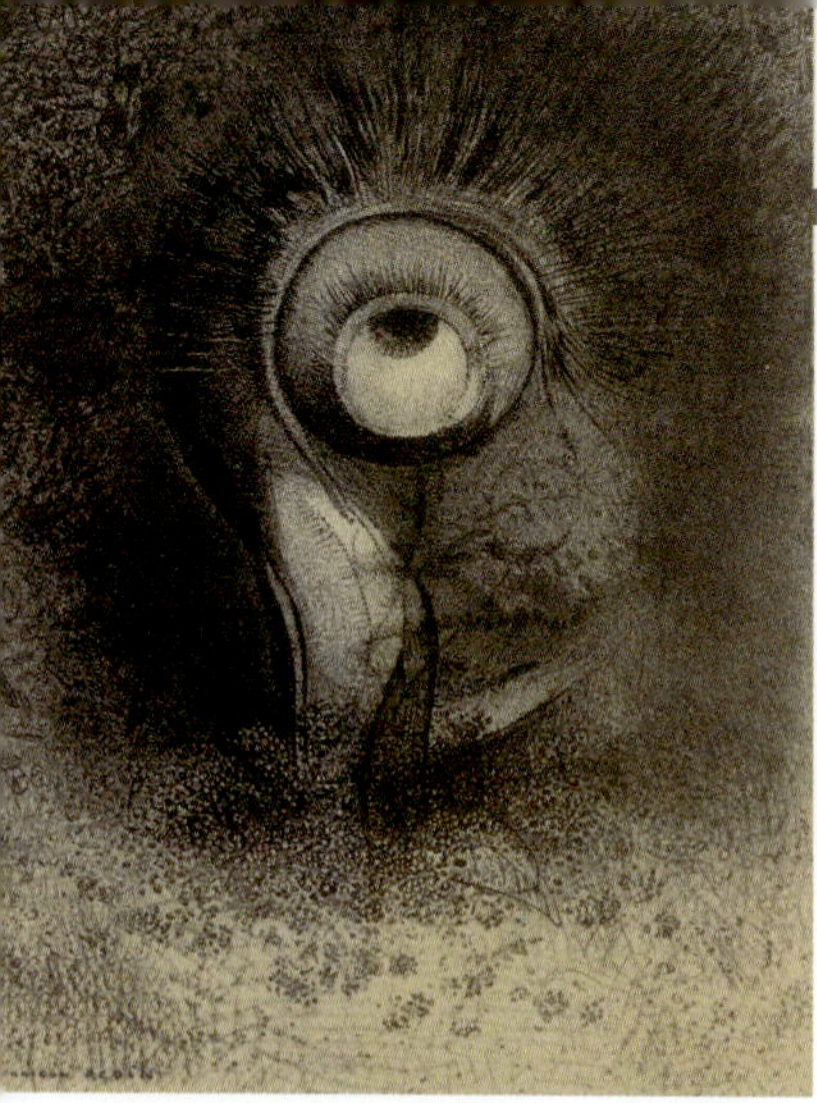

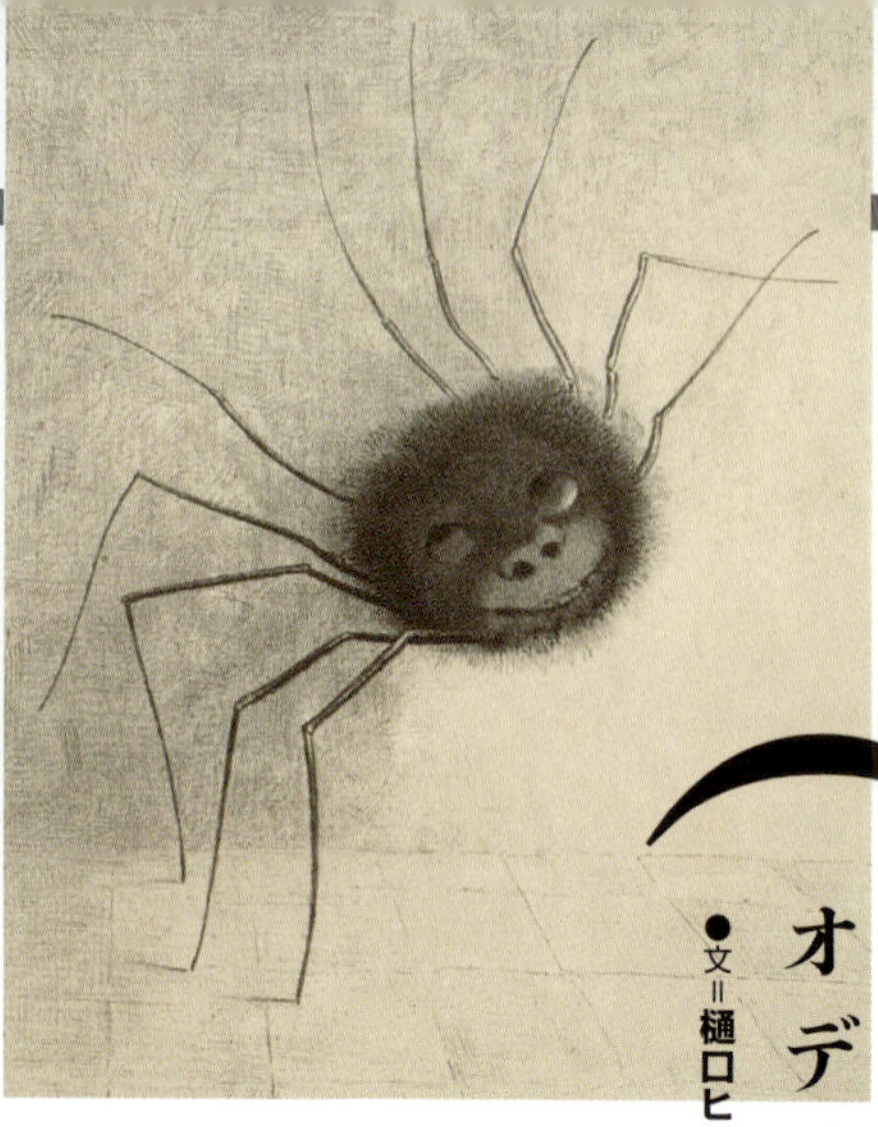

魔の図像学⑫
オディロン・ルドン

●文＝樋口ヒロユキ

オディロン・ルドン（一八四〇〜一九一六）は見えない世界を描こうとした画家だった。印象派の画家たちが、発明されて間もないチューブ入りの油絵具を携え、屋外の明るい風景へ飛び出していった十九世紀後半、ルドンは彼らとまったく逆に、肉眼では見えない世界へと沈潜したのだ。

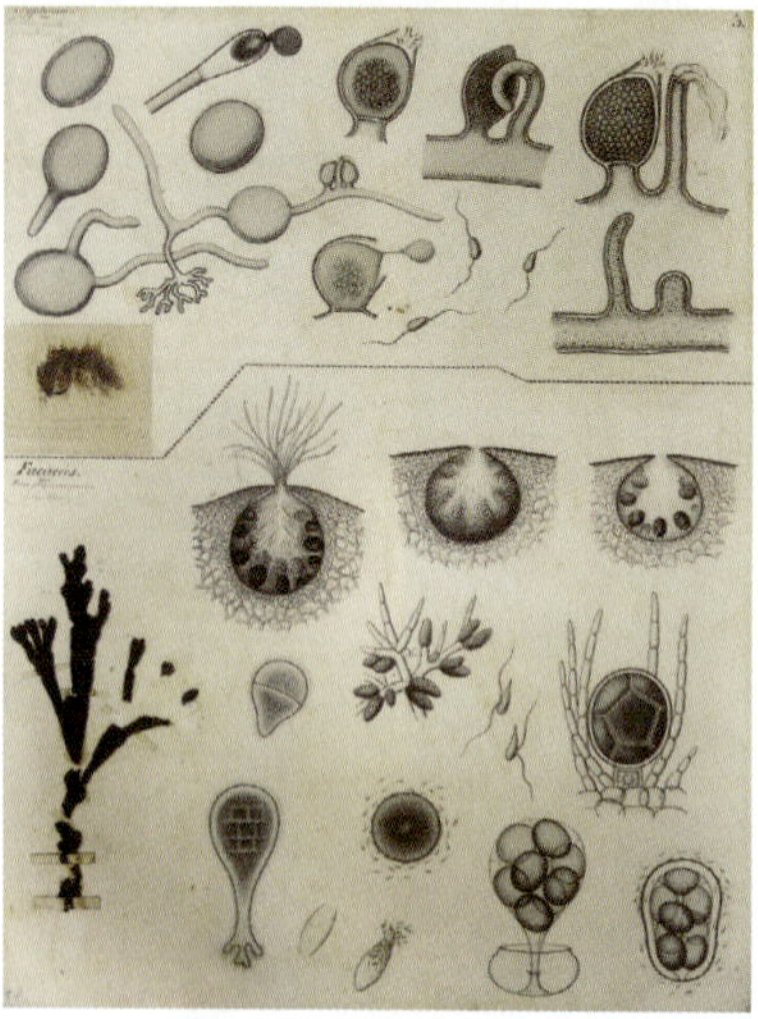

★アルマン・クラヴォー《植物学素描1 標本画30 藻類》

実際、彼のモノクロの銅版画には、我々が見たこともない奇妙な生き物が登場する。眼球を備えたウミユリのような生物、猿の顔を持った蜘蛛、鳥の雛のような顔とオタマジャクシのような尾を持つ生き物などなど。水中の微生物やプランクトンのような、ルドンのこうした奇怪な生物たちは、当時ボルドーの植物園に勤務していた植物学者、アルマン・クラヴォー（一八二八〜一八九〇）との出会いから生まれたと言われている。

ルドンは二十歳の頃、この一回り上の研究者と出会ったが、クラヴォーの資質は植物学者というより博物学者に近いものだった。インドからギリシャ、西洋全般に及ぶ、広範な地域の美術、哲学、文学の知識。植物の仔細な形象を記録する、ボタニカルアートの描き手としての腕前。クラヴォーはその該博な知識と自身の手になる細密な植物画、そして顕微鏡を通じた微生物の姿によって、若きルドンを魅了したのである。

当時最先端の文学にも通暁していたクラヴォーは、さまざまな幻想文学もルドンに紹介した。エドガー・アラン・ポーの作品群や、ギュスターヴ・フローベール

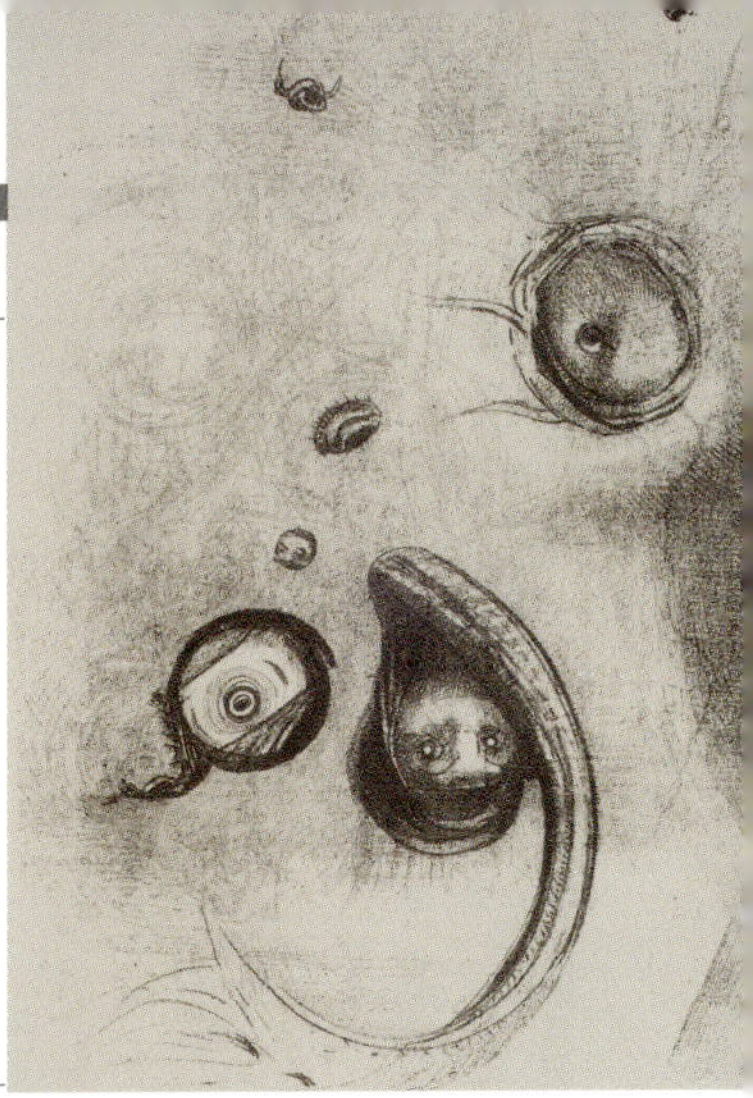

★（右から）ルドン《蜘蛛》（一八八七）
ルドン『起源』《Ⅱ　おそらく花の中に最初の視覚が試みられた》（一八八三）
ルドン『聖アントワーヌの誘惑』第三集《XIII　頭を持たない眼が軟体動物のように漂っていた》（一八九六）

――自然主義文学のさきがけ『ボヴァリー夫人』の作者というよりも、『ヘロディア』や『聖アントワヌの誘惑』といった幻想小説の書き手としてのフローベールをルドンに紹介したのは、この博覧強記の人物である。

やがてルドンは、異端、奇想の小説家、J・K・ユイスマンスに見出されることになる。『現代芸術』誌上などで美術評論を執筆していたユイスマンスはルドンに注目。自身の長編小説『さかしま』（一八八四）のなかで、彼の作品を取り上げたのである。

ご存知の読者も多いと思うが『さかしま』は、没落貴族の末裔であるフロルッサス・デ・ゼッサントが主人公だ。デ・ゼッサントは全世界を軽蔑しつつ郊外の自邸にひきこもり、ありあまる遺産で豪奢な家具調度や美術品、宝飾品や稀覯本を買い集めていく。『さかしま』はこの怠惰な男の耽美生活を綴った長編で、主人公が自邸からほぼ一歩も出ることなく物語が進行する、元祖ひきこもり小説ともいうべき奇書である。ユイスマンスはこの主人公の蒐集品として、ルドンの銅版画を取り上げたのだ。

「作者は多くの場合、絵画の限界を飛び越えて、きわめて特殊の幻想、病気と精神錯乱の幻想を創始していた。（略）ポオの読書に伴う幻覚と恐怖の印象とを、オディロン・ルドンは別の芸術に置き換えたのであった」（『さかしま』澁澤龍彦訳）

だがルドンは後年になって一転、パステルや油彩で描かれた、色彩豊かな神話的世界の光景に向かう。山並みの彼方からこちらを覗き込む一つ目の巨人、キュクロプス。太陽の神アポロンの乗る、四頭だての天馬の馬車。海底の巨大なシャコ貝に抱かれて眠るヴィーナスの姿……。かつて顕微鏡の中の極小の世界や、自身の幻覚の内奥の世界に向かったルドンの目は、同じ不可視の世界といっても、色鮮やかな

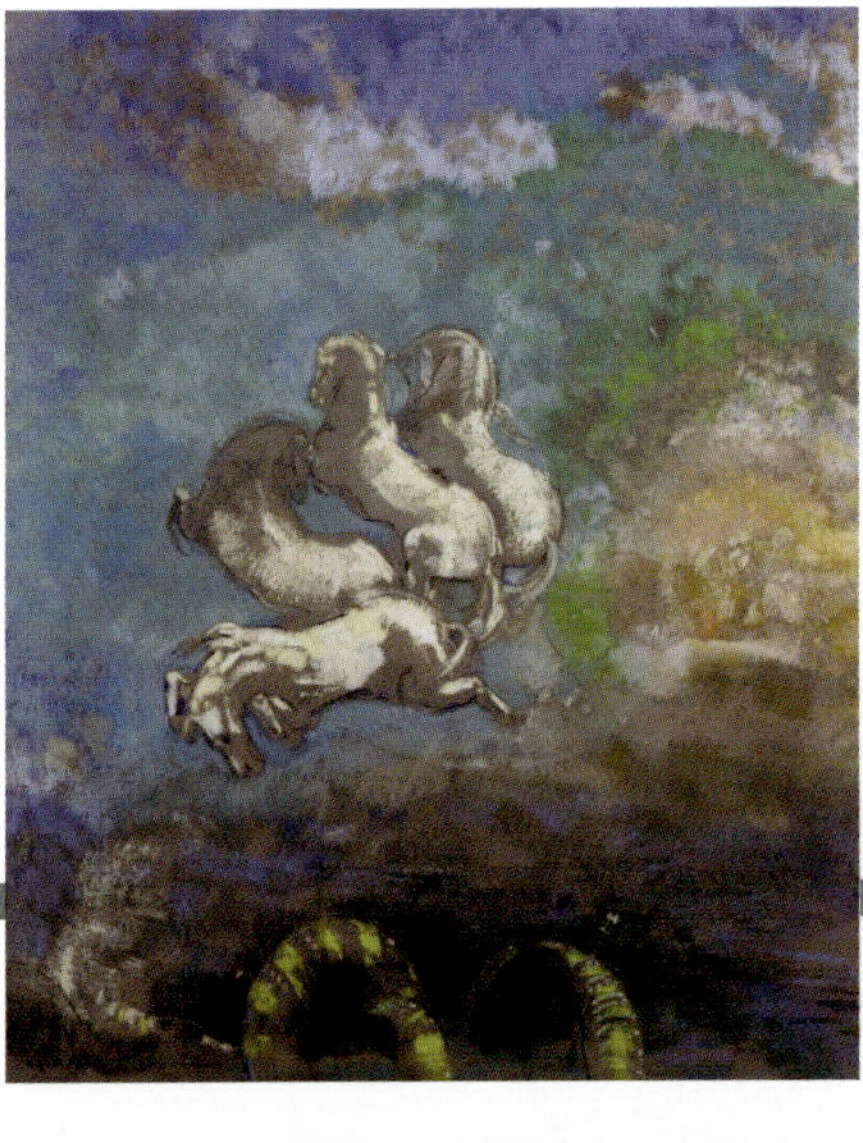

★（右から）ルドン《キュクロプス》（一八九八～一九〇〇頃）
ルドン《アポロンの二輪馬車（アポロンの馬車と竜）》（一九〇九～一九一〇頃）

★ルドン《ヴィーナスの誕生》（1912）

光渦巻く、極大の神話世界へと向かったのである。

　こうしたルドンの画風の変遷は、彼の個人史と深く関わっている。母親に疎まれて里子として育ち、病弱で内向的な少年時代を過ごしたルドンは、国立美大に入学するも中退、不遇のうちに青年時代を過ごす。ユイスマンスらに注目されて、やっと画業を軌道に乗せるも、それから間もない一八八六年、今度は誕生したばかりの長男を、生後わずか半年で亡くしている。一連の陰鬱な銅版画は、そうした時代に生まれたのだ。

　彼の人生に転機が訪れるのは、次男が誕生した一八八九年。ルドンの絵が色彩の奔流で満たされだすのは、翌年以降のことである。ある意味、ルドンはきわめてストレートな画家だったと言える。暗く陰鬱な青年時代には黒白のみの銅版画を、愛情あふれる家庭生活を営んだ時期には、色鮮やかなパステルや油彩を描いたからだ。彼はこうしたストレートな感情を、博物学や幻想文学の知識で彩りながら描いたのである。

★ルドン《この無限な宇宙の永遠の沈黙が、わたしをおびやかす》（1870）

　このようにルドンは実人生を制作の基盤に据えつつ、多彩な教養でそれを裏打ちして制作してきた。そんな彼の教養の源としては、既に見てきた博物学と幻想文学の二つが筆頭に挙げられる。だが実はもう一つ、ブレーズ・パスカル（一六二三〜一六六二）の哲学もまた、ルドンの制作を支えた重要な影響源だった。彼には《この無限な宇宙の永遠の沈黙が、わたしをおびやかす》（一八七〇）という作品があるが、実はこのタイトル、パスカルの『パンセ』から取られたものなのだ。

　ちなみにパスカルの「無限な宇宙」という言葉には、二通りの意味がこめられている。一つは文字通り無限遠点まで広がる、極大の世界の無限性。もう一つは極小の世界の無限性で、分子、原子、さらに小さな世界へと分け入っても、またもや小さな世界が現れるという、ミクロな方向への無限性だ。こうしたパスカルの無限観は、顕微鏡のなかの極小の世界と神話的な極大の世界、双方を描いたルドンのそれと、どこか似ているように思えないだろうか。

　パスカルといえば中学で習う「パスカルの原理」の発見者で、物理、数学に通じた天才哲学者だ。こうしたプロフィールだけ見ると、なにか超合理主義的な理系哲学者のように思えるが、彼は決して無神論者ではなく、むしろ敬虔なキリスト教徒だった。くだんの言葉も「神なき宇宙の恐ろしさ」を述べたものではなかった。パスカルにとっての神とは、存在するかどうかさえ人智では知り得ない、沈黙の彼方の存在だったのだ。

　誰にもその存在を確かめることができず、無限に、永遠に沈黙を続けるもの。それこそがパスカルにとっての神だった。面白いことにルドンにも《沈黙》と題された作品があるが、そこでは人差し指を口に当てて沈黙を示唆するイエスの姿が描かれている。ルドンもまた神を沈黙の存在、語り得ぬ存在として捉えていたのである。

　実際、私たちの日常の中で、神はその姿を簡単には見せない。神も仏もあるものか、という気分になることもしばしばだ。だがパスカルはこう考えた。もし神がいない方に賭けた場合、神が存在してもしなくても、どちらでも何も得られない。だが逆に神がいる方に賭けた場合、神がいなくとも失うものは何もないが、神がおられた場合、得られる幸福は無限大ではないか、と。

　ルドンにはこのほか《心には心なりの理由があり、それは理性には知りえない》（一八八七頃）という作品もあり、このタイトルもやはり『パンセ』の一節。朝は哲学書を読んでから仕事にかかるのが常だったという彼が、パスカルに深い影響を受けていたことは間違いない。おそらくルドンはパスカルの著作と出会って神がいる方に賭け、自分を鼓舞して制作を続けたのに違いない。

　パスカルを持ち出すまでもなく、宇宙の時空は無限であり、人間がその目で見られるのは、そのごくわずかな部分に過ぎない。不可視の世界、不可視の存在は我々のすぐそばにあるが、ふだんはじっと沈黙している。ルドンはそうした不可視の世界を信じ、命を賭けて描き続けた。そして彼はこの賭けに、生涯をかけて「勝った」のである。

◉参考文献
山上浩継『パスカル「パンセ」を楽しむ』講談社学術文庫（二〇一六）

★ルドン《沈黙》（1910-11）フォンフロワード修道院図書室壁画

★ルドン《心には心なりの理由があり、それは理性には知りえない》（1887頃）

諸星大二郎インタビュー

神話の下に潜むもの

●文責・採録＝牧原勝志
●写真・取材協力＝小笠原じいや

諸星氏近影

諸星大二郎：漫画家。一九四九年、長野県に生まれる。七〇年、「ジュン子・恐喝」が〈COM〉一二月号月例新人に入選。七三年に本格的に作家活動を開始、翌七四年、SF短編「生物都市」が第七回手塚賞に入選、審査員を勤めた筒井康隆を驚嘆させた。同年〈週刊少年ジャンプ〉に連載を開始した「妖怪ハンター」以降、「暗黒神話」「マッドメン」はじめホラー、SF、伝奇の要素の濃い作品を長年に亘って発表し続けている。九二年「ぼくとフリオと校庭で」と「諸怪志異（一）異界録」で日本漫画家協会賞優秀賞、二〇〇〇年「西遊妖猿伝」で手塚治虫文化賞マンガ大賞、〇八年「栞と紙魚子」で文化庁メディア芸術祭マンガ部門優秀賞、一四年「瓜子姫の夜・シンデレラの朝」で芸術選奨文部科学大臣賞を受賞。漫画家、小説家、アーティスト、映像作家などクリエイターにもファン層を厚く持つ。近作は「BOX」「雨の日はお化けがいるから」。現在も〈幽〉〈ビッグコミック増刊〉を中心に活躍中。

【ホラーへの志向のはじまり】

——〈ナイトランド・クォータリー〉はホラー小説誌ですので、ホラー作品を中心にしたお話をうかがわせてください。

諸星先生の作品からは、ホラーへの強い志向が感じられます。たとえば、一九七三年の商業誌デビュー作「不安の立像」[*1]は、漫画というジャンルに限定されない、小説と並べてもホラー短篇の傑作に数えられると思うのですが、早いうちにあのような作品をお書きになったのは、どのようなお気持ちからでしょうか。

「あの頃は、何を書いたらいいのかわかりませんでした。ただ、怖いものを書いてやろう、という気持ちはありました。そんな時に読んだのが、創元推理文庫の『怪奇小説傑作集』で、あの五巻のアンソロジーでアーサー・マッケンやH・P・ラヴクラフトを知りました。特にラヴクラフトの「ダンウィッチの怪」には惹かれましたね。「宇宙的恐怖」という概念は、他の作家にはないものですから。

「不安の立像」を書いた頃は勤め人（東京都電気研究所在勤）だったので、通勤のあいだに電車の窓の外を見ていて、あの筋を思いついたのだと思います」

——線路沿いに影が立っているのに誰も気づかないくだりや、それを追っていくと地下深く続いていく果てしない道に至るあたり、その先に別の世界があることを暗示していて、ラヴクラフトの作品と共通する恐怖感があります。同じ頃の怪奇漫画とはまったく違う魅力を感じました。

その頃は幻想文学の出版ブームがあって、海外の作品が多く邦訳され、〈SFマガジン〉や〈ミステリマガジン〉だけでなく、後続の〈奇想天外〉や専門誌の〈幻想と怪奇〉などに短篇が数多く掲載されました。諸星先生の短篇ホラーを読んでいると、独特の発想ときれいに決まる結末で、英米のホラー短篇やTVドラマの〈ミステリーゾーン〉と共通している印象があるのですが、そのあたりはお好きですか。

「あまり読んでいないんじゃないかな（笑）。漫画も小説も本で読むほうなので、雑誌はほとんど読みませんし。〈ミステリーゾーン〉は見たような気がしますが、あまりよく覚えてはいませんね」

——翌七四年に、「生物都市」*2で手塚賞を受賞されましたね。人体と人工物が融合していくさまを描いて、最近は「サイバーパンクの先駆だ」という声も聞くほどですが、あの作品の発想は？

「あの頃はホラーとともに、ＳＦも書きたかったのです。「生物都市」のアイデアは、いろいろなものを取り込んでいくうちに生まれてきたもので、元ネタは何か、はっきりあるわけではないですね」

——短篇と長篇、書くのはどちらがお好きですか。書き方の違いはどこにありますか。

「短篇が続くと長篇を書きたくなりますし、長篇を書いていると短篇が書きたくなります。短篇は、結末までちゃんと決めてから書くようにしていますが、長篇はもう少し適当ですね。設定や登場人物は決めても、結末までは考えないで書き始めています」

【「妖怪ハンター」と「栞と紙魚子」】

——「妖怪ハンター」シリーズの稗田礼二郎は、どのようにして生まれたキャラクターですか？

「アルジャーノン・ブラックウッドの〈ジョン・サイレンス〉ものを知ったのがきっかけでした。ミステリの名探偵が心霊現象に立ち向かうようなものを日本でもやってみたいな、と考えて、作ったのが稗田礼二郎です」

——稗田の観察者的な姿勢は、サイレンスと共通していますね。七六年に出た訳書の題名も『妖怪博士ジョン・サイレンス』で、ちょっと「妖怪ハンター」に似ています。

ところで「妖怪ハンター」というタイトルをあまりお気に召していないように聞いたことがあるのですが、本当ですか。

「そうでもないです。「妖怪ハンター」は《週刊少年ジャンプ》の編集者がつけたタイトルでした。打ち合わせで「妖怪狩り」というようなタイトルを出してみたら、「カタカナを使った方が読者の目をひく」と提案されたのでそちらにした、ということはありましたが」

＊1「不安の立像」
〈週刊漫画アクション七三年九月増刊号掲載。通勤電車の窓から、線路脇にたたずむ「影」を見つけた会社員は、その正体を追ううちに未知の世界への入口を見つける。小学館『蒼の群像』他所収。この頃の諸星氏は「袋の中」「詔命」などの短篇でも、未知なるものの恐怖を描いている。

＊2「生物都市」
〈少年ジャンプ〉七四年七月二九日号掲載。第七回手塚賞受賞作。木星の衛星イオから調査船が帰還し、同時に人間と人工物の融合が始まる。それは一つの世界の終焉であり、新たな創世でもあった。集英社『彼方より』他所収。

――妖怪と言っても、作中に登場するものは、たとえば水木しげるさんが描く妖怪とはまったく違う設定や造形で、今読んでも斬新ですね。

「伝統的な妖怪はもう水木さんが描いていましたから、目新しい妖怪を作りたい、という気持ちがありました。でも、鳥山石燕など江戸時代の妖怪画を元にすると、ユーモラスになってしまうでしょう。そこで、日本神話や縄文時代を素材にして考えるようにしました」

美術好きの諸星氏、小社刊『ExtrART』を手に

――中でも第一作「黒い探究者」[*3]のヒルコの造形はすごいですね。着想はダリの作品から、と知って驚きました（「茹でた隠元豆のある柔らかい構造」別題「内乱の予感」）。

「澁澤龍彦の『幻想の画廊から』で、ダリやヒエロニムス・ボッシュを知り、造形の参考にしました。あの本が出るまでは、どちらもほとんど日本では知られていなかったと思います」

――あの作品では、古事記を呪文として使っていましたが、その発想はどこから？

「あれは、妖怪を閉じ込めておく装置が古墳で、閉じ込めておく呪文も、扉を開く呪文も、古事記の中に隠されている、ということでしょうね」

――このシリーズは、諸星先生の作品中でももっとも長く続いていますが、最新の単行本『妖怪ハンター　稗田の生徒たち1　夢見村より』（集英社）では、稗田に代わって「花咲爺論序説」[*4]から登場する天木薫・美加兄妹や、「うつぼ舟の女」[*5]から登場する大島君と渚ちゃんが活躍していますね。このシリーズの今後はどのようにお考えですか。

「稗田は何もしないので（笑）、もっと積極的なキャラクターが欲しいな、と思って若い人たちを登場させてみました。彼らが活躍するものも、もっと書きたいですね」

――このシリーズや『暗黒神話』[*6]などに、室井恭蘭という人物の名が現れますが、どういう人物ですか。

「いかにももっともらしい嘘で、歴史上の人物を作ってみました。江戸時代の狂死した国学者、という設定で、著書（『信濃秘志』『妖魅本草録』）も作中に登場させていますが、あまり細かくは決めていません」

――ラヴクラフト書くところのアブドゥル・アルハザードのようですね。

では、もう一つのホラー・シリーズ、「栞と紙魚子」についてうかがいます。〈文藝別冊〉のインタ

美術出版社,1967

ビューで「ホラーをつきつめるとギャグになる」とおっしゃっていましたが、その実践例のようですね。

「ぼくが書くと、どうもああなってしまう（笑）。怖いものを書きたい、とはいつも思っていますし、あのシリーズの中でもたまにシリアスなものを書いているんですが。

最初の「生首事件」*7は、女子高校生を主人公にした本当に怖いものにするつもりで描いて、主人公の一人が死体の首を拾うところまではよかったんだけれど、書いているうちにもう一人と掛け合いをするようになってしまって。で、結局は水槽で飼おうという、ギャグになっちゃった（笑）」

【諸星的ホラーのヴィジョン】

——諸星先生の作品は、怖がらせの書き方をしていないところが怖い。理詰めで怖いところがありますね。

「ぼくが怖がらせようとしても、書いたものが怖くならない（笑）」

——人間がどんなに知恵があっても、及ばない世界がすぐそばにあることを、絵で知らされるところに、その「怖さ」があるのだと思います。たとえば、『暗黒神話』で武《たける》がオオナムチと遭遇する異空間や、『孔子暗黒伝』*8で三本の柱の間を移動する、世界の存在を担う円盤や、「妖怪ハンター」の「蟻地獄」などで描かれる異様な遺跡の風景といった、現実にはありえない風景が目の前のコマの中にある。人知の及ばないヴィジョンが絵になっているのは、見るたびに衝撃を受けます。

＊3「黒い探究者」：雑誌掲載時のタイトルは「異端の研究者」。九州の比留子古墳に赴いた稗田は、地元の研究者を見舞った恐ろしい事件を知る。集英社『妖怪ハンター　地の巻』他所収。九一年「妖怪ハンター　ヒルコ」として、塚本晋也監督、沢田研二主演で映画化。

＊4「花咲爺論序説」：遺跡調査中の稗田の前に現れた少年、天木薫は、付近に墜落した旅客機の乗客だった。薫の生存と、この地に残る花咲爺伝説を結ぶものを、稗田は目の当たりにする。集英社『妖怪ハンター　天の巻』他所収。

＊5「うつぼ舟の女」：瓶を流し海流の調査をしていた中学生の大島潮と小島渚は、地元の神社の「うつぼ舟」伝説にまつわる事件に、稗田とともに巻き込まれる。集英社『妖怪ハンター　水の巻』他所収

＊6『暗黒神話』：一九七六年〈週刊少年ジャンプ〉に連載。中学生の山門武は、父が命を落とした蓼科を訪れたのを機に、神代から続く闘争に巻き込まれる。二〇一五年に大幅に加筆した完全版が刊行された。（画像は集英社二〇一七）

＊7「生首事件」：無気味な事件ととぼけたユーモアという、「栞と紙魚子」シリーズの特色を決めた〈ネムキ〉連載の第一作。公園で栞がバラバラ殺人事件の被害者の首を拾い、警察には届けずに友人の紙魚子に相談する。

＊8『孔子暗黒伝』：一九七七〜七八年、週刊少年ジャンプ〉に連載。周の遺跡で孔子が見つけた赤《せき》と、インドの逃亡奴隷アスラ。二人は宇宙の存亡を手にする運命にあった。

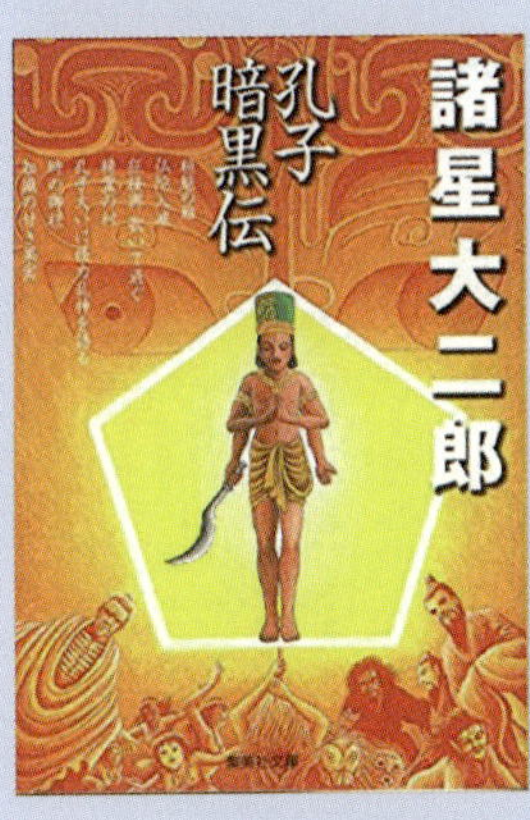

「「蟻地獄」[*9]の、正方形の穴が並んでいる遺跡に近いものは、ラヴクラフトあたりが書いていたんじゃなかったかな。やはりどこかで影響を受けているんでしょうね」

――ラヴクラフトといえば、特有の用語は、先生の作品には「栞と紙魚子」のクトルーちゃんくらいしか出てきませんね。用語を使うのはパロディ的な効果を狙って？

「あれはパロディと言っていいのかな（笑）」

――用語を使わなくても、御作のあちこちに、ラヴクラフトの世界観を連想させる要素はありますね。アメリカには神話がないから、ラヴクラフトは自分で神話を作ったけれど、先生の作品を読んでいると、日本神話そのものが恐ろしいもので、そこにたとえばクトゥルーがいたとしても、八百万の神々の一柱でしかないのだ、という気さえしてきます。

「結局、神話は〈草木もの言う時代〉から伝わるものでしたが、大和朝廷がそれを神話体系にし、記録し、それをもって他の民族を押さえつけ葬り去ってきたわけですからね。でも、そういう体系には、ほころびも矛盾もあるわけです。だから、その隙間から古い、押さえつけられたものたちが出てくるんじゃないか。押さえつけているものを全部ひっぺがしたら、いったい何が出てくるか。そんなことはしばしば考えますね」

【漫画と小説、日常と夢】

――漫画を描くさいにはまずシナリオから、と聞いていますが、シナリオの詳細さは少し手を入れるだけで小説になりそうですね。諸星先生の小説は、『キョウコのキョウは恐怖の恐』（二〇〇四）『蜘蛛の糸はかならず切れる』（〇七）と、短篇集二点がありますが、収録作はシナリオを作る過程で生まれてきたものですか。

「小説を書くきっかけはワープロを買ったことでした。最初は、見た夢を日記につけていましたが、ワープロを使うとこれまでの手書きがきれいな文字になるのが面白くなってきました。そこで夢日記を打ち込むようにしているうちに、これは小説にできないかな、と思ったんです」

――すると、小説の素材は夢から？

『キョウコのキョウは恐怖の恐』装画もご自身で。

「『キョウコ…』に入れたものは、ほぼそうですね。最初に書いたのは「秘仏」[*10]でした」

――あれは怖い作品でしたね。漫画のほうでも、夢を素材には？

「使うことはありますね。でも、よく言われるように、この夢は使える、と思って書き留めておいても、後で見ると使えたものじゃない。それでもたまに、うまくいくものもありますね。たとえば「沼の子供」[*11]のように。あれの冒頭の、アンデス山中らしい所の沼に子供が二人いるというのは、ほぼ夢に見たままです」

――漫画と小説、絵と文字の表現の違いを感じたことは？

「小説は趣味ですからね。漫画ならきちんとプロットを立てて、構成をまとめて、これで作品になるな、と見通しをつけてから始める。小説はそういうことを考えないで、すぐ頭から書きはじめます。

小説も時間があればまた書いてみたいのですが、しばらくやっていないし、今はどちらかというと、絵を描く方に興味が向いていますね。こちらも趣味ですが、開田裕治さんが幹事になって毎年開催されているグループ展〈幻獣神話展〉には、続けて出品させてもらっています」

――小説といえば、『あもくん』[*12]は漫画に超短篇「ゆびさき怪談」と、幼い頃の御子息にしてあげた怖いお話を加えて、漫画と小説を融合させた単行本になっていますね。

「あの本は〈幽〉連載（〇四〜継続中）のうち十年分をまとめたものですが、掲載誌が年二回の発行で、一回のページ数が少ない。だから十年分の二十篇でも、単行本にするにはちょっと薄いので、文章のページを加えて一冊にまとめました。

　このシリーズは、日常から物語がはじまる点では、「栞と紙魚子」と共通していますね。家の間取りは当時住んでいたところをそのまま描いているし、大体、近所を舞台にしているものが多いし」

——だから、怖い中にもどこか優しさや居心地の良さが感じられるんですね。

　最後に、今年の御作の予定をうかがえれば。

「各誌の連載は続きますが、どれも単行本を出したばかりなので、次の本はまだ先でしょう。二〇〇一年に二冊出した、大判の自選短篇集（『汝、鬼になれ、人になれ』『彼方より』集英社）の三冊目を出す企画が、数年越しで進んでいるので、今年出せればいいですね」

——これからお書きになりたいものは？　ラヴクラフトに真っ向から挑む、本格的なクトゥルー神話なんて、いかがでしょう。

「うーん、どうかな。いろいろ書きたいものはあるのですが……（笑）」


（二〇一八年一月、武蔵野市、諸星邸にて）

参考：
「ユリイカ」二〇〇九年三月号（青土社）
「文藝別冊　諸星大二郎」（河出書房新社）

自著にサインする諸星氏

＊9「蟻地獄」：企業コンツェルン会長・熊井は謎の遺跡の力を借りて財をなした。失踪した学生の行方を追ってその遺跡に踏み込んだ稗田は、そこが異界への通路だと知る。集英社『妖怪ハンター　地の巻』他所収
＊10「秘仏」：一九九〇年に発表された、諸星氏初の小説。秘仏開帳を見に行き友人とはぐれてしまった男は、不思議な少女に冥界とつながる水槽へと導かれる。講談社『キョウコのキョウは恐怖の恐』所収。
＊11「沼の子供」：南米の山中にある沼。赤子の頃からここに棲息し、誰も身元を知らず、地元民から怖れられる一組の男女に、都会から来た男が接触を図る。集英社『汝、神になれ　鬼になれ』他所収。
＊12『あもくん』：二〇一五　KADOKAWA刊。霊感を持つ「あもくん」こと守くんと、ホラー作家である父が遭遇する怪異を描く連作。怖いながらほのぼのとしたエピソードが多いが、中にはコルサタルの「続いている公園」さながらに現実と虚構が交錯する「深夜番組」のような作品もある。

藤原ヨウコウ・ブンガク幻視録④
中山忠直「地球を弔ふ」より
●画=藤原ヨウコウ

〈藤原ヨウコウ・ブンガク幻視録〉

地球を弔ふ

●詩＝中山忠直

どれだけの時が
過ぎたかしら――?

長いあひだ
獨りぼつちで
冷たい墓の下に
眠つてゐて
すつかり
退屈になつた時
ふと記憶が胸を過ぎて
ぶらりと墓から
ぬけ出して來たのだ

どれだけの時が
過ぎたかしら――?

地球の模様が
すつかり變り果てて
見渡す限りは
もう一面の沙漠
噴火山はみな冷え默し
都會の跡には
殿堂の礎石が亂れ
生きものゝ姿とては
一つも見當らぬ
見渡す限りの沙漠
地球が骸骨になつて
ころがつて居るのだ

どれだけの時が
過ぎたかしら――?

鳥の聲が繁みから洩れて
靜かにこだましてゐた
栗鼠《りす》の森も
匂《にほ》ひ高い花野も
優しい口笛の小川も
月夜にボートを浮かべて
ギターを彈いた入江も
もう跡すら見えず
恐しい怒濤が
暗礁を嚙んでゐた大洋が
大きな低地になつてゐる

どれだけの時が
過ぎたかしら――?

嗚呼あの太陽の
喘ぎ疲れた赤銅色!
太陽にも冷却が近づいたのか
それにあの虚空の黒さよ
空氣が涸れ果てゝ
白雲の浮かんでゐた青空は
いまは思ひ出のみとなり
まつ黒な空には
太陽と星とが
一時に輝いてゐる

どれだけの時が
過ぎたかしら――?

こゝではネロの暴虐も
トロイの戰ひもロシアの革命も
ゲーテもワグネルも
孔子もクレオパトラも
一切の權力光榮爭鬪が
きれいに忘れられてしまつた
いや人類なんかが
かつてこの世に
生きてゐたかといふ風に

どれだけの時が
過ぎたかしら――?

壓制も反抗も
正義も自由も
動亂も平和も
――人類の煩悶と苦鬪が
みんな見事に消えてしまつた
そして見渡す限りの
荒れ果てた沙漠!
ほんとに
ひつそりした世界だ

どれだけの時が
過ぎたかしら――?

たゞ俺は見た
しつかりと俺は見とゞけた
人類の末路と
地球の終りをば

時は去り
時は過ぎた
あゝどれだけの時が
あれから過ぎたのか――?

――大正八年――

中山忠直（一八九五－一九五七）
詩人、著作家。一九一〇年のハレー彗星の接近を機に詩作を開始。本作ほか「未来への遺言」などで、SF詩の先駆者とされる。他に漢方医学、思想関係の著書がある。
底本：「地球を弔う」書物展望社（一九三八）国会図書館蔵　＊再録にあたり底本の他、左記のサイトで公開されている嵐山荘版（一九三九／入力・宮城高志）も参照しました。（編集部）
「tamiyagi2のホームページ」
http://www.geocities.jp/tamiyagi2/chikyuo_tomurau.html

知り得ざるもの

「人間の感情の中で、何よりも古く、何よりも強烈なのは恐怖である。その中で、最も古く、最も強烈なのが未知のものに対する恐怖である。」

H・P・ラヴクラフト（植松靖夫訳）

ここに引用した、あまりにも有名なこの言葉は、評論「文学と超自然恐怖」（東雅夫編『幻想文学入門』ちくま文庫所収）にあるものです。幻想文学評論の里程標の一つというだけでなく、「宇宙的恐怖《コスミック・ホラー》」の巨匠がその概念を定義づけた、貴重な一文といえるでしょう。

この一文は恐怖の真髄をとらえており、〈クトゥルー神話〉を含む彼のほとんどの作品が、「未知のものに対する恐怖」を描いている、と言えるでしょう。

ならば、未知のものに対する恐怖とは何か。ここに集めた作品もまたその作例、いわばラヴクラフトの言葉への回答です。彼の同時代人あり、現在活躍中の作家たちあり、英米や日本だけでなく、カナダやベルギーの作家もいます。題材は、死後の世界、古代マヤの伝説、未知の生物の死骸、破滅的なカルトなどさまざま。しかし、これらには一つの、明確な共通項があります。

それは、私たちが今いる世界にふと開かれた、どこへ続くか知れない裂け目を描いていること。そして、その向こう側には、未だ知らない、そして知ることのかなわない世界があると気づかせてくれること。

未知の空間や異次元に迷い込み、人知を超えた存在に遭遇したとき、人間は無力さと孤独を味わうほかない。そんなか弱い生き物の抱く唯一の感情がなにかを、あなたも知ることになるでしょう。

では、宇宙的《コスミック》という言葉よりさらに、深く果てしない恐怖の世界の裂け目に、踏み込んでみましょう。（マ）

ナイトランド・クォータリー vol.12

不可知の領域――コスミック・ホラー

――目 次――

「NIGHT LAND」ロゴ:深海和宏(アルティザン)

沃《よく》沮《そ》の谷

●荒山徹

時は西暦二四四年、中国は三国時代のさなか。侵攻する句麗軍を撃退するため、魏軍の名将は一万の兵を率いて東へ向かう。苦戦の末に戦況を逆転、句麗の王都を陥落させるが、王の姿はすでにない。逃げた先は沃沮――半獣の種族が邪神を崇める地だという。そこに待ち受けるのは、果たして……。

伝奇時代小説の奇才、〈ナイトランド・クォータリー〉に初登場です。コスミック・ホラーの特集なのに「三国志」とは何事か、と当惑する暇はありません。御一読いただければ、あなたはきっと、作者のたくらみに深く頷くことでしょう。（編）

魏《ぎ》の廃帝芳《ほう》の正始《せいし》八年秋八月、幽州刺史《ゆうしゅうしし》・毌丘倹《かんきゅうけん》は歩騎一万を率い、玄菟《げんと》郡を発して東へ向かった。丘倹にとっては八年ぶり二度目の東征となる。すなわち魏の太祖曹操《そうそう》の嫡孫にあたる先帝叡《えい》の景初《けいしょ》二年、公孫淵《こうそんえん》討伐に殊勲を挙げて以来の再出陣であった。時は前後四百年に及んだ漢帝国が滅び、後に三国時代と呼びならわされる魏、呉《ご》、蜀《しょく》の三つの帝国が鼎立する時代である。不世出の軍師にして名宰相を謳われた蜀の諸葛亮《しょかつりょう》が五丈原で陣没したのは、たかだか十二年前のことだ。

さりながら三国時代とは後世の謂いで、漢滅亡後の動乱の時局をより正確に云い表わすならば四国時代とすべきであろう。それというのも魏帝によって遼東太守に任じられた公孫淵が現地で勢力を蓄え燕《えん》王を称して自立したからである。つまるところ、宇宙の中心たる中華世界は魏、呉、蜀、そして燕の四つに分裂したのだった。

しかのみならず燕王淵は呉の皇帝孫権《そんけん》に好を通じ、同盟して魏を南北から挟撃せんとする気配を見せた。よって先帝叡は信頼する二将司馬懿《しばい》と毌丘倹を派遣し、燕を討ち、後顧の憂いを取り除いたのである。それが八年前の景初二年――海の彼方にあるという倭なる島国の女王が使者を魏都洛陽に遣わした年でもあった。

さて燕を滅ぼして後の魏の遼東統治は、しかしながら思うに任せなかった。燕を攻撃するにあたって魏軍に馳せ参じた小国の句《く》麗《り》が、かつての公孫淵の再来の如くに勢力を振るい始めたからである。剰《あまつさ》え句麗は遼東郡西安平県に軍事進攻し、同地を占領した。魏帝国に対する公然たる侵略であった。

そもそも句麗は、漢帝国の一時的な滅亡による混乱に乗じて興起した東夷の一部族による国であり、彼らは鴨緑江の中流域を根拠とする蛮族の一つに過ぎなかった。その出自は扶餘《ふよ》に発すると云われ、扶餘とは幾度か干戈を交えたことこそあれ、中華帝国に牙を剥いたことなど一度としてなかった。だから句麗が叛《そむ》いたという一報が洛陽に届いた時、並みいる重臣たちは憤激したり驚愕したりするどころか、一様にきょとんとした表情を見せたものである。

しかし周辺の蛮国が叛旗を翻した以上は、ただちにこれを討滅せねば中華帝国の威信にかかわる。誰をか遣わすべき。遼東の燕を討って大功ある丘倹がこたびも将に擢《ぬ》かれたのは当然であった。異論を挟む者はなかった。なお司馬懿が顧みられなかったのは、政敵であり皇帝の寵《ちょう》を独占する曹爽《そうそう》によって一時的に退けられていたからである。となれば句麗討伐の功績は己が独り占めできる――とかく司馬懿の名声の陰に隠れがちだった丘倹が奮い立ったのも宜《むべ》なる哉《かな》であろう。勇躍して東征の途に就いた。

たかが蛮族の国一つ、何ほどのことやあらん。丘倹の胸中に鎧袖一触の驕慢がなかったといえば嘘になる。帝国軍の進撃を目にするや戦わずして降参するのではないか、との見通しすら立てていた。

それが如何《いか》に甘いものであったかを丘倹は初戦から思い知らされることとなった。意外にも句麗は応戦に出たのである。しかもその士気は高く、軍規は統率され、抵抗は嵐のような激しさだった。丘倹の軍は、沸流河《ふつりゅうか》で迎え撃たれ、初戦は慮外の大敗に終わった。句麗軍は騎馬の運用に長け、歩兵を主力とする魏軍を思うさま翻弄したのである。

雪辱を期した丘倹は、軍を整え、梁貊《りょうはく》の谷で再戦した。しかしこれは地の利に通じた句麗によって険阻《けんそ》の地形に誘い込まれた、すなわち罠にかかったも同然だった。待ち構える騎馬軍団の精鋭によって丘倹の軍はまたしてもさんざんに撃ち破られた。

二度も面目を失しては、丘倹としては後には引けぬ道理である。いっぽうの句麗は余勢を駆って王親ら強力な騎兵五千を率いて進撃してきた。

是《ここ》に於て、丘倹の幕将であった王頎《おうき》が説いて曰わく、古来より騎兵に当たるには方陣を以て防戦するのが鉄則である。塞外の強敵だった匈奴《きょうど》と戦った衛青《えいせい》、霍去病《かくきょへい》、李陵《りりょう》ら名将はいずれもその戦法を用いたのだ、と。ただちに方陣戦法は採用されるところとなり、そうと知らぬ句麗王は、勝利を確信して襲いかかってきた。

方陣隊形は丘倹の期待した以上の効果を発揮した。隙間なく密集する甲冑の歩兵たちは堅固な巌《いわお》となった。この鋼鉄の巌を、機動力すなわち速度のみを身上とする句麗の騎馬軍団は粉砕することができなかった。寧《むし》ろ巌に当たって砕けたのは彼らであった。大敗を喫した句麗軍は、一万八千余りの屍《かばね》を曠野に晒して敗走した。敗残の王に従う兵士は一千騎に過ぎなかった。

丘倹は追撃の手を緩めず進撃し、ついに句麗の王都たる丸都城《がんとじょう》を陥落させた。勝利に酔い痴れることは、しかしながら出来なかった。戦死者の中にも、降伏した者の中にも句麗王の姿はなかったからである。王が逃げたらしいという報せが飛びこみ、丘倹は祝宴の準備を中止し、ただちに追撃軍の編制にとりかかった。偉大なる中華帝国に叛いた蛮族の酋長には死あるのみである。八年前、丘倹と司馬懿は、降《こう》した公孫淵父子を容赦なく斬った。こたびの戦役の結末もそうあらねばならなかった。

丘倹は自ら追撃軍の先頭に立ち、逃げた句麗王を追った。句麗の王は代々その姓を高《こう》と称し、ために国名は王姓を冠して高句麗とも呼ばれる。現在の句麗王は名を憂位居《ゆういきょ》といった。

句麗王憂位居は鴨緑江を渡って南に逃げたという。丘倹は馬首を南に向けた。途中、王の逃走を円滑ならしむるべく句麗軍の精鋭が伏兵となって間道に潜み、たびたび奇襲攻撃を仕掛けてきた。応戦の最中、丘倹の信頼する王頎が欺かれて殺されたのは痛恨の極みではあったけれども、丘倹はそれによって却って復讐心をかきたてられこそすれ、意気が沮喪するということはなかったのである。魏軍は着実に残敵を勦滅《そうめつ》しながら句麗王の後を追い続けた。やがて、情報が齎《もたら》された。句麗王は沃沮《よくそ》に逃げたという。

沃沮か――。

丘倹は遠い目を南の空の彼方に投げ、身ぶるいを一つした。漢の武帝が朝鮮を討ち、直轄の四郡を設置した時、その南に漢の支配の及ばぬ地域があった。すなわち中華の文明に浴さぬ地の果てであって、かかる辺境は誰云うともなく沃沮の名を以て呼ばれた。伝え聞くところによれば沃沮の民は人と獣の中間の如き存在であり、身の毛のよだつ邪《あ》しき神を崇拝して未開のままに身を置きつづけているという。そのような土地に足を踏み入れることに、復讐に燃える丘倹が一瞬にせよ躊躇を覚えたと云うこと自体、沃沮にまつわるさまざまな妖しい噂が遼東にまで広まっていることの証《あかし》であった。

それにしても、句麗王は逃げるに事欠いて沃沮を選んだとは、よほど切迫していたものらしい——と思えば、丘倹の逡巡は瞬時に消えて、すぐにも己が使命を以前にも増して自覚せずにはいられなかった。彼の率いる軍は南に転じた。すると行く先は、たちまち緑一色となった。すなわち魏軍の行く手には緑深き大樹林が彼らを呑みこまんばかりに広がっていたのである。

天を摩さんばかりに伸びた巨木群、鬱蒼と茂る枝葉に陽光は遮られ、最初のうちは緑と見えた色が、いつのまにか黒みを帯びて網膜を墨色に染めるかのようであった。こんなところを句麗王は逃げていったのだろうかという疑いが丘倹の脳裡をかすめるものの、点々と討ち捨てられた句麗軍兵士の死体、あるいは少数ながら取り残された敗残の負傷兵を見れば、それが正しいことを証明しているのだった。

ほどなくして新たな報せが丘倹のもとに届いた。それは丸都城を接収し、句麗の地を支配するため駐留させていた留守軍の将が急派した使者の一報であった。句麗王は以前より沃沮と通じていたというのである。それが証拠に、王宮の地下深くを探索したところ、目を背けたくなるような邪神の像が安置されているのが発見された。捕虜を尋問すると、邪神の祭祀は沃沮人の僧侶が司っており、代々の句麗王は邪神崇拝に熱を入れていた、と。

では憂位居が沃沮を目指したと云うのも、やむにやまれぬ逃避行などではなく、初めから避難地として計画的に想定していたものであったかと丘倹には思われた。なれば句麗王を討ち、沃沮をも平らげなければならぬ。未開を滅ぼし文明の果実をかじらせるのは中華の義務なのだから。いっそう丘倹は奮い立った。

丘倹は武門の生まれで、父の丘興《きゅうこう》は曹操に仕えて武功を立てた。父の爵位を継いだ丘倹としては、父以上の功績をあげねばという焦りの気持ちも抱きつづけてきたのだった。

緑、緑、緑、緑の密林の中を行軍すること旬日、やがて彼の眼前に奇絶の光景が現出した。密林がある日突然終わったかと思うや、目の前、いや眼下に谷がぽっかりと口を開けたのである。

それは密林の中に空いた巨大な穴といってもいい半球の谷間であった。平たくいえば擂鉢《すりばち》状の盆地だが、密林からなだれ落ちる急斜面は草木の一つも生えぬ岩盤であって、それを目にすれば盆地というより谷と呼ぶのがやはり相応《ふさわ》しく思われる。谷間の底にも草木の一本だになかった。荒涼たる岩石地帯の谷である。これまで密林の間道を縫うように進んできただけに、いっそう対蹠的に眼下の谷は奇怪な光景として丘倹の目に映じた。奇怪なのは、しかしそれだけではなかった。谷底の中央部に、その形状を何とも表現しようのない異様な建築物が立っていた。それは原始の巨石のようであり、超自然的な人工物とも見えた。太古の神殿ではないか、と丘倹は嫌悪感を覚えつつ直感した。噂に聞こえる、これこそが沃沮人の崇拝する邪神の神殿に違いない、と。

そして、さらに戦慄すべきことには、岩窟神殿の前に拝跪《はいき》した百人弱の武装集団が認められ、その如何にも未開の蛮族に相応しい稚拙な甲冑が米粒のような小ささで遠目にも見分けられたが、それは高句麗兵でないはずがなかった。

「見ろ、句麗の犬ころどもぞ！」

「袋の鼠とはこのことだ。逃げ場を失ってあのザマよ」

という野放図な叫び声が魏軍の兵士の間からわきあがった。長い追撃行の果てにようやく句麗王とその逃亡軍を追いつめたという歓喜の雄叫びであった。如何にもあの芥子粒ほどの集団の中に句麗王憂位居はいるに違いない。丘倹にしても、ついにとの思いを禁じ得なかった。

魏軍のあげる勝鬨《かちどき》は、風に乗って谷底にまで伝わっているであろうに、句麗の兵士たちがこちらを気にする様子は見られなかった。一心不乱に岩窟神殿に向かい、熱心に祈っているようであった。さすれば魏軍の追跡を退けることができると本気で信じているのだろうか。

丘倹は谷底への進撃を命じた。垂直に屹立した千仞《せんじん》の谷かと思われたが、よく見れば谷底へと至る幅広の道が螺旋状に断崖を囲《い》繞《にょう》していた。隊列を組んで押し進んでゆけるほどの幅がある道であった。丘倹の下す命令のもと、五千を超える魏軍はまっしぐらに谷底を目指した。

その間、句麗の兵士たちは何ら反応らしい反応を示さなかった。弓矢の一本も射かけてこようとはしない。かといって、どこかへ逃げ出すというのでもなかった。ひたすら神殿の前で額《ぬか》づき、祈りを捧げている。

五千の魏軍は谷底に下りた。隊伍を組み、戦闘隊形を整えた。見たところ、句麗軍には一匹の馬もいなかった。となれば得意の騎馬戦術は使えない。しかし、二度も手ひどい敗北を喫している丘倹は慎重だった。いきなり突撃する愚は避け、弓隊を前面に立たせ、神殿前の句麗軍に向かって滝のような矢の奔流を注がせた。一斉に鳴り渡る弓弦の音が谷間にわんわんとこだました。高速で放たれた矢が群れとなって空気を貫く気流の音がそれに和した。

と不思議なことが起きた。句麗の兵士たちの真上に降り注ぐはずだった数百本の矢が、途中で勢いを失い、命の尽きた蜉蝣《かげろう》のように次々と落下してゆくのである。さながら空中に透明な壁があり、そこに衝突して失速したかのようだった。

その面妖な光景に、丘倹が息を呑んだのは一瞬だった。兵士たちの間に起きた驚愕のさざ波が恐怖の津波に高まることを恐れ、彼は突撃を命じた。魏軍は吶喊《とっかん》を挙げて神殿に向かって殺到した。魏軍は五千、句麗軍は百に満たぬ数だ。彼我の懸隔は五十倍である。押し包み、揉み潰すのにさほど時間を要するとも思えなかった。不思議なのは、この期に及んでも句麗の兵士たちが何ら反応しないことである。彼らは迫る魏軍に応戦態勢を取るでもなく――いや、それどころか魏軍のほうを見ようともしない。額を硬い岩盤になすりつけ、何ごとかを一心不乱に祈っている。

と、魏軍の突撃が止まった。兵士たちがいちように足を止めたのだ。奇怪な声のようなものを耳にしたからである。勝利を確信して疑わない兵士たちの怒濤の足を止めさせるほど、それは奇怪至極な鳴き声であった。

次に彼らは目にした。神殿の背後の空間に乳白色の濃い霧が渦巻いているのを。一瞬前には、そんな霧などそこには見ることができなかった。そして奇怪な鳴き声はその霧の中から聞こえてくるのだった。

兵士たちが浮足立った。見あげるうちに霧の塊がぬうっと迫ってきたのである。

次の瞬間、霧は晴れ、霧と同じ色をした乳白色の小山が空間を圧して屹立していた。

兵士たちは恐怖の叫びをあげて我先に退却を始めた。先頭を走っていた兵士たちは、たちまち殿になった。彼らの顔に浮かんでいるのは、逃げ遅れるのではという恐怖に歪んだ色であった。

なぜ逃げる。それというのも乳白色の小山がのしかかるような圧迫感を以て前進し続けているからだ。よくよく見れば、小山は蛆虫であった。巨大な蛆虫である。それが神殿の脇を回ってきたと見るや、逃げ遅れた兵士たちの背後に迫った。句麗兵を押し包み、揉み潰すと信じて疑わなかった彼らが、蛆虫の下敷きになり、押し潰された、
巨蛆《きょそ》は、象の何十倍もある図体に似合わぬ速度で縦横に動き、逃げまどう魏兵を次々と押しつぶしてまわった。

魏兵たちは恐怖の叫びをあげた。足もとの岩盤が前から後ろへと動いてゆく錯覚に見舞われた。どんなに逃げてもいっこうに断崖へ辿りつけないのは、足場そのものが動いているからだと。つまり、その場から動くことがまったくできず、背後から迫りくる巨蛆の餌食になるしかない運命が彼らには待っているのだった。

押し潰され、擂り潰された魏軍の兵士たちは、骨をも粉々に砕かれ、平板な肉塊となって岩盤に染めつけられた。巨蛆の動くところ必ずやこの肉の花柄、血の花柄が岩盤を彩ってゆく。

本営にいた丘倹は、痴呆と化したようにこの一方的殺戮を見守っていた。悪夢を見ているかのようだった。ようやく我に返った時すでに遅く、目の前に乳白色の巨蛆が迫り、視界いっぱい溢れんばかりである。恐怖の叫びが彼の咽喉を衝いて出た。足もとの岩盤が動き、自動的に巨蛆に吸い寄せられてゆく。丘倹は踵《きびす》を返し、全力で逃げ出した。彼の傍らに詰めていた幕僚たちが次々と巨蛆に引き寄せられ、餌食になっていった。彼らのあげる恐怖の悲鳴、肉が押し潰される音、バキバキと骨の砕ける音が丘倹の左右後方から押し寄せんばかりであった。

ぶよぶよしたものが踵を捕らえた感触があった。足をすくわれ、次の瞬間、彼の意識は暗黒に飛んだ――と思ったのも束の間、丘倹は自分の身体が浮くのを覚えた。

浮く。

上昇している。

抛《ほう》りあげられたように、ぐんぐんと。

丘倹はおそるおそる目を開けた。彼の足の下で、沃沮の谷は小さくなっていた。さらに小さくなってゆく。やがて緑の樹海の点となり、見えなくなった。樹海も小さくなった。帯のような陸地を挟んで青いものが見える。あれは何だ。なんと海ではないか。それでも上昇は止まらなかった。雲の中を突き抜けてゆく。

やがて丘倹は目を剥いた。

天は円《まる》く、地は方形である。それが彼をはじめとする中華の民が代々信じてきた世界観であった。太古の昔、天地が崩壊して大洪水が起きた時、人頭蛇体の女神女媧《じょか》が五色の石を練って天空を補修し、大亀の足を斬って天を支える四囲の柱としたという。そ

のとき女媧は泥縄を引きずった縄で人間を創造したのだ、とも。その世界創造神話を丘倹は素朴に信じてきた。

　しかしながら今や彼は知った。地は方に非ず、円なり——いや、より正確に云えば球なり、と。何となれば、先刻まで彼が立っていた大地は、見よ、いまや彼の足下はるか遠く一個の球体として暗黒の中に浮かんでいるばかりではないか。

　それでもなお彼の身体は暗黒空間を上昇し、飛翔し、巡航し、似たような球体を幾つとなく遍歴した。よって彼はさらに知ることとなったのである。彼が生まれ育ち、拠って立ってきた大地もまた、暗黒空間に漂う星の一つであったことを。

　かくして丘倹は変じて恐怖そのものと化した。自分もまた暗黒空間に漂う塵芥となり果てたことへの、究極の恐怖であった。

と、暗黒の彼方から光のきらめきが幾筋か近づいてくるのを見た。それが邪悪な精神体であることを彼は魂で感覚した。何だ、あれはと思う間もなく、邪悪な光の筋は先を争うように彼の脇を通過し、消え去った。その行く先にあるのは、彼が生まれ育ち、拠って立ってきた大地の星であった。

　次の瞬間、彼は超直感的に卒然と理解したのである。暗黒空間の遥か彼方で何かの闘争が起こり、邪悪なる精神体たちが敗れて逃走した。その逃走経路こそが、いま彼が目撃した光の筋であると。

　では、その行き先こそは彼らの避身先というわけか。彼らはそこに身をひそめ、追手の目をくらまし、探索の手から逃れ、復活の時を虎視眈々と待とうと云うわけなのか。

　避身先——丘倹が生まれ育ち、拠って立ってきた大地の星。中華文明の果て、未開部族の群れ集う辺境の地。彼らが崇める邪神。沃沮の谷に棲まう白く巨大な怪蛆。

　——何ということか！

　丘倹は叫んだ。今や彼は邪神の正体を知ったのである。

「さなり」

　と声がした。現実の声である。句麗語の訛《なまり》のある中華の言葉であった。

　丘倹は目を開けた。周りを見まわした。暗黒の空間は消えていた。球体の星々も見当たらなかった。第一、彼はもはや虚無空間に浮いてもいなかった。岩盤の上に、みじめに這いつくばっていた。まるで蛞蝓《なめくじ》のように。

　周囲は薄暗く、あの奇怪な岩窟神殿の中に連れてこられたに違いないという思いが自然と頭の中に湧きあがった。薄暗さの中に犇《ひし》めいている蛮族たちは句麗軍の兵士のようであったが、その軍装にもかかわらず神官団の如き雰囲気を漂わせていた。

　丘倹はのろのろと顔をあげ、声のしたほうを見あげた。そこには頭に黄金の王冠を乗せた中背の人物が立っていた。両眼のひどく離れたその顔は黄河の鯉を連想させた。

　——句麗王に違いない！　句麗王の憂位居に違いない！

　瞬間的に丘倹はそう思った。

「さなり」

　今しがたと同じ声が降ってきた。

「わたしは神の力を借りて、丘倹どの、そなたにすべての真実をお見せした。そなたもわかったはずだ。われら句麗の、上は王族から下は民草に至るまでの一人ひとりがお仕えすべき神と、神の出自と、我ら句麗民族の神聖なる使命とを」

「民族の使命だと?」

丘倹は吼えかからんばかりに云った――つもりであったが、広い神殿の中でその声は弱々しく虚ろに響いた。

句麗王憂位居は、大げさにうなずいた。水中から鯉が飛び跳ねるのを見るかのような仕草に丘倹の目には映じた。

「我らは扶餘の一支族だった。貪欲な扶餘王の頤使に甘んじてきた。そんな我らに神が目をかけてくださった。神は我らを選び、奉戴の使命を我らに授けて下さった。よって我らは選ばれた民、選民として神と契約を結んだのだ。神を奉戴する代わり、神は我らの扶餘からの独立を後押しし、国家樹立に力をお貸しくださると。しかのみならず神は御自《おんみずか》らの名の一部を割き、我らに国名として与えてまでくださった。すなわち句麗の名を。我ら句麗民族の神聖な使命とは、この星で息をひそめ復活の時をお待ちあそばしておいでの神を守護し、来たるべき復活の日に向けて力を涵養していただくことにある。かくも神聖な使命を帯びた我らは、そのためにも句麗の国の力を、句麗の民族の力を伸長させねばならないのだ。句麗の王は代々それを司る。今はこの憂位居がその役を務めている。辺境のこの星で中華を自称、僭称し、文明の看板を掲げるおまえたちに討伐されるわけにはゆかぬ道理だ」

「何が道理だ。どこが神だ! 邪神ではないか!」

丘倹は負けじと声をあげた。

句麗王は余裕の笑みを返した。

「神が奉戴の民として選んだのは、我ら句麗だけではないぞ。もう一つ、トルという草原の民がいる」

トル――という音を聞いて、丘倹の脳裡にはどうしてだか「突」という字に移し変えられた。何ということか、句麗のような邪神崇拝の国が他にもあるというのか。

「さなり」

と魚相の句麗王はうなずいた。

「北方の騎馬の民トルは未だ小さき力なれど、いずれは興起し、中華を脅かす大勢力となるであろう。その時こそ、我ら句麗国はトルの国と手を相携えて中華文明に抗してゆくつもりだ。心せよ、中華などと思いあがった田舎者よ。数世紀先には神を奉戴する我ら句麗と、今はまだ小さきトルが文明の中心となるであろう。その時こそは神の復活の始まりとなるのだ」

句麗王はこぶしを突き上げ、

「句麗!」

と叫んだ。そして間髪を入れず、

「トル!」

と獅子吼した。

クリトル、という声が神殿に託宣のように響きわたった。

神官団――句麗の兵士たちも競うように、とはいえ声を揃えて唱和した。ためにクリトルの初音である「ク」は、豊かな響きのこだまの中に溶け込むようにかき消され、あとに続くリ、ト、ルの三音のみ明瞭に聞こえた。すなわちクリトルリトル、と。

――クリトルリトル

――クリトルリトル
――クリトルリトル
――クリトルリトル
――クリトルリトル
どよめきは丘倹の脳をかき乱し、胸腔の隅々までありったけの不快さで塗りたくった。それが神の名なのであろうか。意味不明のその妖しい言葉に、発声に、音節に、何か異様なまでの邪悪な力が秘められているのを彼は肉体で察知した。肉体が危機感を覚え、恐怖しているがゆえに察知し得たのだ。

「そなた一人をなぜ生かしておいたかわかるか」

句麗王が云った。問いではなかった。憂位居がそれを口にするのと前後して、丘倹の脳には未来図が流れこんできたからである。未来において彼は彼であって、しかし彼ではなかった。すなわち姿形、顔の造作にいたるまで幽州刺史の毌丘倹であったが、脳は邪神の液体に漬けられ、彼本来の脳ではなくなっていた。邪神の意のままに操られ、中華世界における邪神の代理人として振る舞うよう改造された別人格であった。新たなる毌丘倹は母国魏の帝国において隠然たる勢力を占め、陰に暗躍して邪神の教義を扶植し、中華世界を内部から蝕もうとするであろう。

「わかったようだな」

句麗王は邪しき笑みを洩らした。

「連れてゆけ」

丘倹の近くにいた兵士たちが動いた。神殿の床に蹲《うずくま》るようにしていた丘倹は荒々しく引き起こされ、引き立てられた。

その背に、句麗王の声がかけられる。

「そなたは凱旋するのだ。凱旋してなすべきは、句麗に叛意がないことを魏の朝廷に力説することである。それがそなたの初仕事となる」

丘倹の咽喉から抵抗の声は出なかった。圧倒的なまでの邪悪の力にうちひしがれ、そんな気力など残っていなかった。句麗の兵士たちに背を強く押され腕を強引に引かれ、彼は広間から連れ出された。その先につづく薄暗い廊下を歩まされた。迷路のような岩の洞窟であった。

ほどなくして彼は周囲に不審な音を聞いた。低いうめき声のようであり、肉が肉を打つ音であり、骨が砕ける音も混じっていた。それが連続して起こった。彼を摑んでいた兵士の手が離れていった。脱力した丘倹にとって兵士の手は支えでもあったので、彼の身体はふわりと宙に傾いだ。そのまま倒れるかと思われたが、自ら踏みとどまる力は湧いてこなかった。邪悪の力を間近にした衝撃が彼の神経を痺れさせていた。

「踏ん張れ、莫迦者！」

荒々しい言葉が降ってきた。乱暴だが敵意の微塵も感じられない声だ。と同時に、丘倹は手首を摑まれ、力強く引かれて、危うく顚倒するところを免れ得た。

丘倹は目を見張った。彼を顚倒から救ったのは句麗の兵士の一人だった。他の兵士たちはと見れば、何と、周囲に長々と伸びているではないか。その数は十人近い。うめき声ひとつたてず、折り重なるように倒れている。首が不自然に歪んでいる兵士もいた。

事情が呑みこめず、立っている唯一人の句麗兵を見やった。いや、見あげた。巨漢だった。丘倹の頭頂は彼の胸までしかない。

「ぐずぐずするな。すぐに追手がかかるぞ」

無造作にそう云いながら、巨漢は句麗兵の軍装を毟《むし》り取るように脱ぎ捨てた。革の戎衣《じゅうい》は紙のように裂けて彼の足もとに散らばった。灰色狼の毛皮で腰回りを覆っただけの姿になった。剥き出しの手足、胸、腹は、どこもかしこも筋肉の塊だった。

「蛮人！」

思わず声が出た。

巨漢は舌打ちした。

「助けてもらって、それが第一声か」

「助けた？」

丘倹は不思議そうに巨漢を見た。息一つ乱していない。

「気を抜くには早すぎるということだ」

巨漢はいきなり身を翻すと、洞窟の中を駆け出した。がっしりとした体軀に似合わない俊敏な動きだ。いや、俊敏というより、しなやかな蛇の動きを丘倹は連想したことだった。

丘倹はあわてて後を追った。追いすがりながら、背に声をかけた。

「おまえは何者だ」

「蛮人だ」

巨漢は振り返りもせずに答える。

「なぜわたしを助けた」

「つまらんことを訊くな。逃げることだけ考えろ」

どれだけ走ったろうか。やがて洞窟が明るくなった。


巨漢の蛮人が突然、足を止めた。危うく丘倹は筋肉の塊に激突するところだった。

「これは驚いた。ほんとうに助け出してくるなんて」

新たな声がした。

洞窟の入口に誰かが立っていた。道服をまとった小柄な若者で、焦れたような表情を浮かべている。大きな革袋を肩にかけていた。

「おまえは誰だ」

丘倹は訊いた。

「わたしたちは墓泥棒です、毌閣下」

道服の若者が答える。まぶしさに目が慣れてくると、理知的な顔立ちであることがわかった。しかも貴公子のような雰囲気さえ感じられる。平然と告げた墓泥棒という言葉との落差に丘倹は途惑いを覚えた。

「この楼煩《ろうはん》を相棒として、古の王侯、貴人の墓を荒らし、口に糊しております」

自ら面白がるような口調で若者は答える。

丘倹は泳ぐような仕種で前に出ると、巨漢の蛮人を振り返った。洞窟の入り口から射し込む光でその姿がはっきりとした。鋼鉄のような筋肉の持ち主は、丘倹を助けたにしては無関心な表情しか浮かべていなかった。黒々とした髪は背中まで伸び、革の鉢巻きで押さえつけている。腰に長大な剣を佩《は》き、背には弓を背負っている。青銅製の弓だった。緑青をふいている。蔓までも青銅だ。まったく実用的ではない。何かの装飾品であろうか。

「ゆくぞ、子房《しぼう》。長居は無用だ」

「それはわたしの台詞だったじゃないか。こんな男を助けようなんて云わなければ、もっと早く逃げだせたはず」

「放っておけるわけがないじゃないか」

「どういうことなのだ」

丘倹は口を挟んだ。

子房と呼ばれた道服の若者が答える。

「わたしたち二人は、この邪悪な谷に迷い入ってしまったのです。さる貴人の墓に潜り込んで首尾よく目当ての物を手に入れたはいいが、引き返そうとして羨道《せんどう》が崩れ落ち、出られなくなってしまった。で、どこに続いているかもしれない地下道を辿るうちに、あの神殿の中に出た。あれを神殿と呼ぶことができるものならね。しかも、何やら怪しげな一団がいて、出るに出られない。そこへ閣下、あなたが攻め込んできて彼らの注意はそちらに向けられ、その隙に脱出することができたというわけです。あなたが幽州刺史の毌丘倹閣下であるということは、すぐにわかりましたよ。句麗征討のことは遍く知られていますからね」

「では、あの白い化け物を見たんだな」

丘倹の声は震えた。

「見ました」

子房の声が低くなる。

「こんな邪悪なところは長居無用だ、わたしはシャ——楼煩を促したのです。ところが楼煩ときたら、蛆虫の化け物の触角だか触手だかに捕らえられた閣下を救うのだと云ってきかず、見張りの句麗兵の一人をぶちのめすと、兵装を奪って身につけ、神殿の中に戻っていったのです。わたしは絶望的な気分で待っていたのですよ」

「誰に向かって説明してるんだ」

巨漢の蛮人が吼えた。

「時と場所をわきまえろ。今はこの谷から脱出することが先決だ」

「それも、さっきわたしが云ったことさ」

半ば恨めしげに、半ば楽しげに子房が云った。

三人は洞窟を出た。

そこは岩窟神殿の裏手の一角だった。

「あそこだ」

丘倹は指差した。擂鉢の谷間を構成する千仞の断崖。その絶壁に刻まれた螺旋状の道は天然の桟道《さんどう》とも見える。それを伝って魏軍は勇躍降りてきたのだったが、今や生き残っているのが自分一人だけだとは。しかし、そんな感慨に耽っている場合ではないと、丘倹は心の動きを振り棄てた。そこへ辿りつくまでには、神殿の正面に身を晒さねばならない。気づかれる可能性が高いが、そうするより他に道はなかった。

三人は駆け出した。

途中、背後を振り返って巨漢の蛮人が眉をひそめた。

「おいでなすったぞ」

丘倹は足をとめずに肩越しに見た。神殿の正面入り口から句麗の兵士たちが手に手に抜き身を引っ提げて駆け出してくるところだった。およそ百人。しかも、その足の速いことといったら、とても人間技とは思えない。邪神から何か超自然的な力を付与されたかの如くだ。

「先に行け、子房」

巨漢の蛮人はあっさり云うと、腰に佩いた長大な剣を抜きあげ、無造作に踵を返すや、颶風《ぐふう》のように迫りくる句麗兵の集団に斬り込んでいった。

丘倹の足が止まった。あの蛮人は自分たちを逃がすために踏みとどまったのだ。それはわかっていながら、逃げるよりも蛮人の行為の続きが気になって仕方がないのだ。

丘倹が目にしたのは、赤い嵐だった。血と肉が渦巻く嵐だ。巨漢の蛮人は百人近い句麗兵に押し潰されたかに見えたが、その直後から首が、腕が続々と宙を舞い、血流が幾筋も噴き上がり、それが次第に数を増してゆき、渦を巻いて血と肉の旋風となったのだった。嵐の中できらめく稲妻のような光は、蛮人が振るう大剣の輝きであろう歟《か》。

深紅の嵐の中から蛮人が全速力で引き返してきた。その背後で嵐がまたたくまに熄《や》んだが、後には死屍累々、死体の山が築かれていた。一人、神殿に逃げ戻ってゆく姿を丘倹の目は捉えた。それは句麗王の後ろ姿のようであった。

「急げ、あれが出てくるかもしれん！」

蛮人が喚き立てた。

子房も丘倹の傍らで足を止め、肩を並べて蛮人の獅子奮迅ぶりに見入っていたが、その言葉を聞くや弾かれたように再び走り出した。丘倹もそれに倣う。

走りながら、おそるおそる丘倹は振り返る。神殿の横に、乳白色の霧が現われていた。丘倹は声にならない声を放った。すべての行為は無駄だという黒い思念が脳裡に流れこんできた。

──クリトルリトル
──クリトルリトル
──クリトルリトル
神殿で耳にした句麗兵たちの妖しい唱和が生々しく鼓膜を震わせる。

先ほどとまったく同じ過程を経て、あの白い巨蛆が姿を現わした。

「出たぞ！」

子房が叫ぶ。

「見るな！」

蛮人が応じる。

目の前に近づきつつあった断崖が、遠くなりはじめた。さっきのように大地が動き、彼らをその場に釘付けするも同然にした。いや、巨蛆のほうへと引き寄せてさえゆく。

恐怖のあまり丘倹は足を縺《もつ》れさせ、顚倒《てんとう》した。全身をいやというほど打ちつけた。白い巨蛆の小山のような全体像が今やのしかからんばかりに眼前に迫っていた。

蛆の頭部らしい部分が、まるで植物が芽生えるように突起し、そのまま伸びて、触角か触手の如くに変形した。それは鞭のように襲ってきた。さっき、自分がそれに巻きつけられて気を失ったことを丘倹は思い出した。

蛮人の振りかざす大剣が敢然と触手を迎え撃った。目にもとまらぬ速度で一閃した大剣に、くるくると触手が巻きついた。斬られもせずに二重、三重に巻きついたのだ。そして触手が大きく撓《しな》うや、欛《つか》を両手で握った蛮人は空中に降りあげられ、大地に叩きつけられた。手を離した大剣は触手によって飴のようにへし曲げられた。倒れた蛮人は身動き一つしない。

「弓だ」

その叫びは子房の咽喉を劈《つんざ》くように迸《ほとばし》り出た。子房の声に蛮人が身を起こす。

「やっ」

無表情な蛮人の顔を驚きの色がかすめた。蛮人はまぶしさに目をしかめる。光は自らの背中から放たれていた。

丘倹は見た。蛮人が背負った青銅の弓が黄金色の光に輝いているのを。緑青をふいていた装飾の弓は、神々しいまでの光輝を帯びていた。

蛮人は背から弓を降ろし、右手で弦を引いた。驚くべし、青銅製の弦は本物の弦のように撓い、弓も半円形に彎曲したではないか。

「そうだ」

叫ぶや子房は肩からさげていた革袋を逆さにして中身を足元にぶちまけた。彼が即座に攫みとったのは、丘倹の目に一瞬、光の直線かとも見えたが、実際には弓と同様の黄金光にまぶしく輝く一本の矢であった。

「使え」

子房は巨漢の蛮人に向かって抛ったが、蛮人がそれを受けとめるまでもなく、矢のほうでまるで生あるものの如く弓に吸いついた。蛮人にすれば、あとは弦を引き絞るだけで足りた。光輝く弓と弓弦は蛮人の腕によって満月となった。月桂まどかなり——一瞬後、満月から一筋の光の矢が放たれた。

矢は巨蛆の頭部に見事に突き刺さった。白い巨体は瞬時、光と同じく黄金色に輝いたと見るや、気がつけば影も形もなかった。

後に丘倹が聞いたところでは、巨漢の蛮人と道服の貴公子が忍び込んだのは箕子《きし》の墓とのことであった。箕子は殷《いん》末の貴族で、紂《ちゅう》王の暴虐を諫めたため東方に逃れ、朝鮮王となった。地元に残る古い言い伝えによると朝鮮王箕子は、魔物を退治しにゆくといって一振りの弓矢を携えて出かけ、現地で歿したためそこに葬られた。墓泥棒の二人はその弓を手に入れるのが目的だったが、それというのもその弓こそは、九つの太陽を射落とした弓の名人羿《げい》の弓だと伝えられるからだという。

丘倹は考えた。羿が射落とした九つの太陽とは、この星を害する邪神の暗喩ではなかろうか。さすれば非力に思われる自分たちも邪神に対抗できる力があるのではないか、と。以後、毌丘倹は邪神征伐をこそ己が生涯の事業と思い定め、そのためには帝位を奪わんとして司馬氏と対立、正元二年、敗れて死んだ。

敗れはしたものの、丘倹の志は中華帝国の代々の支配者によって受け継がれた。下って唐の時代、突《トル》の字を持つ北方騎馬民族が興起して高句麗と手を結び、唐を脅かした。突厥《トルコ》である。唐は六三〇年に突厥を、六六八年に高句麗を滅ぼした。

しかしながら、丘倹の宿願がそれで果たされたかどうかは定かではない。巨漢の蛮人と道服の貴公子の行方も——。

【note】

「沃沮の谷」の作者、荒山徹は、一九六一年、富山県に生まれた。新聞社、出版社勤務ののち、韓国留学を経て、一九九九年に長篇『高麗秘帖』でデビュー。慶長の役を題材に、李舜臣将軍を中心に、日本・朝鮮両国の謀略を描いた同作は、朝鮮史を背景にした斬新さと、山田風太郎に比される忍者の闘争とで、時代小説、伝奇小説の読者の注目を浴びた。

以降、日韓両国の歴史を土台に、剣豪、忍者、さらには陰陽師や妖術師などが正史の狭間に跳梁し、時には現代的な要素のパロディが盛り込まれる奇想あふれる作品を続々と発表している。

幻想文学にも造詣が深い荒山氏に《ナイトランド・クォータリー》への登板をお願いして御快諾をいただき、書き下ろし短篇の本号掲載に至った。御一読いただいたとおり、「三国志」の時代の中国と朝鮮の関係を背景に、歴史上の人物を配した上で、巨大な怪物と強健きわまりない剣士の対決をロバート・E・ハワードさながらに描きつつ、ラヴクラフトの作品世界にも繋がる要素も押さえた一篇である。

なお、本作に先んじる〈クトゥルー神話〉作品としては、中篇「海底軍艦『檀君』」（『遥かなる海底神殿』所収　創土社　二〇一五）と、長篇『大東亜忍法帖』がある。

《荒山徹著作リスト》

☆は短篇集　＊以下は特記事項

高麗秘帖　祥伝社　一九九九
魔風海峡　祥伝社　二〇〇〇
魔岩伝説　祥伝社　二〇〇二
十兵衛両断　新潮社　二〇〇三☆
柳生薔薇剣　朝日新聞社　二〇〇五
柳生雨月抄（文庫化改題『柳生陰陽剣』）新潮社　二〇〇六
サラン 哀しみを越えて（文庫化改題『サラン・故郷忘じたく候』）文藝春秋　二〇〇五☆
処刑御使　幻冬舎　二〇〇六
忍法さだめうつし　祥伝社　二〇〇七☆
柳生百合剣　朝日新聞社　二〇〇七
柳生大戦争　講談社　二〇〇七　＊舟橋聖一文学賞受賞
海島の蹄　祥伝社　二〇〇八☆
鳳凰の黙示録　集英社　二〇〇九
徳川家康 トクチョンカガン　実業之日本社　二〇〇九
竹島御免状　角川書店　二〇一〇
石田三成 ソクチョンサムスン（文庫化改題『柳生大作戦』）講談社　二〇一〇
友を選ばば（文庫化改題『友を選ばば柳生十兵衛』）講談社　二〇一〇
朝鮮通信使いま肇まる　文藝春秋　二〇一一☆
シャクチ　光文社　二〇一二
柳生黙示録　朝日新聞出版　二〇一二
砕かれざるもの　講談社　二〇一二
禿鷹の要塞（文庫化改題『禿鷹の城』）実業之日本社　二〇一二
長州シックス 夢をかなえた白熊　講談社　二〇一三☆
忍び秘録　KADOKAWA　二〇一三☆
キャプテン・コリア　光文社　二〇一六
白村江　PHP研究所　二〇一六　＊歴史時代作家クラブ賞作品賞受賞
秘伝・日本史解読術　新潮社　二〇一七　＊ノンフィクション
大東亜忍法帖【完全版】　アドレナライズ　二〇一七　＊電子出版。二〇一六年、創土社より二分冊で刊行されるも下巻が出版中止となった作品の完全版。

来たのは誰？

◉キム・ニューマン

訳／小椋姿子

未知なるものへの恐怖を考えるさいに、「死の恐怖」は避けて通れません。死後のことを知る人はいないのですから。十九世紀半ばから二十世紀初頭の英米で、心霊主義ブームが起き、降霊術がさかんに行われたのも、死の壁の向こう側の未知の領域を知りたい、という思いからでしょう。それでいて、ゴースト・ストーリーの中にコスミック・ホラーとして紹介したいものがなかなかないのは、主題があまりに伝統的だからか、天国や地獄という、明確なイメージがあるからか。

さて、この英国の奇才は、死をどう考えたか。奇抜なアイデアの本作は、すぐそばに深淵が口を開けていることを告げているようです。（編）

「来たのは誰ですか？」アイリーンが尋ねた。

談話室はさっきより暗く、寒くなっていた。分厚いカーテンの裾の房が、深海の植物のように揺れている。アイリーン・ドブスン――依頼人たちにとっては、マダム・イレーナ――は、向こう側からの来訪者が到着した兆しはないかと、小さな変化に注意を絶やさなかった。降霊会を始めた頃の、火が弱まったり青くなったりするガス燈と同じように、暗くなったり音を立てたりする、不安定な電燈。隙間から吹き込んで足下のカーペットをじめじめ冷たくする、霧まじりの風。髪の毛を逆立て肌を刺す、静電気のかすかな音。口の中に隠したペニー硬貨の金気くさい味。

「遠方からいらっしゃった方ですか」心眼を開きながら、彼女は尋ねた。

霊応指示器《プランシェット》がぴくりと動いた。同時に、ミス・ウォルター‐デイヴィッドの指が離れた。動きを感じたからだ。アイリーンは隣にいる、さして若くもない彼女にちらと目を向けると、椅子にかけたまま小さくなっていた。目に怖れの色が浮かんでいるのは、信じているからだ。釣りにたとえるなら、針にかかる手応えがあった、というところだ。懐疑が狂信に変わるときは、人はいつもこのような顔を見せる。このお客は裕福だから、このあとアイリーンは銅貨でなく銀貨を、いや、金貨を味わうことになるだろう。

無言のまま、彼女はミス・ウォルター‐デイヴィッドを励ましてその指先をプランシェットに戻させ、バランスを取り直した。前の丸いテーブルには、特大のチェスボードのように蝶番《ちょうつがい》で折り畳める、薄手の木の板が広げられている。板には紙が張られ、アルファベットが扇形に記されている。左右の端にはそれぞれ「YES」と「NO」の文字。プランシェットは大理石の車輪のついた、鏃《やじり》のような三角形をした指示器だ。アイリーンとミス・ウォルター‐デイヴィッドが両脇からプランシェットに手を添えると、先が震えだした。

「来たのは誰ですか？」ミス・ウォルター‐デイヴィッドが尋ねた。

彼女の婚約者は、無事に前線から帰ってきたのに、インフルエンザで亡くなった。マダム・イレーナを訪れるようになったのは、その理不尽へのなぐさめを求めたからだった。

「来たのは――」

プランシェットがさっと動いた。ミス・ウォルター‐デイヴィッドは驚き、かすかな悲鳴をあげた。アイリーンは、何かがここに来ているのを普段より強く感じたが、それが扱いやすいことにも気づいた。彼女はトリックで騙したり、呪文を唱えてごまかしたりはしなかったが、実際には本人の向こう側への理解は、依頼人たちに思わせておきたいものとは異なっていた。あらゆる心霊は自分が望んだことをしてくれる。それに苦しむ様子を見せたとしたら、それは心霊になんらかの誤りがある、ということだ。軽く手を添えている霊媒と依頼人とは関わりなく、プランシェットは隅まで動くと、一点を指してすぐに止まった。

Y

「ＹＥＳ」を示すのではなく、扇形に並んだアルファベットの中の「Ｙ」を選んだ。しばしば心霊は名乗るかわりに自分の頭文字《イニシャル》を示すことがあるが、「ＹＥＳ」や「ＮＯ」を飛ばして先に文字を指す相手は初めてだ。ミス・ウォルター‐デイヴィッドに気づかれないよう、アイリーンは驚きを押し隠した。

「お名前は？」

またもＹ。「イエス」ではない。名前の最初の一文字だろうか。たとえばヤングマンとか、ヨコハマとか、イズレイルとか。

「その意味は？」アイリーンはいらだちをかくせずにいた。

プランシェットはまたも動きだし、いくつかの文字を指し示した。普段はないことで、読み解くにも少々時間を要した。

ＭＳＴＲＭＮＤ

「ムストルムンド」ミス・ウォルター‐デイヴィッドが声に出した。

アイリーンは気づいた。「ここにいる誰かに伝えたいことがあるのですか、偉大なる知者《マスターマインド》よ？」

Ｙ

「誰に？」

Ｕ

「アーシュラ《Ｕｒｓｕｌａ》に？」ミス・ウォルター‐デイヴィッドの洗礼名を言ってみた。

ＮＵ

「Ｕとは？」

「あなた《ユー》？」ミス・ウォルター‐デイヴィッドが言った。「あなたのことじゃない？」

アイリーンにとっては、面白くない流れになっていた。

＊＊＊

今、彼のチャット・ルームには二人がアクセスしている。少なくとも、女だということは確かなようだ。もっとも、ボイドはそんなことを信じてはいない。自分が正体を隠すのに長けている、と思い込んでいるネットユーザーも少なくはないからだ。

ボイドが最初に使ったハンドルネームは〈マスターマインド〉だったが、今は他にも数々の名を使い分けている。男のようなもの、女のようなもの、どちらともつかないものも。回線の一つ一つに違うハンドルネームとメールアドレスを設定し、現実の住所《アドレス》は追跡できないようにしている。だが、実際はネットの世界に住んでいるようなものだ。ハイゲートに構えているこの仮住まいも、外から見れば精肉用の冷蔵倉庫か何かにしか見えない。ハープシコードの名手が思うままに奏でるように、彼はウェブ上でさえあれば、すべてを思いどおりに操ることができる。もちろん、逃げ道を確保することも。
主に使う女性のハンドルネーム〈カレス〉は、セックスに積極的なキャラクターにしている。サディズムの傾向のあるアフリカ系モデル、クレオパトラ・ジョーンズのポルノ・サイトの印象から彼女を作った。カレスが暴走したときに止めに入る、清純で繊細な〈女学生《スクールガール》〉もいる。
だが、今アクセスしている二人は、そんな用心とは無縁なようだ。はっきりわかる。初心者だろう。まったく無防備に、ごまかしなく、自分たちをあからさまに見せている。
〈アイリーンD〉
〈アーシュラW‐D〉
たどたどしくタイピングされたメッセージが、彼のモニターに流れる。ユーザー名からさらに情報を得ようと、彼は検索をはじめた。本名や現住所、銀行口座を突き止めるのは簡単だし、いつもうまくいくわけではないが、もっとも頻繁に使っていそうなハンドルネームから、本人のJPEG画像にまでたどり着くこともできる。初心者は自分が痕跡を残していくことに気づいていない。アクセスしてくる者なら誰であろうと、ボイドには追跡が可能であり、情報を得るのは日頃の習慣のようなものだった。

アイリーンD:ここにいる誰かに伝えたいことがあるのですか、マスターマインド?

ボイドはキーボードを叩いた。

Y

アイリーンD:誰に?

U

アイリーンD:アーシュラに?

NU

アイリーンD:Uとは?

アーシュラW・D:あなた《ユー》?

やっと片方が理解してくれたらしい。〈アイリーンD〉――〈ID〉や〈I‐D〉にしないのはなぜだろう――は反応が鈍いようだ。まあ気にするほどのことでもない。彼女が慣れていないことがボイドにはわかった。ディスプレイの空白から見て取ることができる。無知なぶん、こちらへの信頼も大きい。もう一人とは実際に同じ部屋にいるのだろう。こちらの空間に踏み込んだら、ルールはそっくり変わり、自分が何も知らなかったことを痛感することになるタイプだ。〈アイリーンD〉――これはほぼ本名だろう――は本人が目の前にいるのも同然だ。どこの誰かを知るのには手もかかるまい。
「〈I‐D〉にメッセージがあります」ボイドはタイプした。
別のアカウントで別のラインにアクセスし、マスター・モニターに接続したコンピュータの半円の中央で、彼は背も座面も自分に合うように調節された回転椅子に座っていた。二人以上のユーザーとして使うときは、椅子を回転させてキーボードからキーボードへと移動し、カメレオンのようにめまぐるしく人格を変えてチャットする。同時に五、六人を使い分け、実際は自分一人なのに、込み合ったチャットルームにいるかと相手に思わせることもできる。それぞれのラインとキーボードで惑わせ、引っかけたりつかんだりしているうちに、相手が閉ざしていたドアは開いてしまうものだ。

「わたしはあなたを知っています」

古典的な手段だ。だが、相手をとらえるにはこれにかぎる。

いちばん左のモニターに目をやる。検索はまだ終わらない。まだ情報をつかんでいないようだ。いつもならもっと速いのだが。〈アイリーン〉も〈アーシュラ〉も見つからない。見るかぎりは初心者で、ネット上に残した履歴を消すほどの知識はなさそうなのだが。解析ソフトのどれかがすぐに突き止めるはずなのに。この二人は、どこかわからないが、すぐ近くでアクセスしているはずだ。ちょっとした不調かもしれない。深く考えないでおこう。

「何をしているかも知っています」

何をして「いたか」ではなく「いるか」と書いた。「いた」なら済んだことで、はっきりしているが、「いる」だと進行中のこと、日常の中での意識しない行為を、おそらく本人が意識していないようなことまで、暗示することができる。

「あなたが求めるものは違う」

＊＊＊

「あなたが求めるものは違う、ですって？」ミス・ウォルター・デイヴィッドが声に出した。早くも霊の奇妙な言葉遣いを覚えたらしい。アイリーンにはそれが面白くなかった。いつも相談に来る顧客の一人を失いかねない。

だが、この〈マスターマインド〉には、どこか気にかかるところがあった。彼――明らかに男性だ、と彼女は感じた――は、ほとんど子供のように言うことのはっきりしない他の霊たちとは、共通項がない。そんな霊たちの書く言葉は単純で、その意味は曖昧だ。彼女は霊たちを手助けし、そんな言葉の奥から、遺族に伝えたいことを導き出したり、顧客が聞きたがっていることに合わせてメッセージを読み解いたりしてきた。彼女は単なる死後の世界との交信だけでなく、霊が伝えてくることへの理解によって、財をなしてきたのだ。愛する者の死には意味はなく、その魂は煉獄にあり、今は雲が晴れていくように生前の記憶が消えつつある、などということを聞きたくて、彼女のもとを訪ねる人はいない。もっとも、信奉者の中には、憎んでいた者たちが死後の世界で適切な責めを受け、生前の行いを虚しく懺悔している、という話を聞きたがる者もいなくはないが。だが、もっとも煩わしいのは、金融投資の情報を死後の世界から得ようとする輩だ。

アイリーンは今、相手の人格をはっきりと感じた。ほとんど暗号のような、感情のない言葉だけであっても、〈マスターマインド〉は「誰か」であって「何か」ではない。だから最初のうち、彼女は相手に触れるのを怖れたのだ。

〈マスターマインド〉も曖昧だが、手探りするように考えを表してはいない。彼が自分からそう名乗ったとき、彼女はその姿をくっきりと思い浮かべた。玉座に着いた、大きな頭と風船のようにふくらんだ胴体と、それに比べて貧弱な手足の持ち主。その頭の中で企みを組み立て、小さな取り巻きたちをチェスの駒のように操る。めったに感じることのない怒りをその姿に覚え、彼女は気をひきしめた。彼から身を守らなければ。交信には用心が必要だ。恐ろしい地獄よ、扉を開けるな——彼女はマーロウの『フォースタス博士』を思い出した。そちら側に行く気はない。

〈マスターマインド〉は、決して霊などではない。

U R ALLONE

「あなたはすべて一人《ユー・アー・オール・ワン》」ミス・ウォルター‐デイヴィッドが読み上げた。「どういう意味でしょう？」

U R ALONE

「あなたは一人」——これは霊界から届く暗号めいた言葉ではない。自分の才能を見いだす前に、アイリーン・ドブスンは保険会社に勤めていた。タイプライターの誤打ならば見慣れている。

U R AFRAID

「あなたは怖れ……」

「ミス・ウォルター‐デイヴィッド、わたしにもわかります」

「怖いのですか？」

「いいえ、ちっとも。

〈マスターマインド〉、あなたはとても興味深い方ですね。でも、わたしはあなたが見せようとしているものより、隠そうとしているもののほうが、よく見えます。悲しいことに、誰もが孤独《アローン》で、怖がって《アフレイド》います。あなたは霊としては何も見ていないのですね」

もっとも、これを言うことは、霊媒という職業の秘密を暴くのも同然なのだが。

「あなたも孤独で、怖がっているのではありませんか？」

答えはない。

「他の方法でお話させてください」

彼女はプランシェットに手をやり、相手が綴るようにして言葉を示した。

R U NOT ALSO ALONE AND AFRAID

最後の疑問符をつけようとしたが、霊応盤《ウィジャボード》にはなかった。霊は問いかけはせず、答えるだけだからだ。

＊　＊　＊

〈アイリーンD〉は最初に思ったよりは賢明なようだ。彼女についての情報はまだない。まだ何もつかめない。

ボイドは別のキーボードを叩いた。

立ち去りなさい

アイリーンＤ：あなたは別の存在ですか？

なんとまあ、斬新な。自分こそどうなんだ？

怖れを知らないのだな

アイリーンＤ：あるいは、別の霊でしょうか？

存在？　霊？　この女、何を考えているんだ？

そうか、霊などという下らぬものに頼っているんだな

アイリーンＤ：霊も存在も同じものです。あなたの名は〈レギオン〉ではないかと思いますが

ネット上で〈レギオン〉と名乗っているやつは、ボイドも知っている。〈アイリーンＤ〉はやつが差し向けてきたか。初心者どころではなさそうだ。とんだ食わせ者かもしれない。

検索を続けたが、〈アイリーンＤ〉に関わるものはない。これだけ時間をかければ、母親の旧姓も、生理の周期も、初めてキスをした相手のフルネームも先週アクセスしたポルノ・サイトも、そっくりわかるはずなのだが。

この部屋をさっさと引き払うのがいいのかもしれない。だが、こんな挑戦を受けることはまずないのだから、受けて立たずにはいられないじゃないか。いつもなら、ひっかけた相手としばらく言葉を交わし、ネットで得た情報で惑乱させ、その自由を奪う。ゲームの目的は、相手の銀行口座からネット経由で小銭を頂戴することだ。ほとんどはスマートフォンで簡単に入金させられるが、初心者が相手だとたまに手間をかけさせられることもある。だが、お遊びとしてはなかなかのものだ。

ネットで仕事をしはじめた頃は、出会い系サイトを使って個人情報を集め、それぞれ特有の趣味嗜好に合わせたポルノ・サイトのサービスや品物を注文してやったものだ。今思えば簡単なことをしていたものだ。今は画像を改竄して投稿するのを面白がっている。もし〈アイリーンＤ〉が結婚していたら、獣姦マニアのサイトの山羊と交わっている女の画像を、顔だけ彼女のものに差し替えて、亭主に送ってやるのも面白いだろう。いかにも犯罪者らしい顔つきに加工して警察の手配書を捏造し、前科があるように見せれば（裁判記録とそれに関連する書類もそれっぽくでっちあげられる）、職を失うことだってあるだろう。人を減らすために書類確認にわざわざ時間を取る雇い主もめったにはいまい。

自分のしたことはちゃんと覚えている。何ヶ月かたって、悪ふざけの相手を調べて——最近では五人が入院し、二人が自殺した——その影響の強さを確かめる。〈アイリーンＤ〉のハードディスクに侵入し、ウイルスよろしくすべて消去してやろうと決めた。

アーシュラＷ・Ｄ：あなたはフランクを知っていますか？　フランク・カニンガム・マースを

どこから尋ねてきているのか。だが、無数の名前が流れていくネットの中でも、この名前はありふれているとは言えない。ボイドはまだ結果の出ない検索を中断し、この姓の二つつながった名をコピーして、検索することにした。すぐに出た結果はわずかなものだった。最初のは、ある新聞社のデータベースに見つけた、一九一九年の死亡記事。馬鹿げたことをしがちな初心者は、ネット上の膨大な記録の中からこんな名前を拾ってくるものか。ボイドはアクセスした。《ハム&ハイ》、ハムステッドとハイゲートの地域紙だ。これには驚いた。インターネットは広い世界を一瞬でつなぐ。だが、これはあまりに近い。ほんの数ブロック先だ。もっとも、時間的には八十年の遠い過去だが。死亡記事を見つけた彼は、賭けてみることにした。

死因はインフルエンザ
アーシュラW‐D:そうです

これで〈マスターマインド〉はフランクを知っていることになった。アーシュラに彼からのメッセージはありますか、とマダム・イレーナは尋ねた。

ボイドは記事を斜め読みした。フランク・カニンガム‐マースは先の戦争で叙勲された、ということなどが書いてある。享年三十八歳。その中に、同じ教区内のミス・アーシュラ・ウォルター‐デイヴィッドと婚約していた、という一行を見つけた。この女がまだ生きているということか? だとしたら、とうに百歳を超えている。

別の検索をかけてみる。アーシュラ・ウォルター‐デイヴィッド。結果は三件。最初の、カニンガム‐マースの死亡記事は、もう読んだ。次は一九二四年の《ザ・テンプル》から。心霊主義研究団体の新聞か雑誌のようだ。三つめはまた一九五二年の《ハム&ハイ》で、これは本人の死亡記事だった。

こいつぁたまげた、相手は幽霊か!

いや、これは念入りな詐欺だ。そうにちがいない。

ボイドはしばらく考えた。

1952年にまた会える

《ザ・テンプル》の記事は長い上に文字が細かく、三、四台のモニターに目をくばりながらでは読めそうにない。スキャンの質も悪く、判読できないところもあるようだ。記事は降霊術師にして霊媒のマダム・イレーナ(姓は載っていない)への感謝を綴ったものだった。「姉妹」と呼ばれる彼女の顧客の中に、アーシュラ・ウォルター‐デイヴィッドの名がはっきり書かれていた。

気味が悪い。ボイドは自分の正気を疑い始めた。偶然の一致など信じはしない。これは何かの策略だ。偶然は信じないが、相手を陥れるための手口なら、似たようなことはしてきている。相手を嫌な気持ちにさせるためだけに、詳細な死亡記事をでっちあげることもたびたびあった。これは復讐なのか? もしそうだとしても、どこの誰がしてきているのかがわからない。

マダム・イレーナを検索すると、結果が何百件もモニターに並んだが、ほとんどはフランス語のポルノ・サイトだ。もっとも一致するものは、ボンデージSM動画のタイトル《マダム・イレーナの鞭》だった。検索語に「降霊術師」と加えて再検索すると、先ほどの《ザ・テンプル》を含めて、こちらが求めていたものが十五件ほど挙がってきた。

アーシュラW‐D：フランクは安らかですか？

またもや集中力を二分しなければならない。ボイドはけっして両手利きではないのだが、片手でキーボードを打ち、親指でシフトキーを押し、文章を書きながら、左右の目をトカゲのように別々に動かして、他のモニターが映す文章を追った。

フランクの鼻風邪は治った

「マダム・イレーナ＋降霊術師」の検索結果に、一九二六年の《心霊学調査協会報》があり、そこには大きな見出しで「不正の申し立て」とあった。読んでみると、マダム・イレーナの名で知られる霊媒アイリーン・ドブスンが、降霊術において虚偽を行ったとして告訴された、という小さな記事が載っていた。取材記者のカトリオナ・ケイは、「霊媒としての能力は確かではあるが、その手段は道徳に反し、ときに危険である」と書いている。


次に挙がっていたのは裁判記録だった。開いてみる。アイリーン・ドブスンが告訴されたらしいが、スクロールしていくと、文書が途中で切れているので、ボイドは苛立った。再読み込みしてみても変わらず、どのような判決が下されたかはわからなかった。古い記録にはこのように、スキャンが不完全なものがかなりある。それに、彼自身、昔の記録を目にすることはほとんどない。読んでもよくわからない裁判所の文書を見るうちに、アイリーン・ドブスンの住所が書かれているのに気づいた。

ハイゲート、フェルドスパー街、黄藤荘。

今でいうフェルドスパー街二十六番地だ。さびれたアパートで、手入れする者もいない庭は草が生え放題になっている。画像を検索するまでもない。

アイリーン・ドブスンはここに住んでいるのか。

いや、住んでいたのは一九二〇年代で、アパートに改装される前のことだ。今は番地だけだが、建物に呼び名がついていた時代の話だ。

おまけに、彼女はとうに死んでいる。

だが、こんなまねを仕掛けてくる相手は、ボイドがここに住んでいると知っている。うかうかとその手に乗るわけにはいかない。

＊＊＊

「新しい霊が加わったわ」とミス・ウォルター‐デイヴィッドは言った。「めったにないことね」

それは〈カレス〉と名乗ったが、新しい霊ではない。そうならアイリーンには感じられるはずだが、何も感じていない。一つの存在が、いくつもの役を演じ分けている。彼女にはわかった。そういう相手は常に邪悪だ。疲れてもきているし、降霊術はもう終わりにしなくては。だが、アーシュラ・ウォルター‐デイヴィッドは最後までやりたがるだろう。夫となる人を失ったばかりに、霊界との交信しか楽しみのない人なのだから。それに、アイリーンへの支払いは毎回かなりの額になる。危険とは知りつつ、彼女は続けることにした。ずる賢そうな霊を充分に警戒したうえで、追加料金を貰えばいい。相手は子猫のふりをした虎だ。霊応盤の中央に意識を集中し、慎重にプランシェットを置いて、文字を迷わず示すことができるように構える。

「〈カレス〉」震える声でミス・ウォルター‐デイヴィッドが言う。「フランクと話せますか?」

〈カレス〉は女性を装っているようだが、最初に出てきた相手、〈マスターマインド〉と同一だとアイリーンは思った。

52　に

「なぜ一九五二年に?　ずいぶん先じゃありません?」

あなた　が　しぬ　から

答えはそれだけだった。ミス・ウォルター‐デイヴィッドは咬まれたかのように、プランシェットから手を離した。アイリーンは考えた。いつ死ぬか、その年を霊が告げることはたしかにある。だが、このような無情な告げ方をするのは、邪悪な霊の特徴だ。

予言者を装っているのか。このような霊に会ったことは、回数は少ないものの、ある。たとえば、依頼人が未来を知ろうとするときに。だが、そのときに来る霊は、こんなふうには答えない。未来に何が起きるかは霊にもわからないはずだ。時間の外に存在し、人の生涯を外から見て、過去から未来まで見通していないかぎりは。

ミス・ウォルター‐デイヴィッドは驚いたままだった。もちろん、嬉しそうではなかった。

プランシェットは霊応盤の上を大きく一回転した。アイリーンは文字の位置で止めようとしたが、霊の力のほうが勝っているようだ。彼女が押さえるのにもかまわず、動き続けている。盤の外に出ないようにするのが精一杯だ。

アイリーン

イレーナではない方の名で呼びかけてきた。

ドブスン

本名を書かれたことは恐ろしくはあったが、むしろ腹立たしかった。公にしていない個人的なことがらを明かされてしまったからだ。これは侮辱でもあり、攻撃でもある。

「ドブスンって誰かしら」ミス・ウォルター‐デイヴィッドが言った。

それは、とプランシェットが書きかけた。

「わたしの本名よ」アイリーンは答えた。「隠していたわけではないわ」

うそだとプランシェットが動いた。

「どこにいるの?」アイリーンがたずねた。

ここ　そこ　どこにでも

「無理ね。ここやそこにはいられるでしょう。でも、どこにでもいることはできないわ」

おかしな霊だ。全能でありたがるが、どこかやりすぎている。自分からマスターマインドと名乗りをあげているのも、過剰な自信と虚栄心の現れだ。知識は知恵ではないのに。もし、今年のダービーの優勝馬の名を尋ねたら、彼は答える(少なくとも、答えられる可能性は高い)だろうが、死後はどのようなものかは答えられないはずだ。彼女にはわかりはじめていた。あれは霊魂ではない、生きている人間だ。

それは確かだ。だが、どこにいる?

わからない。

いつ?

「今日の日付は?」アイリーンは尋ねた。

＊＊＊

いい質問だ。

嘘のつけない問いは、相手に痛手を与える。

01年1月20日

アイリーンD:一九〇一年?

N　2001

アーシュラW‐D:向こう側の世界ではきっと、時間は無意味になるのね

アイリーンD:相手がどこから来たかによりそうね

ボイドは「アイリーン・ドブスン」という名と、自分の現住所をそれぞれ、さらに合わせてサーチした。検索結果はあまりにも多かった。「フランク・カニンガム‐マース」のような名が多くて、「アイリーン・ドブスン」は少なければいいのに、と思った。彼の本名「ボイド・ウェイロー」は人に明かすことはなく、アカウントの名は「ジョン・バレット」とか「アンドルー・リー」とかにしていた。

モニターの光のほかは、彼の部屋は暗かった。かつてヴィクトリア朝には貴族の別邸だった広い屋敷を、三つに分けて貸間にしている。マダム・イレーナはここで降霊会をしたのか。床を見下ろし、ここは談話室だったのかもしれない、と彼は思った。

過去の世界に触れていることを、彼はようやく信じられそうな気がしてきた。

「アイリーン・ドブスン」の名で画像検索をして見つけた一つのJPGファイルを開いてみると、意志の堅そうな小さな顔が見えた。好みのタイプではないが、印象に残る顔だ。髪はターバンで隠し、中国風の上着は襟元まできちんとボタンをかけている。成功者らしい面もちで、白く長いシガレット・ホルダーで黒い煙草を喫っていた。一九二七年に撮影されたものだ。さっきの質問は、互いの時間の開きを知りたかったのだろうか。

そちらの日付は？
アイリーンD：一九二三年一月十三日

この時代に関する質問を次々と投げつけて、この女を懐古趣味から引きずりだそうかと思った。が、自分にはたいした知識がない。アメリカの禁酒法。イギリス全土を麻痺させたストライキ。一九二七年に公開された映画。リンドバーグの冒険飛行はこの頃だったか。世界恐慌はもう少し後だったか。ミュージカル「モダン・ミリー」の舞台となった時代で、流行作家はP・G・ウッドハウスだった。だめだ、役に立たない。一九二三年一月の総理大臣が誰だったかも思い出せない。必要なときにネットで調べては、そのまま忘れてきた。知識を探す技術を身につけはしても、知識を得るまでには至らなかった。それも、こんなときはまったく使いものにならない。

この女たちが——いや、アーシュラW-Dは考えなくていい、アイリーンDが何者であれ、これでは何を尋ねてみても、あっさり答えられてしまうだろう。

こんなときはどうすればいいのか？

そうだ、何がどうあれ、アイリーンDはここにいる。彼の部屋に。抵抗はさせない、袋の鼠だ。

I C U

＊＊＊

I C U

わたしはあなたを見ている《アイ・シー・ユー》。

アイリーンは、これを相手のはったり《ブラフ》だと思った。マスターマインドの言葉は人間じみていて、霊のものとはとても思えない。

談話室は、テーブルの上に円錐形の明かりが一つあるだけで、暗い。

ミス・ウォルター＝デイヴィッドは、恐れをなしてプランシェットから手を離した。押さえていてくれると助かるのだが、彼女の気持ちを思うと、無理は言えない。

声は出さなかったが、マスターマインドにはもうわかっているだろう。

向こうはこちらが見えるというが、こちらは向こうに手の内を見せないでおくことができる。

ぎこちない動きにならざるを得なかった。左手の指先を震えるプランシェットに置き、霊応盤の上を走り文字に突進しようとするのを抑えた。

わたしは　おまえを　みている　ーD
おまえが　こわがる　のが　わかる

アイリーンは上着のポケットから手帳を出すと、腿の上に手首で押しつけてから、背に差してある鉛筆に爪をかけて抜き取る。簡単なことではない。

わたし　が　こわいか　ぺてんし　め

相手は調子に乗っている。彼女は手帳を見ないまま、ミス・ウォルター‐デイヴィッドが読んでくれると信じて書いた。こんなこと、したためしがない。

「カレスはもう行ってしまったようね」できるだけ落ち着いた口調で、彼女は言った。「来たのは誰ですか?」

ほんとう　は　おれ　わ　へび　だ

「わ?　ああ、『は』ね。蛇ですって?　蛇なら、文字の間違いも仕方ないでしょう」

ミス・ウォルター‐デイヴィッドは、暗い部屋の中で避難するように、離れた椅子に座っていた。アイリーンは手帳を開いて見せた。が、彼女は近づいてこようとしなかった。何か言おうとしかけた。かぶりを降って黙るように伝える。ミス・ウォルター‐デイヴィッドは手帳を受け取り、暗がりの中で目をこらした。この間抜け女が声に出して読むのではないか、不安だったが、どうやらわかってくれたようだった。

食器棚のそばにはトレイがあり、蒸留水を注いだグラスが四つと、巻いた鎖が四本載っている。自転車のチェーンのような鎖だ。アイリーンはそのトレイを霊応盤を置いたテーブルまで持ってくるよう、ミス・ウォルター‐デイヴィッドに頼んだのだ。

「蛇よ、あなたには、これから起きることがわかるの?」

まさに

「たいしたものね」

いかにも

カチャ、という音がした。ミス・ウォルター‐デイヴィッドは、トレイを置いてすぐに逃げたようだ。降霊術には慣れているはずなのに、とアイリーンは訝った。だが、納得した。その結果としてのことだ。彼女は、このようなことをしても幸せにはなれない、と知ってしまったのだ。

「ミス・ウォルター‐デイヴィッドの寿命は一九五二年まで?」

Y

始めた頃の「Y《イエス》」に戻っている。だが、言葉めかしているよりはわかりやすい。

「死因は？」

しばらくの間。

PNEU

「肺炎《プニューモニア》ね。ありがとう」

腕は疲れ果て、プランシェットに引きずられている。肩が痛い。片手だけで霊応盤《プランシェット》を扱うのは簡単ではない。トレイの上のグラスは東西南北に合わせて置いてあり、その間を鎖がつないでいる。鎖の端が水に浸っていて、それでいて鎖同士が触れていないことが肝心だ。心霊主義よりは物理学の領域だが、もちろんその機能は理解している。

「あなたは何を知っている？」

おまえ　が　ぺてんし　だと　いうこと

「そんなことは聞いていない。未来のことを話してみなさい。二〇〇一年のことじゃなくてね。これから五年から十年後の、役に立つ情報を」

29　ねん　かぶか　だいぼうらく

「それは有益ね。あなたは株のことがわかるの？」

Y

専門外の知らないことでも、彼女は学び知ることができる。競馬についてなら、もう少しは知っているので、ダービーの優勝馬について尋ねることにした。競走馬の名前を知らないことについては、相手も同じだろう。

「競馬は？」

ためらうような間。

Y

その反応は、これまでのように飛び出しかねないものではなく、おとなしかった。

「今年のダービーで優勝するのは？」

＊＊＊

単純な検索を「＋エプソム＋ダービー＋勝ち馬＋1923－ケンタッキー」でしてみたが、合うものはなかった。「－ケンタッキー」を外すと、数件の結果と説明が見られた。一九二三年の優勝馬パピルスは、エプソムとケンタッキーの両ダービーに出走した。だが、ケンタッキーでは負けることをこの過去の女に知られると、あのときに賭けた支援者たちが大損することにならないか。ずっとアイリーンDを相手にしていて、他のことが見えなくなっていた。彼女は一度に一文字なのだろう、彼の返答をゆっくり受信しているようだ。

カチリと音がした。モニターではない、霊応盤だ。

ボイドはふと我に返った。

アイリーンD：別のことを聞かせて。これから名前を言う人のことを知っているかどうか

OK

アイリーンD：アンソニー・トールガース。それから、ベイジル＆フローレンス・トールガース

複数検索の結果は大量だった。大半が一九二〇年代のもので、主に一八六〇年代から一九六八年にかけての誕生記事と死亡記事だった。そして、ほとんどが「ハム＆ハイ」に載ったものだった。

一九二三年二月二日の記事を開いてみた。

「富豪、行方不明の息子と再会」

アイリーンD：アンソニーはどこにいる？　答えて

その記事によると、アンソニーはT・A・メレディスの偽名で海軍の上等水兵となり、ポーツマスに配属されて戦艦ダケット号に乗船した。富豪の両親のスキャンダルと不和から逃れようとして海軍に入った——彼はゲイだったのではないか、とボイドは思った——が、「地元で有名なある女性霊能者」によって発見されたということだ。再会した親子は和解したという。

この手のゲームはもうたくさんだ。いいかげん、やめてしまいたい。

キャスターつきの椅子を後ろに移動させると、見えない壁に突き当たった。

アイリーンD：あなたは閉じこめられた、とお知らせしておきましょう、マスターマインド。聖水と鎖でね。あなたが協力してくれるなら、閉じこめた輪を広げてあげてもいい

ボイドは壁を抜けようとしたが、触れるたびに痛みが走り、外に出られない。

アイリーンD：あなたが何を感じているか、まだ感じられるものがあるか、わたしの知ったことではない

ボイドが彼女を見ていたのではなく、彼女が向こう側から彼を見ていたのだ。彼を！

アイリーンD：おとなしく未来の霊になって、わたしの知りたいことを教えなさい

痛む右手を左の脇にはさみ、左手だけでキーボードを打って、ボイドは聞かれたことを検索しだした。時間のかかる作業だった。

アイリーンD：霊応盤をタイプライターに代えたほうがよさそうね。そうすれば、あなたももっとやりやすいでしょう

FO　彼はキーボードを叩いた。

急に壁が狭まり、彼の背を打った。意味がわかったんだ！　一九二三年の女なのに、こんな下品な言葉を知っていたのか？

アイリーンD：礼儀正しくしないと。良い子でいてくれたら、この部屋の中で自由にしてあげましょう。この階にまで広げてもいい。鎖を長いものに代えればいいだけだから

ボイドは遊泳プールの中の鮫のように、怒りと屈辱と苦痛を味わっていた。これでもうおしまいだ、と悟りながら。

＊＊＊

トールガース夫妻は手間を惜しまなかった。ことに夫人は、談話室をこまめに片づけ、マスターマインドを閉じこめるための聖水を毎日交換した。こればかりはメイドに任せるわけにはいかない。談話室の鍵はアイリーンが肌身離さず持っていた。

死者の霊と交信したい人たちも相変わらずいたが、さらに多いのは将来役に立つ情報を得たい人々だった。彼女はうまいやり方を知っていた。マスターマインドを上手に扱い、幅広く有益な情報を引き出していた。一般市民の生活に関することから、この世紀がどうなっていくかという大きな問題にまで。

実際、毎年のダービーの優勝馬を知ったとしても、さほど大きな利益が得られるわけではない。パピルスは一番人気だし、レースも有名すぎるからだ。アイリーンは小規模なレースに出走する強い馬の情報をマスターマインドから得ていたが、賭けの胴元たちは頭の回る人ばかりで、ばかについている客は避けられることを学んだ。それ以来、馬券を買うときは控えめになった。

その朝、彼女は心を決めた。密かな野心で霊媒として名を売ったものの、自分の死後などには興味を持ったこともなく、生きているうちが花だと思っていた。遺産は、自分が死んでも公表せず、墓も建てず記録にも残さない、という条件をつけて、法律事務所に預けた。その頃にはすでにこの家にはいないとわかっていたが、期限を二〇〇一年までとした。そして、名前を出すことに用心深くなった。名前を出さなければ、マスターマインドは彼女について何も知ることができない。そして、お互いに接するようなことがないようにしておきたかったのだ。

あの男は彼女に復讐したがっている。だが、今や彼女にとっての、瓶の中の小鬼になっていた。

彼女はテーブルに向かい、プランシェットに手を置き、すっかりなじんだ抗う動きを感じる。

「来たのは誰？」

YYYYYYYYYYYYYYYYYYYYY

「落ち着いて、マスターマインド、落ち着いて。今日は株のことを教えてほしいの……」

＊　＊　＊

ネットで注文した食事が、玄関で手渡される。もう二度と、外に出ることはないだろう。最後に外出したときのことは思い出せない。アイリーンDと出会う何日前、いや、何週間前だったろうか。ポストに手紙を投函することも、銀行に行くこともないのに。

ボイドは鎖を見つけた。壁板の下を這い、戸口の下を通って、端のほうは水に浸って錆びている。どこから流れてきた水かは知らない。閉じこめられているのを確かめただけだ。

アイリーン・ドブスンに関して検索しても、ほとんど何も見つからなかった。四回も裁判を起こされた――自分も訴訟してやりたい、という気持ちが起きたのに、彼は驚いた――が、彼女を自分の時代にまで生きながらえさせることはできない。一九六〇年代まで、彼女のいた痕跡はあり、六八年からはその名を見なくなるが、霊媒や予言者や心霊探偵としての長く成功に満ちた経歴に、守護霊〈マスターマインド〉の名がよく出てくるようになる。

一九二三年から六八年。四十五年間。長い年月だ。交信はつねにあり、彼女が求めるかぎりは働かなければならない。

アイリーン・ドブスンの守護霊は、かくも長く彼女とともにあった。だが、永遠ではない。ほんの四十五年だ。

彼はアイリーンを貶《おとし》めようと、偽の情報を流そうとした。もし彼女がこの家を手放すことになったら（一九二七年にはまだ住んでいたことを忘れはしない）、自由になれるはずだ。だが、あっさり見抜かれてお仕置きを受けることになるだけだった。

すべてを遮断し、沈黙を決め込もうともした。だが、ネットと離れてはいられなかった。強迫観念ではない。彼には必要なのだ。理屈でいけば、電気と通信回線の料金を払わなければ――他の誰にも払わせなければ――どちらも切られるはずだ。だが、同じ理屈で、呼吸をしなければ窒息死する。この思いは彼の中にあるものではない。肉体がこの家を離れることはできないのだ。結婚もしていないくせにあの女は妻よろしくそばについて、玄関から――なんてこった――トイレまで、彼から離れようとしない。

あの女は完全に彼を監視している。

アイリーンD：来たのは誰ですか？

Y　ちくしょう　Y

【note】

新創刊号以来、《ナイトランド・クォータリー》にもっとも掲載回数の多い海外作家は、やはりキム・ニューマンだろう。同号掲載の「血の約束」は、F・ポール・ウィルスン『ザ・キープ』はじめ、過去のヴァンパイアもの小説や映画を踏まえた、短い中にも作者らしい遊びに溢れた好短篇だった。もっとも、《ドラキュラ紀元》シリーズの長篇第四部 JOHNNEY ALUCARD の序章でもあるだけに、ファンの渇を癒すよりはむしろ、さらなる渇望を増すことになったかもしれないが。そんなファンの皆様も、前号での《ドラキュラ紀元》シリーズ刊行予告には、渇きに剥き出しかけた牙を収めていただけたことだろう。

今春からの刊行開始に向けて準備中の《ドラキュラ紀元》シリーズは、初めて手にする読者はもちろん、創元推理文庫版を愛読していた読者にも必携の、いわば「完全版」である。

第一部（創元推理文庫『ドラキュラ紀元』）には、作者自身による註と、創作の背景に言及した新版のあとがきの他に、以下の作品が追加される。

・原典のストーカー『吸血鬼ドラキュラ』との接点となる短篇「死者ははやく駆ける」
・第一部の原形となった短篇“Red Reign”より、長篇とは異なる結末の抜粋
・映画化企画のためのシナリオ草稿より抜粋
・なぜドラキュラと〈切り裂きジャック〉が共演するフィクションがないのかを考察した小論。

加えて記すべきは、創元推理文庫版からの訳者、鍛治靖子（初刊時は梶元靖子名義）が二十余年ぶりに訳文を見直し、「登場人物事典」も、全面改訂したこと。まさに質、量ともに「完全版」と呼ぶにふさわしい。

なお、第二部、第三部は、追加作品で初刊時よりさらに厚みが増すと予想される。ご期待を。

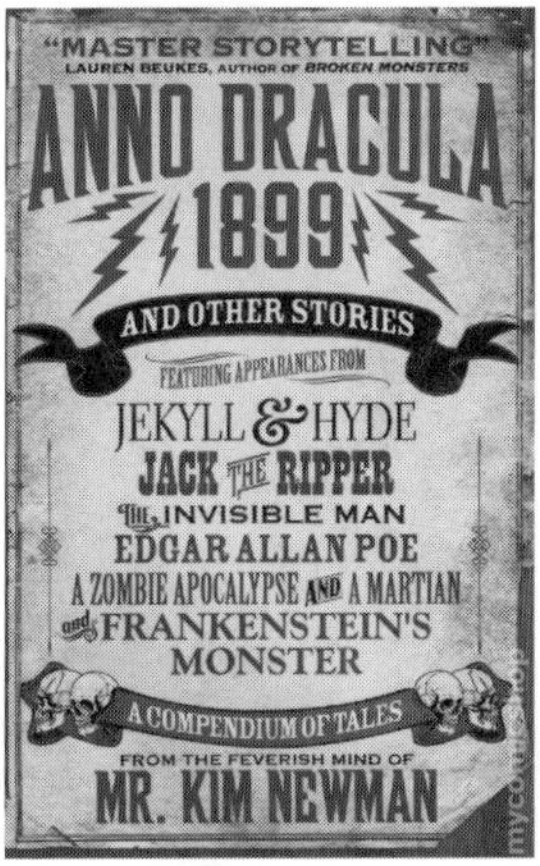

さて。「来たのは誰？」は、二〇〇〇年にイギリスで刊行された、マキシム・ジャクボヴスキー編のアンソロジー THE NEW ENGLISH LIBRARY BOOK OF INTERNET STORIES のためにキム・ニューマンが書き下ろしたもので、短篇集 ANNO DRACULA 1899（2017）に収録された。余談ながら、この短篇集のタイトルは《ドラキュラ紀元》シリーズに属するようで少々紛らわしい。第五部の序章の原形となった短篇 Yokai Town: Anno Dracula 1899 の副題を表題にしたもので、他に「モスクワのモルグにおける死せるアメリカ人」など、二十篇が収録されており、収録作品は今後も本誌で紹介される予定である。

この作品は、時代を隔ててアクセスしてしまった一九二〇年代の霊媒と二〇〇一年のハッカーを描き、ユーモラスな一面、得体の知れない気味の悪さが感じられてくる。数あるキム・ニューマンの作品の中でも異色の一篇だろう。なお、すでにお気づきの方も多いことだろうが、本作はほんのわずかに、《ドラキュラ紀元》シリーズと接点があることを、申し添えておきたい。

なお本作は、二〇〇一年の世界幻想文学大賞に短篇部門でノミネートされたが、受賞はアンディ・ダンカンの「ポワタトミーの巨人」に譲った。

音符の間の空白

◉ピート・ローリック

訳／甲斐呈二

「神の宿る名作」という言葉がありますが、本作ではそう呼ばれる名曲の一つに潜む謎を、引退したロック・スターと、図書館助手のアルバイトをしている大学生が解こうとします。舞台はミスカトニック大学。ホラー・ファンには有名な大学ですが、音楽学部があり、音楽に関わる貴重な資料を数多く所蔵していることは、編集者は寡聞にして知りませんでした。芸術家の感性が、ときに恐ろしい存在を察知することは、この大学の物語を初めて書いたH・P・ラヴクラフトも認めるところですが、ロックを含む現代音楽については、彼の作品に幼い頃から親しんだこの若い作家に聞くことにしましょう。（編）

作曲家のクロード・ドビュッシーによれば「音楽は音符の間に存在する」ものらしい。正直なところ、この言葉を聞いたときはわからなかったのだが、今はわかる。わかりすぎるくらいなのだが、それでぼくが進歩したと言っていいものだろうか。

はじまりは二週間前、副館長の部屋に呼び出されたときだった。「アンダースン君」という、いつものかしこまった呼び方はどうにも気に障る。「ミス・デ・ホンドのことはきみも知っていることと思う」と言いながら、背もたれの高い革張りの赤い椅子に座っている女性に手をさしのべた。ミスカトニック大学図書館の椅子ほど座り心地のよいものはないが、七階のだけは学生たちに「他の場所に行って勉強しよう」という気を奮い立たせるよう選ばれたものだ、という噂は聞いたことがある。目の前の女性は、明るいオレンジ色のジャケットの下に、紫のデザイナーズTシャツを着て、茶色の髪はショートカットにしていた。目が合ったときにちょっと笑顔になったが、見た人がつられて満面の笑みになるような、うっかりすると声をあげて笑ってしまいそうな、明るい微笑だった。握手は左手でして、その間は右手は椅子の肘掛けをつかんでいた。

もちろん、彼女が誰なのか、ぼくも知っている。六インチのヒールとプラチナブロンドのウィッグ、体にぴったりついたラテックスのボディスーツという出で立ちでなくても。彼女こそ、今も数限りないファンを持ち評論家の絶賛を浴び続けている、ポップ・カルチャーの歌姫《ディーヴァ》、マダム・ドグマ（略して狂犬《マッド・ドッグ》）だ。彼女が二年前に突然引退したのは、遺伝性のレッドフィールド症候群の治療のためだった。一時ミスカトニック大学に在学していたが、声楽とピアノの修士課程に復学した。今は他の院生と同じように、音楽の研究に専念しているそうだ。大学のそばのバーに行くと、デペッシュ・モードのナンバーをカヴァーしている彼女のミュージック・ヴィデオが流れることがある。

ぼくも彼女のファンだ。とくにサード・アルバム『陰鬱なイヌ科動物』は繰り返し聞いている。握手のあと一礼して、自己紹介をした。「マーティ・アンダースンです。ミス・デ・ホンド、お会いできて光栄です。二〇〇五年のキングスポート・ジャズ・フェスティヴァルで、あなたのステージを見ましたよ」

彼女はまたあの笑顔でうなずき、フェスティヴァルのお礼を言ってくれた。

副館長のハリスン博士が咳払いをした。「これから来週にかけて、もっと長くかかるかもしれないが、ミス・デ・ホンドは私たちとスメルツァー・コレクションの調査をする。七二六号室を調査室とすることにした。きみには毎朝、通用口からミス・デ・ホンドを館内にお連れし、調査の助手をつとめてもらう。書類を集めたり、記録をとったり、必要な備品を調達することも含めてね。帰るときは、ハートウェル・ハウスにまでお送りするように。そちらの管理はホッブズさんに頼んである。ホッブズさんは朝、ミス・デ・ホンドを図書館まで送ってくれる」声の調子にはどこか不満げだった。「質問があれば」

ぼくはちょっと考えた。「昼食や休憩はどうしますか」

ミス・デ・ホンドが答えた。「今の体調では、普通の食材が食べられないんです。お昼とお茶はホッブズさんが作ってくれます。わたしと同じものでよろしければ、あなたの分も用意してもらいますよ」ジャニス・ジョプリンのナンバーをテクノポップにアレンジしたときと同じ、話していても歌うような声は、耳に心地よく響いた。

「お手数でなければお願いします」ぼくは言った。「調査はいつからをお考えですか?」

「お差し支えなければ、今日からでも」

このようにして、ぼくは千年紀を代表するロック・シンガーの一人と仕事を共にすることになった。

＊　＊　＊

図書館助手の仕事は、名前から想像するほど退屈なものではない。まず、ぼくは司書ではなく学生だ、書いておこう。音楽史を専攻していて、研究のテーマは二十世紀初頭のフランス印象主義が現代音楽に与えた影響だ。とりわけ無調音楽の父、クロード・ドビュッシーの作品に対象を絞ろうと考えている。だが、悲しいことに、音楽史を学ぶ学生に出資する篤志家がいるわけもなく、授業の合間は図書館助手として働き、大学院めざしてこつこつ貯金しているところ。この図書館が所蔵している音楽資料のスメルツァー・コレクションは膨大なもので、七階をほぼ占拠していると言っていいだろう。

そこにある本や手稿や、他では見られない資料の中から、来館者が閲覧したいものを探す手伝いをしていると、一日がかりになることもある。それだけ働いても、給料はアパートの家賃を払えばたいして残りもしない。だが、この仕事には資料を自由に見られるという余録があるから、インハウスというバンドの曲についての懐古的な研究や、オペラ『勝ち誇るドン・ファン』の一部と思われる手書き楽譜の検証といった、わくわくするような研究計画にかかわることもできる。もっと変わったこと、たとえば希少なヴァイオリンのいくつかを、病院のCTスキャナーで内部まで調べるという、費用のかかる検査に立ち会うこともできる。こういった研究の補助で、ぼくは二十二本の論文に協力者として名前を載せてもらい、三本では共同執筆者に入れてもらった。

こういうことは、専門分野を持たない図書館司書や補助調査員がする仕事ではないが、先に言ったとおり、ぼくは司書ではない。それに、調査の目的があっても何を調べればいいか絞りきれないまま図書館に来ると、資料のあまりの多さに迷い、あきらめてしまうこともあるだろう。ぼくは自分も研究する立場なので、利用者が実際に何の研究に取り組んでいるのかを知ったうえで、何を探せばいいのか、本人以上に的確に見つけ、紹介することができる。こうしているうちに、ぼくはいくつかの研究計画の期間を、数週間ということはないけれど、数日は短くして、自分の研究にあてる時間を作ることができるようになってきた。いくらかの粘り強さと、勘のよさのおかげだ。ミス・デ・ホンドのことも、実はあまりよく知らないのだが、他の学生や職員より少しばかりうまく時間を使って、彼女を驚かせるだけの知識を得ることができた。

三日後、ぼくははじめてミス・デ・ホンドと一緒に昼食をとった。彼女はある種の菜食主義者《ベジタリアン》と言うべきか、メニューのほとんどはぼくが初めて食べるものだった。特に書き留めておきたいのは、海藻のサラダと、ひよこ豆のペーストつきローストにんにく、それに乾燥トウモロコシとケールのサラダだった。もちろん、調査には腕をふるった。なにはさておき、彼女の曾々祖父にあたるアンブローズ・デ・ホンドの書いた楽譜をすべてコピーするよう指示を受けた。アンブローズはレッドフィールド症候群の病状が重くなり、引退を余儀なくされるまで、パリのオペラ座でピアニストを勤めていた。人前で演奏はできなくなったが、ピアノとヴァイオリンのための作曲をはじめた。他界までの数年は、熱に浮かされたように協奏曲《コンチェルト》やカンタータ、ピアノ・ソナタを何十曲も作曲した。

その中でももっとも有名なのは(悪名高いというべきか)『ピアノ・ソナタ第六番』で、『休符のための鎮魂曲《レクイエム》』としても知られているが、まさに休符を主にした希有の一曲だ。長年のあいだ、前衛的な音楽家たちが独自の編曲のうえ演奏してきたが、その中にはテクノ・パフォーマンスのアーティスト、ローリー・アンダースンや、ショック・ロックの興行主《インプレサリオ》アリス・クーパー、それにアシッド・ロックの詩人エリカ・ツァンもいた。パンク・バンドのジ・アンデッドが、レイ・ケネディの『ライフ・アット・ラスト』(映画『ファントム・オブ・パラダイス』劇中の一曲)をカヴァーしてシングルでリリースしたとき、B面に入れたのがこの曲だった。ぼくがこういったカヴァーを集めて、ミス・デ・ホンドが作曲者手書きの楽譜と注意深く照合しながら聞く作業は、それだけで数日はかかるものだった。

「アンブローズお祖父さんの曲でアルバムを作りたいわ」ベラ・デ・ホンドは言った。「こんなにたくさんの人たちが演奏して、レコードも出しているけれど、使っているのは曾祖父《ひいおじい》さんのジェラドがかなり手を入れたあとのものなの。ジェラドはアンブローズの作曲の出版には、かなり自由に裁量できたみたいね」彼女は書類をかきまわすと、二枚を拾い上げた。一枚は一九二八年に出版された楽譜で、もう一枚は原本なのだろう、十九世紀と二十世紀の分かれ目に手書きされた楽譜だった。「ちょっと見ただけではまったく同じでも、手書きのほうをよく見ると、書き加えられているのがわかるでしょう。ほとんどは女性の筆跡らしくて、たぶん曾々祖母《ひいひいおばあ》さんが書いたのだと思うけれど、でもここやここやここは」彼女はいくつかの音符や休符を指さした。「筆跡だけじゃなくて、インクの色も、他のところやタイトルや、楽器の記号を書いたものとは違う。ここに書いてあるハープシコードの記号は、ジェラドが書いたものにそっくりよ」

「つまり、ジェラド・デ・ホンドはアンブローズ・デ・ホンドの作曲を改竄したということですね。だとすると、なぜジェラドは改竄なんてしたのかな」

「わからない」彼女の左手が震えていた。「ジェラドは作曲者としては粗製濫造ぎみだった、という研究者もいるの。そう考えれば説明もつくわ」声が次第に小さくなっていく。

「でも、それは今は問題にしなくてもいいかと思います」

「そうね」かぶりをゆっくりふりながら、彼女は眉をひそめた。「ジェラドには、改竄するだけの目的があったんだと思う。でも、それが何なのかがわからない」

「この図書館にあるすべての楽譜に手が入っているのかな。偶然この曲で気づいただけで」

彼女の顔が赤くなり、ぼくは口にしたことを後悔した。「父が自殺して、わたしたち家族はひどく貧しくなってしまった。母はわたしを大学院にまで行かせたかったけれど、大学も無理だった。そこで、この大学の当時の音楽学部長にかけあって、うちにあった資料をすべて寄贈し、図書館にデ・ホンド音楽資料室を作ってもらった。手書きの楽譜や蔵書や楽器といった、一世紀を超える一族の音楽の資料の中には、買うとしても値のつけられないようなものもあった。その見返りとして、わたしは入学できた」ここでため息をついた。「自分の一族の財産が、大学院までの奨学金になった、というわけ」

肩に寄りかかる彼女の香り(ぶどうといちじくを混ぜた感じの、果実のような香りだった)を気にしないように努めて、ぼくは楽譜に見入った。黄ばんでもろくなった紙には、この時代らしく楽譜が小さくびっしりと書かれ、書き込まれた文字もまた小さい。頭の中で楽譜に書かれているとおりに曲を奏でてみる。こんなに休符の多い曲は他に知らないが、それだけでなく、ドビュッシーの曲の特徴である不協和音を連想させるものがあった。曲そのものに、どこかおかしなところがある。楽譜どおりにメロディをたどることはできても、演奏できない。運指をまちがえてばかりで、ある部分では走ってしまうし、他のところでは和音が出せなくなる。自分の指なのに、鍵盤の上でどう動かせばいいかわからない。

楽譜に目を通し終えたとき、いちばん下に小さな文字の一行があるのに気づいた。「これは何だろう?」

ミス・デ・ホンドが目を近づけた。「アンブローズの字で、フランス語が書いてある。エスカラデューって名前の修道院について書いたみたい」

頭の中に別々にあったことが、急につながった。テーブルの端まで飛ぶように移動する。「CDのどれかのライナーノートにあったはずだ……」ケースを開けては中身を引っぱり出し、読み直すうちに、やっと見つけた。「ここに書いてあります。アンブローズは霊感を求めエスカラデュー修道院を訪れた。修道士たちはみな優れた音楽家でもあるが、彼らの作曲したものは礼拝のときの演奏を禁じられ、のちに異端として破門された」

「その理由は?」

ぼくは頭を振った。「そこまでは書かれていません。でも、異端の信仰について調べるなら、このミスカトニック大学は最適の場所ですよ」二人とも駆け下りるように下の階に行った。かの修道士たちがなぜ破門されたか、その記述がある本を見つけるまで、あんがい時間がかかった。

エスカラデュー修道院。その名は「神の梯子」を意味する。もともとはベネディクト派の修道院だったが、十九世紀の半ばに修道士の一人が、神学とは一致しない奇妙な啓示を受けて悩んだという。その啓示についてはこのような説明が書かれている。三次元の立方体や球体は、影を落とすと二次元の正方形や円になる。したがって、もし三次元の物体が平面によって二分されるなら、その断面は二次元となる。ここから、ぼくたちが今いる三次元の世界は四次元世界の断面、あるいは影であると推測できる。人類について言えば、三次元の存在である人類を創造したのは四次元の存在、すなわち神である。小作人の子供であれ教皇であれ、高次元の造物主によって創られたのである——と。

この異端の啓示は教会だけでなく、外の世界にまで脅威をもたらした。修道士たちは破門されたうえ、フランス政府は修道院を閉鎖。啓示の内容のみならず彼らの音楽も禁じられた。そして、破門と閉鎖だけが世間に知られることとなった。エドウィン・アボットが一八八四年に発表した空想小説『フラットランド　多次元の冒険』は、エスカラデューの修道士たちの解散と抑圧への抗議として書かれたという説がある。傍証はまだ見つからないが、一世紀後の推理としてはなかなか興味深い。

ぼくたちがこの資料を読み終えたとき、ミス・デ・ホンドの手がまた震えだしたが、彼女はそれを抑えようとはしなかった。「わかったわ」と声をあげる。「ジェラドが楽譜を改竄したのは、アンブローズが書いた曲が修道院で聞いた音楽を元にしていることがわかったら、教会や政府から弾圧を受けると思ったからよ」ぼくはにわかには信じられなかったが、彼女の次の言葉で疑いは吹き飛んだ。「アルフレッド・ジャリの戯曲『ユビュ王』は一八九六年にパリで初演され、あまりに下品な台詞とナンセンスな筋のため観客たちが大騒動を起こしたので、市当局はその後の上演を禁止した。何年か後もヨーロッパ各地では、同じような戯曲があれば上演を禁止されるだけでなく、台本がすべて破棄されることもあった。ありえないかもしれないけれど、アンブローズの音楽が似たような扱いを受けたので、人が受け入れやすいようにジェラドが書き直したのだとしたら？」

両手が大きく震えだしたので、彼女は前で握りあわせて、抑えつけようとした。ぼくは手を伸ばし、彼女の両手を握った。なぜかはわからないが、そうするのがいいと思ったからだ。震えが落ち着いたあと、彼女はこれまでの苦しみを語りはじめた。

「ヨーロッパ・ツアーを終えたあと、ホテルの床に倒れて痙攣しているところを、マネージャーに助けてもらったの。三日後には、主治医の先生と一緒に記者会見を開いて、レッドフィールド症候群のことを説明した。脳の損傷が両手を震わせ、ひどいときは全身の痙攣になるって。わたしの家族は四代にわたって、この震えに苦しんできたわ。ロック・シンガーとしてのわたしの人生は終わり、予定していたツアーはキャンセルになった。このあとどうするか、誰もが知りたがったけれど、わたしはただ人目につかないようにしたかった。だからファンにもマスメディアにも、一人にしてほしい、ってお願いしたの。

もちろん、パパラッチたちが耳を貸すわけもなく、マンハッタンのアパートのまわりで野宿して、ただの人として暮らしているわたしの写真を撮っていった。三十ポンドも痩せて、デザイナーブランドの服を着たり目立つ格好をしたりするのをやめ、近所の奥さんたちと見分けがつかなくなるように髪も切った。一、三か月もたつと、どんなに意地の悪いパパラッチでも素通りするほどの、ありきたりな人の一人になっていた。

ここ三日くらい、あなたと仕事していて、人と会話するなんてどれくらいだろう、と思ったの。人同士として言葉を交わすだけで、別に変わったこともしていないのにね。あまりに長く一人でいて、人のふれあいを忘れていた。人と接するとはどういうことかを」彼女は立ち上がり、窓の外に目をやった。「ファーストアルバムを出したとき、わたしがいちばん後悔したのは、もう一つの場所に根づけないし、人とのつながりも持てなくなったことだった。目指していた世界でそれなりの地位を得たけれど、そのかわりに人を信じることも、新しい出会いもなくなってしまった。誰かが興味を持っていることについて話していても、その人が本当に欲しいのは何か考えてしまうほど、人のことがわからなくなっていた。でも、あなたと仕事して、ただの人として会話できた。ずっと、そうしてみたかったの」言葉を切ったとき、彼女はとても悲しげに見えた。「この仕事はわたしの正念場。父さんやアンブローズみたいに、あきらめたくはないわ」

彼女の父親が、病気で自分の動きをコントロールできなくなって自殺したことは知っていた。が、曾々祖父のことは知らなかった。「アンブローズには何があったんですか?」

「アンブローズの生涯の最後の年は、修道院から帰ってきた直後だと思うんだけど、信じられないくらい多作になったの。ほとんど毎週、新曲を書き下ろすほどに。それまで曲を書き取っていた妻だけでは追いつかず、助手を頼りにするようになっていた。作曲の過程は単純で、まずアンブローズができるだけ良い演奏をし、それを助手のロウという青年が楽譜に起こし、さらにアンブローズがそれを見て訂正を口述する。でも、このようにしていられたのも、『休符のための鎮魂曲』推敲の途中でアンブローズの妻が発狂するまでだった。彼女は家の一階にランプのオイルを振りまき、座って火をつけた。ロウが二階から楽譜を持って逃げ出さなければ、曲は永遠に失われ、彼も死んでしまったことでしょう。この火事でアンブローズはひどい火傷を負ったばかりか、妻を失った悲しみに弱り果て、それから二日後、口述のさなかに死んでしまった」

ぼくは自分が尋ねたからでなく、文化というものに罪悪感を覚えた。彼女はスターになったから、人間らしい生活ができなくなり、ようやく出会えた心の通う相手が、ただの図書館助手だったなんて。「ミス・デ・ホンド、ごめんなさい……」

彼女はかぶりを振って、最後まで言わせてくれなかった。「ミス・デ・ホンドって呼ぶのは、もうやめてもらえない? ベラでいいの」

「ベラ」呼びかけてみたが、かしこまった呼び方を続けていたので、どうも落ち着かない。「今日はとてもはかどったね。続きは明日にして、今日は早めにおやすみするといい」彼女は反対しなかった。

＊　＊　＊

その出来事は土曜の夜に起きた。ぼくとベラは閉館時間を過ぎても仕事をしていたが、それができたのもぼくが図書館助手だからだろう。警備員たちが来たので、ＩＤカードを見せたところ、すぐに戻っていった。ぼくたちの他に図書館に誰もいなかったのは、その夜に起きたことを誰も知らないから良いような気もするが、何が起きたのか検証する手だてがないというから良くないような気もする。

ベラとぼくは、これで一週間もこの調査に取り組んでいた。彼女は『休符のための鎮魂曲』の変奏曲を三種類も見つけたが、それでも満足するにはほど遠かった。赤外線灯で楽譜原本のインクの違いを検出し、アンブローズが意図した本来の形により近い形にしようとしていた。注意深さを求められる作業で、ぼくには向いていない。楽譜を読むし楽器もそこそこできるが、ベラにはとても及ばない。それをいいことに、棚から棚へと渡り歩き、古い印刷物のにおいや弦楽器の弓に残る松脂のにおいを楽しんだ。館内は暗かったが、気にはならなかった。ぼくはこれまでも、閉館後の図書館に残っていることがあった。洞窟めいていて、小さな物音がびくっとするほど大きく響くが、ぼくにとってはこの上ない場所で、時間があれば棚のあいだを歩きながら本の背表紙を指先で撫でてみたり、室内に収められた膨大な量の情報を目と鼻でとらえたりしていた。彼女がキーボードを弾いているあいだは、ぼくはこうして歩きまわり、音が聞こえなくなると帰った。このようなふうにして時間が過ぎていった。

その夜、ぼくが帰ると、ベラはキーボードに向かってはいなかった。壁にもたれて、手の震えに堪えていた。近づくと、彼女は怒鳴るように言った。「キーボードの前に座って」

「ベラ、ぼくが弾けるといっても、きみほどじゃないよ」ぼくは抗議した。

自分から歩み寄った彼女は、ぼくの腕に手をかけ、キーボードに向かわせた。「わたしの手の代わりになってほしいの。弾いて……手の震えが止まらなくて。あなたならできる」そう言うと、楽譜を指さした。

ぼくは深呼吸し、指を屈伸させて、弾きはじめた。『休符のための鎮魂曲』の変奏曲は聞き続けていたので、最初のうちは簡単だったが、すぐに難しくなってきた。指がもつれあってつまづき、彼女の苛立ちが聞こえるような気さえした。

ベラは後ろに立って、ぼくの左手を鍵盤から除けた。腕はまだ震えている。「運指がなってないわね」機嫌の悪い教師そのままの口調だ。「こう弾くのよ！」

震える指先が、これまで見たこともない動きで鍵盤を叩くと、曲の再現を始めてから聞いたのとはまったく違う音が流れた。不協和音の美しさを称えるかのような、奇怪で恐ろしい騒音だ。ベラは手を止めると一歩下がり、ぼくに目を向けたが、ぼくは声も出せなかった。

「わたしたちは、この楽譜にまるで間違った解釈をしていた」興奮しすぎているのか、声が割れている。「この手の震えよ。遺伝病だから、父にも祖父にも、アンブローズにも発症した。でも、アンブローズにとっては、これは衰えでも、障害でもなかった。彼は手が震えることを計算に入れて作曲したのよ！　ジェラドがそれに気づかなかったのは、彼の曲の出版を準備していた頃には、まだ発症していなかった。だから正しくは演奏できなかったし、アンブローズの意図もわからなかった。レッドフィールド症候群に苦しんでいなかったせいで間違った演奏しかできず、彼は楽譜の方に手を入れた。音符も休符も、使う楽器まで。曲を理解できなかったから、いいえ、理解する術《すべ》がなかったから、曲の方を改竄したの！」

ベラの両手は震えていた。腕まで痙攣していた。その腕にかけようと差し伸べたぼくの手を、彼女は押しやった。「このままでいいの。演奏に必要だから。お願い、マーティン、弾かせて……それを証明したいの。震えが治まらないうちに」

ぼくは言われたとおりにしたことを後悔している。席を譲り、彼女が弾くに任せた。

このとき、真実を知った。音楽というものは音符を追うだけではなく、耳がそれをどう感じるかが問われるものだ。まさにドビュッシーが言ったように、音楽は音符と音符の間にある。ベラは曲にのめり込み、夢中になり、ほとんど取り憑かれたようになって弾いた。ぼくは彼女が演奏する姿を見、その調べを聴き、彼女が弾く『休符のための鎮魂曲』を感じるうちに、真実にたどり着いたのだ。震える指が熱狂したように鍵盤を走り、これまで聴いたことのない曲を奏でるうちに、奇妙な緑の光が部屋に流れ込んできた。どこから射してくるかわからないのに、見えない構造物が備えたスポットライトのように、どこからでも射してくるようだ。やがてそのものは輪郭を現したが、それでも形を見て取ることはできなかった。脈動する四次元立方体とでも言えばいいのだろうか、それはベラの隣に降りてきて、すぐさま次の動きに移った。その表面から、触手のような忌まわしい突起が伸びてきたかと思うや、彼女をすっぽりと包み込んだ。それは巨大で重く、荒々しい動きをするものだった。

『休符のための鎮魂曲』を弾く彼女の指はさらに速く、さらに熱狂して、彼女を包み込んだものもさらに大きくなり、手に触れられるほどはっきりしてきた。ベラにも見えているようだが、ぼくが恐れているのに、彼女はさらに曲にのめり込み、頭をのけぞらせた。異次元の風を受けて髪が紫に光り、揺れて金属がふれあうような音をたてた。彼女はバッカスの巫女マイナスのように音に陶酔し、制御できない原始の詩神《ミューズ》となってぼくを怯えさせた。目のまわりが痛みだした。ベラを包み込んだ触手は彼女を邪魔してはいなかった。彼女の動きにあわせて動いていた。ずっと昔から、いつも一緒にいたかのように。どうにかしたくてぼくは立ち上がったが、何をしたらいいのかわからなかった。その動きにぼくの視覚は乱れ、取り戻したときにはベラはすっかりそれに包み込まれていた。ぼくはそのとき、すべてがわかった、と思った。思わず叫んでいたような気がする。

ベラ・デ・ホンドを殺したのはぼくだ、と誰もが言う。正気を失って彼女を殺し、死体は川に流して、そのあと自殺を図ろうとしたのだと。彼女はこの部屋にいて、アンブローズ・デ・ホンドの『休符のための鎮魂曲』を弾いていた。その曲は四次元に存在する神を信じる修道士たちの音楽から想を得たもので、ぼくたちはその神の存在を明らかにしようとし、巨大な超次元の存在をこの三次元の世界に召喚した。ベラは世界ではじめて、この曲を正確に演奏したのだ。

　ぼくはベラを殺してはいない。みんなが信じていることは嘘だ。なぜアンブローズの妻が彼を道連れに自殺を図ったか、今ならわかる。ベラの演奏が、アンブローズの曲が教えてくれた。聴けばわかるんだ。それで充分じゃないか！

　信じてくれ。ぼくは正気だ。彼女を殺してはいない。あいつが連れ去ったんだ。

　でなければ、彼女が痕跡一つ残さず消えるわけがない。

　あいつが包み込んで、彼女の存在を無にしたんだ！

　ぼくたちは音符の間の空白のように、他の何かが形をなすための「無」なんだ。まさかね、この世界に潜んでいるあいつらのために存在しているわけがない。四次元の神の添えものだなんて！

　まだわからないのか？

　ぼくたちはみな、音符じゃないんだ。その間にある空白にすぎないんだ。

note◆前号の「彼女が遺したもの」に続いての、ピート・ローリックの登場である。フロリダ在住で、父譲りのラヴクラフト・ファン。書店に勤務しながら創作技法を学び、二〇一〇年以降は書き下ろし〈クトゥルー神話〉アンソロジーを中心に作品を発表しつづけている。
　ラヴクラフトの世界の一角であるミスカトニック大学を舞台にした本作は、音楽というテーマに卓越したアイデアを盛り込み、図書館のアルバイト学生マーティと、引退したロックスター、ベラの交流に、青春小説の味わいも感じられる。登場する実在の、または架空のミュージシャンや楽曲に見られる遊びも楽しんでいただければ。なお本作は、初出の Lovecraft eZine 第三八号（二〇一六年十月号）のカヴァー・ストーリーに採用された（左画像）。
　初出のLovecraft eZineは二〇一一年二月に創刊。ウェブジンのほか、雑誌、電子書籍の形でもリリースされている。サイトは盛りだくさんな内容で、ラヴクラフトのファンでなくても、ホラー好きなら存分に楽しめるだろう。（https://lovecraftzine.com/）

STRANGE STORIES

——奇妙な味の古典を求めて

(9)……ポウイス兄弟の軽妙と重厚

●文=安田 均

小品ながら、なぜか強い印象を残す作品がある。ぼくにとって、その代表的なものが「山彦の家(木霊のする家)」(T・F・ポウイス、別表記:ポーイス、ポイス)だ。

これは過小評価されているる全四巻の巨大アンソロジー〈恐怖の一世紀〉A Century of Horror(デニス・ホイートリー編、朝日ソノラマ文庫)の第二巻『悪夢の化身』に入っていて、一読、おおっとなったものだ。

参考までにA Century of ~というタイトルはシリーズになっていて、嚆矢はヒュー・ウォルポール編A Century of Creepy Stories(ぞっとする物語の一世紀)。これは人気が高く、以後は続編だけでなく、「探偵小説」「恐怖小説」「ユーモア小説」などジャンルを変えて続々と出版された。一冊が一千ページを超えるという巨大アンソロジーだ。日本では『探偵小説の世紀上・下』(G・K・チェスタートン編、創元推理文庫)と、こちらが全訳されている。特にこの〈恐怖の一世紀〉第二巻『悪夢の化身』は、冒頭からガイ・エンドア、ジョン・ラッセル、エクス=プライベイト・X、A・E・コッパードとぼく好みの異色作家の佳作が並ぶ中でのT・F・ポウイス高評価だけに、ちょっと驚きだった。

T・F・ポウイスってだれ? 他にどんな作品が?。

後で知ると〈ちくま文学の森〉シリーズに二篇、〈英国短編小説の愉しみ〉の「小さな吹雪の国の冒険」に一篇採られている。結構、有名な作品に伍しているなという印象と、実際に読むとどれもすばらしかった。

更に調べると、またも戦前に(オーモニアと同じ!)、そのものずばりの代表短編集『山彦の家』(龍口直太郎・訳)が出ているではないか。なんとか入手したくてたまらなくなり、結局、戦後すぐに出た再装版(筑摩書房)を手に入れることができた。こちらは「山彦の家」を筆頭に全二八篇。短編集三冊から採られた、ポウイス短編の代表選集といってよい。

どれも作者らしい農村を舞台に、気の利いた、今ならブラックユーモアとでも評すべき、淡々とした人生のひとこまを、皮肉の利いた味で締めくくっている。O・ヘンリーに似ているが、そちらが人生を苦味はあっても基本、肯定的に捕らえているのに対し、ポウイスはどちらかというと否定的だ。温かみよりも慄然とすることを淡々と書いてある。

特に表題作はともかく、中でずばぬけた印象を残すのは、現在も読める三篇「海草と郭公時計」「バケツと綱」「ピム氏と聖なるパン」(これは『小さな吹雪の国の冒険』収録だが)で、これらはどれも『寓話』Fables(1929)という著者の第三短編集に収められているではないか。

「山彦の家」はきりっと締まった好篇だが、第一短編集からの十八篇は、状況がおもしろくても短すぎて舌足らずなものも多い。唸るのは「二つの角笛」くらいだろうか。逆に、後の第四短編集『白い主の祈り』などからの八篇は、長さは十分でどれも読めるが、その分キレというか、強い読後感で尾を引くものは少ない。

　結局、「海草と郭公時計」に表現される、奇妙な擬人化対象（海草と郭公時計）が不倫に陥り（！）、海草の気まぐれに振り回される郭公時計の哀れな顛末が、なぜか胸に迫る部分とか、「ロープと綱」のように、自殺した男の行状を、農家の納屋の片隅にある道具二つの視点から語っていく不可解感と妙な納得感は、「寓話」による視点の相対化がとても利いているからなのだ。作者特有のテーマや雰囲気があると同時に、より奥行きのある〈奇妙な味〉を見事に醸し出している。

　中でも「ピム氏と聖なるパン」は、ある意味、神の否定であり、驚く。信心ぶかいと思われる実直な農民の意識が、死んで地に還ろうとするとき、ホンネのところが実はどうなのかをあけすけに語ってある部分が、キリスト教国の作品だけに凄いと思えた。

　こうなると、ぼくの選択は決まったようなものだ。代表長編 Mr. Weston's Good Wine や他の短編集ではなく『寓話』を読むのだ。現代はこうした入手面にかけては本当に便利だ。ウェブで Faber 社から出ているものを買い込み、早速見てみる。ずらっと短編が二〇篇。

★T・F・ポウイス（左）と短編集『寓話』

　巻頭の「The Clout and the Pan」はいまいちピンとこなかったが、そこからは二番目に「ピム氏」や四番目に「海草」がある。

　三番目の「The Withered Leaf and the Green」もおもしろかった。年老いてひと冬を越した樫の葉と若いトチの葉の問答。ただひたすら若さを誇示するトチの葉相手に、忍耐強く応えていた樫の葉の知恵とは……。

　五番目の「The Ass and the Rabbit」はまさしく動物寓話。たまたま人間から離れた地に君臨する傲慢なロバと、一計を案じて、その失墜を測るウサギの母親の話。おかしくも哀しい。

　そして、短編集の訳者解説でも触れられた「Darkness and Nathaniel」。これは浮薄な人生を送ってきたナサニエルが、最後に「闇」とかわす問答が興味ぶかい。「死」こそ救済とするポウイスの主張が色濃く出た佳作。

　ここでは、いかにもぼくの好きな〈奇妙な味〉作家ポウイスが全開という感じで、これは必読。邦訳もぜひされるべきだと思う。

　ところで、T・F・ポウイスには兄がいて、これも幻想小説作家としては一部で有名なJ・C・ポウイスだ。デビューや有名になったのは弟のT・Fが早く、兄は後からだが、こちらの幻想味は「重厚」というほかない。『モーウィン』など『神曲』や『天路歴程』を思わせる地獄天国めぐりを展開して、迫力はすごいのだが、オカルト小説風の重さで少し胸焼けがする。現代には、やはり弟T・Fの軽く淡々とした〈死や反天国〉指向の方が、ユニークで合っているのではなかろうか。

融合

◉リチャード・ギャヴィン
訳／中川聖

二〇一二年一二月二一日には、マヤ暦が一つの区切りを迎えるとされ、「ノストラダムスの大予言」よろしく終末論をからめてセンセーショナルに語る人たちがその数年前からいたことを、ご記憶の方も多いことでしょう。さして大きな話題にもならなかったのは、ノストラダムスが予言した一九九九年が大事なく過ぎていったからか、古代マヤ文明が思いのほか関心を集めなかったのか、今となっては知るすべもありません。

　でも、実はこの日に何かが起きていたとしたら？　行方不明の息子を捜してカナダからニューメキシコはアルバカーキに、そしてメキシコはユカタン半島沖へと旅した母親が目にしたものは？　カナダの新鋭作家、初紹介の一篇です。（編）

First published in *AT FEAR'S ALTAR*, published by Hippocampus Press, New York, 2012.
Recommended by Edward Lipsett.

一

バスは泥だらけの道を進もうとあがくうちに、動きが取れなくなった。尾根は雨のせいで、ずぶずぶ沈む粘土と化し、今にもバスのタイヤを飲み込みそうだった。窓に付いたベージュ色の煤の向こうには、稲妻で時折引き裂かれる、暗い虚空が見える。嵐は何時間も猛威を振るっており、メアリー・カウアンが乗っていたボーイング機が、土砂降りの合間にカンクン空港に着陸できたのは、まったくの幸運だった。トロントからの空の旅は、身体のほうは楽だったが、気持ちのほうは拷問さながらだった。

雨粒がバスの両側に当たって跳ね、汚れた窓枠を伝い落ちてくる。「窓をちょっと開けられたらいいのに」メアリーは思った。「車内の淀んだ空気じゃなくて、外の空気を吸い込めらいいのに」

悪天候と車内の薄暗さが相まって、荒海を揺れながら進む、奴隷船に乗っているような気分になった。ウィットリーの枕元にいたのが、ほんの昨日の出来事だとは信じがたかった。そのか弱い手を両手で握っていた時から、まだ二十四時間も経っていないのだとは。

「あの子を見つけてくれるね？」夫はしわがれ声で言った。

メアリーは「やってみるわ」と答えるつもりでいた。だが口から漏れたのは、それよりもっと力強い、「見つけますとも。約束するわ」という返事だった。ウィットリーのやせこけた腕からは、細い触手のような管が何本も伸び、彼を麻酔の点滴に結びつけていた。ゆっくりと身体をむしばみつつある、癌の苦しみを和らげてくれるものは、それだけだった。ベッドの脇の小さな棚の上には、クリスマスツリーがあり、赤い豆電球が弱々しく光っていた。あとほんの数日でクリスマスなのに、夫が生きてその日を迎えられるとは思えなかった。

疎遠になった息子を見つけるという、妻の約束を耳にすると、ウィットリーの顔はひきつったが、本人は微笑んだつもりなのだろう……。

メアリーは身震いして、その記憶を払いのけた。しばらくの間、バスの通路のゴムマットのくぼみに溜まった砂を、ぼんやりと見つめた。隣の座席の男は、ミサの時に使われる吊り香炉さながら、強い体臭を放っている。通路の向こう側のぽっちゃりした女は、やっといびきをかくのをやめたと思いきや、またすぐにかきはじめた。

バミューダショーツのポケットを緩め、メアリーは慎重に写真を取り出した。

それは写真と言うよりも、むしろ思い出のようなもので、示唆に富んではいるが、苛立たしいほど曖昧な画像だった。前景にあるものはあちこちぼやけ、背景の緑のもやに溶け込み、区別がつかなくなっている。撮影者は何気なくこの場所を車で通り、たまたま目にしたものを、運良くフィルムにとらえたのか？　あるいは逃げる途中、ジャングルで見たものの証拠を残したいと思い、肩越しにぎこちなくレンズを向けて、シャッターを切ったのか？

そしてジャングルに落ちていたそのカメラを、通りがかった人がほんの気まぐれに拾い、取りあえずフィルムを回収したのだろうか？

乗客たちの頭上を舐めるように、不意に稲光がして、メアリーの空想をかき消した。彼女は写真をポケットに戻し、また窓の外をぼんやりと眺めはじめた。

ホテルの駐車場を囲んで、街灯が光っていた。明かりのともったホテルの窓が、暖炉の残り火のように輝いている。それを見て、メアリーはほんの少し安心した。

ホテルのロビーは、見た目よりも実用を優先した造りだった。あまり長居したいとは思えないソファ。温かみのある木材や、幸先の良い大理石ではない、簡素な石でできたカウンター。その上に一台だけあるコンピューターは、デイモンが生まれる前からこのかた、お目にかかったことがない機種だ。

宿帳への記名は、他の乗客たちのあとにした。ようやく部屋にたどり着くと、メアリーは妹との約束どおり、家に電話をかけた。

「ジョー？　メアリーよ。なんとか無事に着いたわ。あの人の具合は？」

「電話がすごく遠いわね、メアリー。安心してちょうだい。ウィットリーはここ何週間のうち、いちばん元気そうだから。さっきまで、実際に起き上がってたくらい。夕食にはチキンサラダのサンドイッチを、半分も食べてもくれたし。姉さんがいなくて寂しいそうよ」メアリーはそう聞いて、喉に詰まりかけたものを飲み込んだ。「それと、またデイモンに会うのが待ちきれないって」

「わたしもよ」メアリーはどうにか言った。


パチパチという雑音だけが、姉妹の間に何秒か流れた。それからジョーがついに、次の計画は何かと尋ねた。

「この小さな島のことを、できるだけ調べてみるつもりよ」メアリーは言った。「なりゆきに任せるしかないだろうけど」

「でもメアリー、アルバカーキのあの男が、嘘をついてたとしたら？　姉さんかウィットリーに、何かまずいことが起きたら？」ジョーの声には、姉が急に旅行に出かけてしまってから、ずっと溜め込んできた皮肉が混じりはじめた。「ごめんなさい、メアリー」彼女は付け加えた。「今の今、姉さんがこんなに離れてなきゃいいのにって思っただけ。ここにいて欲しかった。ウィットリーもそう思ってるはずだわ」

「あの人は息子に会いたがってるのよ、ジョー」メアリーはぴしゃりと言った。「わたしはそれが叶うよう、精一杯がんばるつもり。お願い、分かってくれない？」

しばし黙ったあと、ジョーは言った。「明日、電話して。何が分かったか知らせてね」二人はおやすみのあいさつを交わし、会話は終わった。

二

すっかり夜も更けたので、メアリーは必要なものだけを荷物から取り出した。寝巻きと洗面道具だ。持ってきた小説を読もうとしたが、ページの上の文字が、無意味なしみにしか見えない。他にすることも思いつかず、ナイトテーブルに手を伸ばし、そこに置いた写真をたぐり寄せた。

嵐はすでに弱まっていたが、まだやまない雨が窓を叩き、単調で退屈な一秒一秒を数えているように思えた。ごつごつしたマットレスに横たわり、ぼやけたポラロイド写真をじっくり眺める。

それをくれた奇妙な男のことを思い返した。

名はカルロス・ガルサ。彼は数人の信者とともに、ニューメキシコ州アルバカーキのすぐ郊外で、通常の二倍の広さの、壊れかけたトレーラーハウスに住んでいた。メアリーがガルサの名前と居場所を知ったのは、息子の元ガールフレンドの一人に頼み込んだおかげだ。その娘は最初、デイモンの消息に関する情報を、頑としてくれようとしなかった。行方をくらました恋人と、明らかに約束していたのだろう。だがそれもメアリーが取り乱し、わっと泣きだして、金切り声で叫ぶまでのことだった。「夫が死にそうなの！　息子を見つけなきゃならないのよ！　あなたがデイモンにどんな約束をしたか、そんなのどうでもいいわ！　一人息子に会えないままで、夫を死なせないで！」と。

すると娘は、デイモンとは一年以上も会っていないと、おずおずと白状しはじめた。二人の関係が終わりに近づくにつれ、彼はカルロス・ガルサのことを、のべつ話題にするようになったそうだ。彼とガルサは明らかに、ずっと手紙のやり取りをしていたらしいが、どんな内容かは自分の口からは言えないという。だがメアリーは、それが広大無辺で、風変わりなものだと疑わなかった。

デイモンには子供の頃から、そういう傾向があった。他の子供たちと一緒にいるよりも、いつも一人で空想していることを好んだ。メアリーとウィットリーは、どちらも不承不承、息子がやむにやまれぬ欲求にふけるのを許した。幼少期には、その気質はごく目立たないものだった。だが思春期になるや、カウアン夫妻にとっては、すべてが崩れはじめたのだ。デイモンはますます、周囲の世界から引きこもった。授業にはめったに出なくなった。家庭では口をきかないも同然で、怪奇小説に夢中だった。中でも信仰に近いほど熱心に尊敬していた作家が、H・P・ラヴクラフトだ。

デイモンは十七歳で学校を中退し、その二カ月後に家を出た。メアリーとウィットリーは友人たちの勧めで、「厳しい愛情」という家族の掟に従い、息子を手放した。冷たい世間に出て、期待どおりにいかなければ、きっと迷いから覚め、わがままな生き方を改めてくれるだろうと考えて。

だがデイモンは、二度と家に戻らなかった。

メアリーとウィットリーは時折、二人か三人を介した、細切れの情報を手に入れたものだ。曰く、息子が小汚いオカルト書店で、働いているところを見たとか。曰く、まず人目につかない同人誌で、冗長な論文の一つを発表したとか。その中で延々と語っているのは、ヨガの技法や、万物の本質的な融合についてだとか。あるいはラヴクラフトなどなど、超自然的な小説の作者たちによって、自分の物語に形而上の真実が織り込まれた、不可思議ないきさつについてだとか。そしてデイモンは、当時のガールフレンドに、「カルロス・ガルサは、僕が生涯をかけて探してきたものを持ってる」と告白するなり、地上から姿を消してしまったのだ。

息子がカルロス・ガルサのことを知るに至った、正確な経緯は確認できなかった。だがメアリーは、この手の導師タイプの連中をしばしば取り巻く、いかがわしいネットワークを通じてだろうと思った。そのガールフレンドは、ガルサがデイモンに寄こした手紙の封筒の一つをくれた。そこでメアリーは躊躇せずに、アルバカーキへの便を予約した。目的地として、私書箱だけを頼りに。

ニューメキシコに向かう機内では、ウィットリーとの約束をうまく果たせるかもしれないと、心から信じていた。ばらばらになった家族が、ついに再び結びつくだろうと。

彼女がアルバカーキに行ったのは、ガルサがカリスマ的な宣伝マンで、スヴェンガーリ（ジョージ・デュモーリエの小説〈トリルビー〉に登場する音楽家）のようなマインドコントロールを用いて、デイモンを誘い入れたのだろうという推測からだ。だが自分が不幸にも目にしてしまった、過去最悪のハウストレーラー駐車場の端に、いざタクシーで運ばれた途端、我が子をどれだけ正確に把握していたのやらと、いぶかりはじめた。

恐ろしげな風体の居住者たちに道を聞き、敷地の奥の錆かかったトレーラーにたどり着くや、息子がこんなところで暮らしているのかと身震いした。

メアリーの弱々しいノックに応じたのは、思春期を過ぎたか過ぎないかの少年だった。海水パンツしかはいていない。少年はドアのぼろぼろの網戸越しに、こちらをじっと見た。

「英語は話せる?」彼女はゆっくりと、大きすぎる声で尋ねた。少年は答えない。「カルロス・ガルサと、話す必要があるんだけど」

すると少年は、トレーラーのカーテンで仕切られたほうに首を傾け、スペイン語で何かしゃべった。薄暗がりの中から、ブツブツという声が返ってくる。愉快そうな響きではない。少年はこちらに肩をすくめて見せると、鼻面でドアを閉めた。

メアリーは再びノックして、それから両方の拳で強く叩いた。トレーラーの周りをぐるりと歩き、窓の中を覗き込もうとした。ついには、デイモン・カウアンに会わねばならないのだと叫んだ。

訴えかけても返事がないので、メアリーは地面にどさりと座り込み、すすり泣きはじめた。ビールの空き瓶や、壊れた家具の部品を背景に、身を震わせながら。ハウストレーラー駐車場の住人たちの、派手な注目の的になってしまったが、どうでもよかった。ついにはほこりっぽい地面から立ち上がり、当てもなくよろよろと立ち去りかけた。

「デイモンに何か用か?」

その声には明らかに、スペイン語訛りがあった。声の主は恰幅のいい髭面の男で、背丈はかろうじて、自分の肩の高さくらい。大きな鼻の穴と、耳の穴から、毛がはみ出している。彼女はそちらに歩み寄って言った。「わたしの息子なんです」

男の硬い表情にひびが入り、同情を示すようなしわが寄る。

「さあ、中へ」と言った。

メアリーは答えを知りたい一心で、トレーラー内部のうんざりするありさまに耐えた。その恰幅のいい男は、形崩れしたソファにどさりと座った。外に出て彼女に呼びかけるのが、大層な仕事だったかのように、うなり声を上げる。

「息子さんはここにはおらんよ」男は告げた。「この敷地内に住んでたのは、もう何カ月も前のことでね」

「あなたがガルサ？」

「ああ、そう《スィ》だ」

「デイモンが今どこにいるか、教えてもらわないと。急用なんです」

ガルサは流れる汗を、両頬の辺りに押しやった。「そう簡単にはいかん」

「あなたがここで何をしてようと、興味はないわ。家族の急用があって、息子を見つけなきゃならないの。息子のガールフレンドから、どこに行けばあなたに会えるかを聞いて、あの子を見つけるために、はるばるカナダからやって来たのよ」

「ならば、もっと遠くまで行く必要があるだろうな」

「どういう意味？」

するとガルサは、ソーセージのような指をパチンと鳴らし、あの若い弟子を呼び出した。彼がスペイン語で命じると、少年はトレーラーの後ろ半分を隠す、見苦しいカーテンの陰に消え、それからぼやけた写真を手に、急いで戻ってきた。

「これがデイモンが行くと言ってた場所だ」ガルサは説明した。「リビエラ・マヤにある、エクアソリ村の外れの小島。デイモンはそこに行きたがってた」

「何故そこに？」

「息子さんはとても才能ある青年だ。だが残念ながら、惑わされやすいところもある」

そう、あなたみたいな人たちのせいでね、とメアリーは思った。

ガルサは何秒か無言のまま、メアリーから見苦しいカーテンへ、そしてまた彼女へと視線を移していた。とうとう、「一緒に来なさい」と言った。

彼がメアリーを導いたのは、カーテンの陰にある、間に合わせの儀式部屋に似た小部屋だった。オレンジ色の木枠が二個、積み重ねてあり、安っぽい祭壇になっている。その不安定な台の上で、危なっかしくバランスを取る、小さな飾り物や銅像。すり切れたカーペットには、お香の灰がこんもり積もっている。

一対の大ぶりの旗が、祭壇の両側に垂れていた。右側の旗に描かれているのは、巨大な翼のある蛇が尻尾を巻きつけ、地球を抱えているさま。左側の旗には、眠そうな目をしたキマイラが描かれている。その身体はあたかも、熱心な子供の切り貼り作品のようで、片方の足は人間の足、もう片方は曲がった木の根っこだ。身体のあちこちから羽根が生え、人形みたいな人々や、色とりどりの旗や頭蓋骨、無数の花輪も生えている。

ガルサはその蛇を指し示した。「これはケツァルコアトル。彼は蛇にして、偉大なる最初の都市の支配者だ」

次にちぐはぐな造りの、神のほうを指し示す。「これはテスカトリポカ。人をあざむくトリックスターだ。彼は近きものの王として知られてる。様々な幻想で地上の息子たちをあざむき、近きものの中へ、遙かなる無意味の中へと引き込むからだ。悪いがデイモンも、そうして誘い込まれた息子の一人だろう」

メアリーはこれまで、いかなる予見も信じたことがない。なのにどうして、ガルサの持つテスカトリポカのつづれ織りが、なじみ深いものに見えたのだろう？　その奇怪なつぎはぎだらけのものに、痛いほどの郷愁を感じた理由は？

それは何年も前に、デイモンがしばしば、テスカトリポカを出現させたことがあるからだ。彼はクレープペーパーやクレヨン、粘土を使って、そのトリックスターを作り上げた。メアリーとウィットリーは、息子の幅広く奥深い創造性を育みたいと、イーゼルや机、クレヨンや模型製作の道具、絵の具を買い与えた。デイモンは地元の画廊が主催する、子供向けの美術講座に参加。だが彼は生徒ならそう描いて然るべきものと、自分にはこう見えるというものを、区別するのが難しかった。デイモンが描くヒマワリの絵には、家具や人間の顔、天体図、単語、動物が合体していたのだ。想像力は想像力で結構だが、講師は懸念を示した。こういうごた混ぜの作品には、彼の世界観の片鱗が現れていそうだと……。

「何が言いたいの？」メアリーはついにつぶやいた。

「息子さんはこの場所――かつては我が家だった場所から、遠くへ行ってしまったということだ。彼は私のもとで学ぶために、カナダからやって来た。蛇にして創造主であるものの謎を知るために。だが私が教えるべきことと、デイモンが学びたかったことは、まったくの別物だと分かった。彼が求めてたのは、ケツァルコアトルが象徴する、変形や変化についての真実ではなく、その仮面だけだったんだ。テスカトリポカの魅力は、デイモンにとって、あまりにも誘惑的なものだった。それに惑わされ、だまされてたわけだよ。彼はトリックスターの信者たち――テスカトリポカの信者たちのグループに賛同した。こういう輩は、あらゆることを額面どおりに信じてしまう。連中はその裏にあるものよりも、仮面のほうが重要だと考える。偽りや幻想より神聖なものは、何もないのだとね」

「つまり彼らは、幻想を現実だと信じてるわけ？」

ガルサは首を振った。「そうとも言えんな。奴らが宣伝してるのは、それよりもっと悪いことだ。すなわち結局は、区別など問題ではないと信じてるんだよ。すべては偽りであり、同時に真実でもあると」

メアリーはガルサがくれた写真を、もう一度じっくり見た。それからポケットにしまい、そっけなく「ありがとう」と言って、トレーラーを出て行った。

ほとんど歩道にたどり着き、手を上げてタクシーを止めようとした時、ガルサが大声で呼んでいるのが聞こえた。

そこで振り返ると、悲劇的な場面にはさむ、息抜きさながらのものが目に留まった。ガルサが訴えかけるような仕草で、両腕を振り回しつつ、ハウストレーラー駐車場の乱雑な敷地を、小走りに横切ってくる。

「待て！」と怒鳴った。よろけながら充分に近づくと、背を丸めて大きく息を吸い込んだ。「行ってはならん」ガルサはようやく、なんとか言葉を発した。「どんなに心配かは分かってるし、こんなことを言うのは心苦しい。だがたぶん、息子さんは亡くなってると考えるべきだ。トリックスターの信者どもは、私の弟子たちのような人間じゃない。連中は恐ろしいことをしでかす。口にするのもはばかられることを。奴らは麻薬を売って生活費を稼いでるが、そんなのは不届きな行いの中でもましなほうだ。頼むから、あそこには行くな。家に帰れ。デイモンが仮に生きてたとしても、もはや君のもとを離れた時とは別人だろう……」

ガルサの懸念が深い悲しみに変わったのは、メアリーがタクシーを止め、空港まで行くよう伝えた時だった。この女の向かう先が、カナダではないと分かったからだ。

「君のために祈るよ」彼が言った直後、タクシーは空港を目指して走り去った。

三

リビエラ・マヤの、十二月下旬の夜明け。その時期にもかかわらず、ホテルのバルコニーに出てみると、初夏のような暑さがメアリーを迎えた。今日よりも前、あるいはあとであれば、この状況は平穏をもたらしてくれただろう。だが今は理想化された過去ではなく、まだ見ぬ未来でもない。二〇一二年十二月二十日現在、メアリーは安らぎも驚きも感じなかった。実のところ、満ち足りた気分とはどういうものだったか、ほとんど思い出せない。自分は遠く離れた島で、神に見捨てられた存在であり、愛する夫は苦しみつつ刻一刻と、死に向かっているのだ。彼女は囚われの身であると同時に、望みなき探求に出た騎士でもあった。

何階か下に目をやると、早朝から泳ぎに出た一行が、真っ白な砂を裸足で跳ね上げながら、海に向かって走っていた。明るい色のタオルを、天かける凧さながら、頭上に掲げた子供たち。デイモンにもかつて、あんなに幼い時があったのか？　まるで世界を征服しそうな勢いで、ああやって走ったことがあったのか？　あるいはそう思うのは、母親としての単なる自己満足か？　両親は子供たちのすぐ後ろを、ぶらぶらと歩いている。手を繋いだ夫と妻。妻のバッグの中には、日焼け止めローションや本、浜辺での朝食にする、新鮮な果物が入っているのだろうか。

冷ややかな罪悪感が、メアリーの胸を締めつけた。ウィットリーがもう二度と、海を見ることはないだろうと気づいたからだ。おそらく、再び歩くことさえないだろう。彼女は薄もやのかかった、遠くの山々を見つめた。この困難な仕事に、どこから手をつけたものやら。そもそも、デイモンは本当にあそこにいるのか？

テーブルの上からポラロイド写真を取り、ロビーに下りて行く。昨夜よろよろとホテルに入った時は、そこの飾り付けには気づかなかった。疲れ果てていたため、目がぼやけていたのだ。だがこうして見ると、鮮やかな緑色のクレープペーパーで作った、翼のある蛇たちが天井から紐で吊られて、くるくると回っている。従業員たちのベストにピンで留めた、銀色のケツァルコアトルのブローチ。出口の上の大きな横断幕には、「フェリス・アニョ・ヌエボ！　マヤ暦の新年おめでとう！」の文字が躍っている。ホテルの受付係がくれたパンフレットには、二〇一二年十二月二十一日という日が、いかにひどく誤解されているかが説明してあった。それは地球最後の日ではなく、変化の時、新たな始まりであり、祝福すべき理由があるそうだ。ケツァルコアトルは今しも脱皮し、より啓蒙された新時代へと、人類を連れて行こうとしているという。メアリーはパンフレットを丸め、埠頭に向かう途中、最初に目にしたゴミ箱に放り込んだ。

ホテルのコンシェルジュは、メアリーが見せたピンぼけ写真について、何か知っていたのかもしれないが、うまく白を切ったのは確かだ。だが彼の提案は、良い取っかかりのように思えた。史跡のある砂州を巡る、観光客向けの遊覧船の船員たちに、話を聞きに行ってはどうかというのだ。

港で働く人々の大半は、ある程度は英語が話せたため、メアリーの仕事にもほんの少しは希望が見えた。とは言え誰もが、彼女の質問を面白がっているようだった。一人がスペイン語で何かつぶやくと、仲間たちは大声で笑った。彼女の手に写真が戻される。皆が首を振り、肩をすくめた。

メアリーは踵《きびす》を返して、近くのベンチに向かった。そこで考えをまとめ、新たな計画を立てたいと思ったのだ。

突然、男の声が彼女に呼びかけ、何を探しているのかと尋ねてきた。

若く見ても五十絡みの、長身痩躯の男だ。メアリーがポラロイド写真を差し出すと、男はそっと受け取った。触れたらぼろぼろになりかねない、とでも言うように。

「何故この場所が見たいんだい?」男は当たり障りのない口調で、禁欲的な表情を浮かべて尋ねた。

「そこをご存じなの!?」

「ああ、知ってるとも。だがそっちはまだ、俺の質問に答えちゃいない」

「わたしの息子《スイ》が——」とメアリーは口を切り、苦悩に満ちた冒険談を、はしょって聞かせた。

「本当に気の毒なことだ、カウアンさん」男は言った。「だが、警察に相談したほうがいい。この古い写真よりも、もっと具体的な情報がもらえるさ。おまけに、こう言っちゃなんだが、これをくれた人物は、あんたを惑わそうとしてたんだろう」

「どうして?」

「息子さんがこの島にいることは、まずあり得んな。ほとんど寂れてるんだから。人家もなきゃ、商店もない。食べ物もないし、水道やガスもないんだ」

「でも、この寺院はどうなんです?」

男は目をすがめて、海の向こうを見つめた。遙か彼方にあるものを、観察してでもいるように。「息子さんはあそこにはおらんね、嘘じゃなく」

「悪いけど、それをそのまま信じるわけにはいかないの。ボートを借りられるのはどこ?」

船乗りは暗い目つきで、メアリーの血走った目を、まともに覗き込んだ。

「あんたには見つけられんよ」男は警告した。「それにな、たとえあの島に人がいるとしたって、あんたが会いたいような連中じゃないさ」

「そのくらいの危険は覚悟してるわ。お時間を取らせて、どうも」

「カウアンさん！」男は叫びながら、先ほどまで釣り具を積み込んでいた、船外モーター付きの小型ボートから身を乗り出した。「カウアンさん！　戻ってきなさい！」

メアリーは振り返ったが、戻りはしなかった。すると男はついに、「俺が連れて行ってやるよ」と呼びかけてきた。

四

海を渡る間はほとんど、二人とも黙りこくっていた。言葉を交わしたのは、その案内人がアルバロと名乗り、生まれも育ちもリビエラ・マヤだ、と告げた時だけだ。

もう一つ分かったことがある。それは彼女には島は見つかるまいと、アルバロが言い張ったのは、思いとどまらせるための、明らかなごまかしだったこと。何故ならボートで揺られて行くうちに、島がむしろあっけなく、視界に入ってきたからだ。そこは埠頭の真東の位置だった。メアリーは無心な子供のように、船縁にしがみつき、大きくはっきりと見えてくる島を眺めた。船外モーターは苦しげな音を立てながら、鼻につんとくる青い煙を吐きつづけている。岸までもってくれるよう、彼女は願った。

だが、ボートは岸には着かなかった。島の砂地のへりから、まだ数百ヤードも手前で、アルバロはエンジンを切ったのだ。彼はオールを固定していたフックから外し、ボートを漕ぎはじめた。エンジン音が急に止まったせいで、波の穏やかなさざめきや、遠くのカモメたちの鳴き声が聞こえてくる。太陽は痛いほどまぶしく、肌を切るように激しい熱気が、あらゆるものを包み込んだ。

「この辺りで岸に着けられる？」メアリーは尋ねた。

「ぎりぎりまでは寄せられるが、そのつもりはない。見るものなんかないよ」

するとボートが岸を充分に回り込んだ時、彼女をそそのかすかのように、例の寺院が姿を現した。

島にはそぐわない建物で、近くで手に入るものをなんでもかんでも、つぎはぎしたかのようだった。メアリーがすぐさま気づいたのは、その規模だけを取っても、寺院らしくないということだ。大きな――それどころか巨大な――建物にもかかわらず、無秩序な外観からは、粗末な雰囲気がにじみ出ている。実際、この遺跡が人の感情をかき立てるとすれば、それは激しいもどかしさだと言えた。腹立たしいくらい、非対称の建物だ。よく見れば、いかにも未熟な建て方だと分かるだろう。

土台はてっぺんを平らに切った、巨大なピラミッド型の、光沢のある黒い岩だ。それが大きく傾斜した、入口付近の水面にも増して、激しく太陽の光を反射している。その見事な光沢のせいで、メアリーは最初、土台は黒曜石だろうかと思った。だがもちろん、地元の人々がそれほど大量の貴石を、こんな海の中で腐らせておくわけがない。

壁面の一部をなすのは、深紅色の古びたマグマで、大昔に地底から噴き出し、固まったものを切り分けたのだろう。そこに彫られた異質なモチーフは、イカや星雲や、牙を持つ恐ろしげな仮面らしきものだ。これらの赤みがかった石版は、黒い石とまずまず調和しているように見えた。この二つの材料は、古代の聖なる場所にふさわしい。だが何世代にもわたって継ぎ足されて行く、一家伝来のキルトさながら、寺院に新たに追加されたとおぼしき部分は、どうやら建物の当初の目的を理解しそこねた石工たちの仕事らしい。彫刻を施した石には、波形模様の金属板や、錆びた金網、ミシン目のある防水布が結びつけられ、風を受けてぴしぴしと鳴っている。ロープやバンジーコード（荷物を荷台に固定するのに用いるゴムロープ）が使われ、さらにメアリーを身震いさせたことに、デニムの半ズボンやTシャツ、ジャケット、赤ん坊のおくるみなどの衣料品もあった。

　寺院の上のほうは陸地にそびえ立ち、後ろは鬱蒼としたジャングルに覆われている。なかば海中に没した部分は、流れがやや堰き止められ、血に飢えた蚊の群がる、マラリアを発生させそうな水溜まりになっていた。

　何かがどしんとボートの側面に当たった。メアリーは突然の物音にぎょっとしたが、次に見たものに比べれば、驚きのうちに入らなかった。ボートの縁から覗くと、巨大なボラが腹を上にして、波に漂っていたのだ。

　その水銀色の鱗の間から生えているのは、紛れもなく人間の手首だ。指の一本一本がボラの鱗と同じ、微かに光る鱗で覆われている。死後硬直で曲がったような手首。それが抽象彫刻さながら、波間を漂っていた。

　驚きで息が止まった。揺れながら進むボートの中で、メアリーはどうにか、席の反対側まで移動した。

　アルバロは何も言わずに、オールを下に置くと、エンジンの起動装置のコードをぐいぐいと引っぱりはじめた。メアリーが立ち上がって手伝おうとすると、それが船長の怒りをかき立てたらしい。そこで席に戻る前にたまたま、寺院の入口の近くに立つ、彫像を目にした。ほんの一瞬、ちらりと見えただけだが、彫像の細い両脚の間には、男の身体がぶら下がっていた。裸体か、もしくはほぼ裸体。大きな忌まわしい仮面のせいで、顔ははっきりせず、両手はたわんだ管らしきものに詰め込まれている。メアリーが大声を上げた時には、すでにボートのモーター音のほうが勝っていた。

　男の姿はするすると消えて行った。つぎはぎだらけの聖所の、大きな入口の中へと。

「あの子がいたわ！」メアリーは金切り声で叫んだ。「ねえ、確かにデイモンを見たのよ！」

　アルバロは耳を貸さなかった。背中や腕を叩かれ、辛辣な悪態をつかれても。

　本土の埠頭が再び見えてくると、アルバロはようやく、メアリーに向き直った。

「息子さんはあそこにはいなかった」彼は冷ややかに言った。「だから言っただろ、誰もいないって。あんた、あの魚を見たよな？あの島に行ったが最後、なんでも汚染されちまう。ずっとそうなんだ。昔は島まで泳いで行って、進んで餓死した連中がいたもんさ。悪魔が生贄にしてくれると信じて、そいつを崇めるためだけにね。もうじきご帰還だぞ、カウアンさん。埠頭に着いたらすぐ、俺が最初に勧めたとおりに、警察に行ってくれ。あの寺院を見た今となっちゃ、いい結果なんざ出ないと分かっただろ。あとは警察に任せるんだな」

五

夜になってホテルに戻る頃、メアリーは絶望するほど疲れていた。ロビーも遠目には、明るいしみに見えたくらいだ。這うようにして部屋まで戻り、ベッドに倒れ込んで、一年は眠ろうとしか思いつかなかった。この数日間の浮かれきった旅や、ウィットリーを思うあまりの心の痛み、デイモンに対する不安。これらすべてが、ついに大きな負担になりはじめていた。

警察署では、実りのない午後を過ごした。彼らは事情を書き留め、電話番号の入った名刺を寄こし、デイモンの人相書きを作ってくれた。だがメアリーには、こういう月並みな方法では、何も得られないと分かっていた。

ウィットリーと話がしたくて、三度も家に電話した。夫の声を聞くだけで、癒やされるだろうと思ったのに、誰も出なかった。夕食時にはレストランに行き、サラダをつつき、白ワインを飲んだ。それから、今夜はもう何もできないと諦めた。

店を出て歩いていると、あちこちで人が集まり、浜辺に向かうのが見えた。ケツァルコアトルを模した凧がいくつも、夜空にぽっかり浮かんでいる。遠くで花火が上がった。家々の開け放した窓から、音楽がうねるように流れはじめていた。あと何時間かで、ここには新たな時代が訪れるらしい。

ホテルのロビーを横切り、エレベーターで部屋まで上がる。ドアを閉めて鍵を掛けた時、机上で赤いライトが光っているのに気づいた。電話のところに行き、ジョーからの三件のボイスメールを聞く。妹の声は一件ごとに、失望の度合を増していた。

まだ明かりもつけていない室内に座り、自宅の電話番号を押す。

「ジョー？　メアリーよ。そっちはどう？」

「あの子は見つかった？」というのが、ジョーの返事だった。

メアリーは一瞬、かっとなりかけた。妹がボイスメールで、ひどく取り乱していた問題がなんであれ、それを避けているようだったからだ。ぼんやりと思い出すのは、ホスピスがどうとか、病状の悪化とかいう話だった。

「いいえ」メアリーは答えた。「まだだけど。どうしたの？」受話器の向こうから、鼻をすする音か、あるいは雑音が混じったのか、判別できない音が聞こえた。

それからジョーは一言、「亡くなったわ」と言った。

その瞬間、メアリーの世界に、冷たく光る静寂が押し寄せた。握った受話器が滑り落ちる。それが首を吊った男さながら、コードの先でまだ揺れているのを尻目に、彼女はのろのろと机の前を離れ、部屋を出て行った。通り抜ける際、ロビーの自動ドアが開いたのにも気づかなかった。浜辺で飲み騒ぐ人々の、はしゃいだ叫び声も耳に入らない。ただその間を縫って歩き、不透明な夜の海へと向かう。

肌に触れた水が、焼けるように熱かったのか、それとも冷たかったのか。メアリーはどちらとも感じず、気にもしなかった。泳ぎはじめたのは、本能の赴くままだった。無邪気なニューエイジ世代の両親から、プールに投げ込まれた幼児よろしく。そういう親たちの行動は、自然が過ちを犯さず、聖なる地母が我が子らを気遣うという、愚かな考えに基づいているのだ。新年のお祭り騒ぎをしている人々は、誰も彼女の脱出に気づかなかったと見える。

メアリーは足で蹴り、付け根からもぎ取れそうになるまで、腕を伸ばして泳いだ。東に向かう自分を、満月がスポットライトのごとく、照らしてくれている気がした。

島がついに見えてきた。あの巨大な、吐き気を催すような造りの寺院や、硬い蔓植物の群生も。夜に見るその島の様子は、ベックリンが〈死の島〉を、ギリシャのコルフ島ではなく、メキシコから着想を得て描いたかのようだった。物悲しい場所ではないが、陰鬱なのは確かだ。俗世間を逃れてこの地を求めた、禁欲主義者たちのイメージが、霧のごとく脳裏をよぎる。デイモンがここで慰めと、ひらめきの源泉を見いだしたのだと、彼女は思いたかった。そのどちらも、頑固なまでに常識的な自分には、とうてい見つからないものだったから。

だがメアリーが思い描く、たった一人の息子の姿は、たちまちかき消された。それまでは予言者のような髭をたくわえ、神によって魂を切り刻まれた者のごとく、温和な物腰で庭の小道をそぞろ歩いていたのに。今やデイモンの姿は、ぐんなりした忌まわしきものと化し、巨大な黒い寺院の汚い床の上で、ぴくぴく引きつっているかに見えた。ガラスで作った麺さながらの細い腕に、腹水で膨らんだような腹。口元には微かな冷笑をたたえ、縮んだ歯茎と、血の気の失せた舌、噛みたくてうずうずしていそうな歯をむき出して……。

たとえそんなふうに、正気をなくした修道士じみたものに変わっていようとも、自分にはデイモンしか残っていない。あの子に会わなければ。ウィットリーに約束したのだから。我が夫に、今は亡き夫に。

メアリーは泳いだ。

岸に近づいた途端、何かが大きく違っていることに、即座に気づいた。

寺院がなくなっている。それがあった場所には、巨大な湿った空洞が残されていた。

花火が上がり、夜空に鮮やかな色とりどりの筋ができた時、メアリーは泥だらけの岸に這い上がった。

対岸では午前零時へのカウントダウンが、大詰めに近づいているらしい。そして今、二〇一二年十二月二十一日の到来だ。彼方の本土から盛大な花火が上がり、そう告げている。翼を持つ偉大なる蛇は、あのきらきら輝く人工の星座を、ぐるりと巻き込んだのか？　本土の人々は、再生を経験したのか？

だとしたら、ここにいる自分には、何が起きるのだろう？

すべてが同時に発生した。

その全容が海の底からせり上がり、ジャングルの中から現れ、大地から立ち上がる。

寺院はもはや、生命なきものではなかった。マヤ暦におけることの祝福の時に、それは立って歩くのに必要なだけの、生き物たちと合体したのだろう。

単に材料が凝結しただけでなく、寺院として形成されつつある。それは金属にして、ジャングルの蔓植物であり、肉体にして、貴石でもあった。あんぐりと開いた巨大な入口は、今や雷のような叫び声を轟かす口だ。その叫び声が、島を芯まで震わせた。人間たちもまた、寺院の一部となっていた。いくつもの脚や歯や顔、おびただしい数の目、胴体から刈り取られてもなお、激しく交尾をつづける生殖器。そこかしこの割れ目から排泄される、骨だの、パイプのかけらだの、木の大枝だの。そしてそれ自体は、うなり声を上げつづけるばかり。よろよろと近づいてくる、その成長しつつあるものによって、月はすでに覆い隠されていた。

魚やプランクトンや、深海のその他の生物たちは、偉大なるものが通るのを察知したに違いない。何故ならそれらは、水面から跳び上がり、その物体にびしびしとぶつかって、一つとなったからだ。

融合。メアリーが見たのは、最も純粋な、最もおぞましい、最も神聖な融合だった。

他になす術もなく、彼女はひざまずき、地面に頭を押しつけた。デイモンはあそこにいるのだろうか？　あの統一体の、広がった動脈のどこかに？

自分が頭を隠しているのは、恐怖からか？　あるいはこの新時代の神への、一途な畏敬からなのか？

だが巨大きわまりないものが、自分を覚醒させるべく身を屈めた瞬間、メアリーは理解した。とどのつまり、存在の個々の区別など、問題ではないのだと。

note◆リチャード・ギャヴィンは、カナダはオンタリオ州在住の小説家。創作のかたわら、神話や民間伝承、魔術の研究も手がけている。

ギャヴィンは一九九八年から創作活動を始め、現在百二十篇ほどの短篇を発表している。そのうち約半数の作品が、二〇一六年までに五点の短篇集にまとめられ、最新の SYLVAN DREAD: Tales of Pastoral Darkness (Three Hands Press) はブラム・ストーカー賞（短篇集部門）の候補に挙げられた。また、オカルト小説のアンソロジー PENUMBRAE (Three Hands Press, 2015) の編纂にも参加している。

本作は、第四短篇集 AT FEAR'S ALTER (Hippocampus Press, 2012) 所収の一篇。マヤ暦の新世紀と中米のカルトをからめた、独特の味わいのある作品である。創作の発想は研究のうちに得ているのかもしれない。

地の底の影

●サイモン・ストランザス

訳／小椋姿子

恐怖への入口は、すぐ目の前に開いているのかもしれません。たとえば、飽き飽きするほど慣れてしまった、通勤の途中に。

前号のフリッツ・ライバー「煙のお化け」の発端は、通勤列車の車窓から主人公が見た、屋根の上の異様な〈もの〉でした。今号にインタビューを掲載した諸星大二郎氏の初期作品「不安の立像」では、線路際に立つ影のような人物を通勤中に見た主人公が、不安と興味を一度に覚えます。

本作の主人公の通勤手段は地下鉄。だから窓の外に見えるものはないはずなのですが、やはりそこには何かが……（編）

重荷を背負った人々でいっぱいの列車が、トンネルの闇の中、幅の狭い線路の上を走る。都市から流しやられたかのような、青白く干からびた顔の乗客たちは、押し込められた狭い車輛に揺られて、ただ黙っている。

フィリップ・カークはなんとか座席に着けたものの、ぎっしり詰まったかのような乗客たちの中で息苦しさを覚え、座ったことを後悔した。身のまわりに少しでも余裕ができるよう、くたびれた上着を整える。黄色い車内灯が不規則に音をたててちらつき、そのたびに乗客たちの影が覆いかぶさってきた。

混雑のいらだちを満載した地下鉄は、カールトン・ストリート駅に停車した。フィリップが窓越しに反対側のプラットフォームを見やると、不機嫌そうな人々が機械のように移動していた。自分たちのあやまちを認めているような歩き方だ。

その動きに変化が現れた。汚れきった服のホームレスの男が、正気をなくした様子でプラットフォームを走りながら、もつれ固まった髪やひげを引きむしっていた。男は叫んだが、底なしの穴に見えるほど口を大きく開いているのに、周囲の誰一人として聞いてはいないようだった。ただ一人、男に気づいているフィリップにも、その声は動きだした列車の音にかき消され、聞こえなかった。男がプラットフォームの端に着くのと、列車が走りだすのは、ほぼ同時だった。彼を取り押さえようと、群集の中から何人かが腕を伸ばすのを、フィリップは見た。

イーストサイド・ミッションの自分の診療所に着いたとき、ようやく落ち着いた。フィリップはデスクに向かい、表紙がすり切れ、書類を挟みすぎてふくらんだファイルを開き、すでに頭の中に入っているカルテを読み返した。どれも、みな同じ灰色の文字で、同じことを繰り返し書いているようだった。もうこれ以上、打つ手はない。離れていって久しい患者を呼び戻す魔法はない。誰も自分の問題を解決しようと思ってはいない。忘れたいだけなのだ。

「すみません」という声が聞こえ、目を上げるとアランが糸くず一つついていない青いコートを掛けているところだった。「ちょっと急用ができて遅れました」きちんと折り目のついたズボンのふくらはぎあたりに、大きな泥のしみがついていた。フィリップはそれを見て訝しく思ったが、口には出さなかった。

二人はそれぞれの診察室に入り、待合室からは曇りガラスの仕切りに映るぼやけた影にしか見えなくなる。アランの診察はいつも規定の時間より長くかかるが、今日は順番を待つ彼の患者が二人いる。患者たちが傷から血を流すように語る悩みや苦しみが、アランをひきつけて止まないが、フィリップが思うには、それは愚かな大衆によって堕落したこの世界の傍証にすぎない。一日の診察が終わるたび、彼の心は沈み、いつも明るい青い目をしているこの若い同僚を羨みさえした。

だが、この日の午後の診察が終わる頃、アランの目は曇っていた。フィリップは彼の新しい患者をちらりと見はしたが、髪が乱れていたことくらいしか記憶に残らない、これといった特徴のない男だった。アランが動揺しているのを見ても、患者との間に何があったのかはわからなかった。

「これまでに、あんなに遠くまで行った者の話は、聞いたことがありません」

フィリップは彼の動きから目を離さなかった。「どういうことかな?」

「彼の言うことは、まるで意味をなさないんです。ただ、ぼくに何か警告しようとしているのはわかる」

「よくいる患者じゃないか」フィリップは言った。「大災害がくる、と思い込んでいるような」

「たぶんね」アランは答えたが、その目は窓の外に向いたままだった。その視線の先を追っても、見えるのは今にも降り出しそうな曇り空だけだった。アランは目をこすると、一言挨拶をして自分の診察室に戻った。フィリップが最後の患者を帰したとき、アランのコートはなかった。彼はほんの少し先に帰ったようだった。

帰宅の電車は朝ほど辛くはなかったが、やはり座席には運がなかった。ドアのそばに立ち、混雑からなんとか気を逸らそうとし、吊り革につかまってはじめて誰かの手汗でぬめっているのに気づく始末だった。手の届くところにあるものがみな汚れているような気がしてきた。

煤けたアパートに帰り、古ぼけた洗面台で外の世界を洗い落としたが、まだべたついているような気がしてならなかった。

ベッドに横になると、体重が重すぎるのか、あちこちで軋む音がしたが、気にしてはいられないほど疲れていた。頭がずきずきし、逃れようのない障壁を思い出すまいと、彼は目を閉じた。

夢に見た地下鉄の車輌は乗客が一人もおらず、フィリップは座席に座っていた。通過する駅の名が窓からちらつくさまは無声映画のように見えた。窓からの光で見ると、床は一面に泥で、いたるところに足跡が残っている。連結器の向こうの窓越しに、影がいくつも集まってきて、渦巻く黒い水のように動いている。その影の中からアメーバの擬足《ぎそく》のような太いものが二本、こちらに向かってくる。逃げようとするが、足元は黒い泥に固められ、床から離せない。地下鉄の速度が増すと、擬足も速度を増して近づいてくる。それは二本の手に変わり、指先は蔓のように細くなり、彼の顔めがけて伸びてくる。その先が触れると同時に、フィリップはあえぎながら目覚めた。体は火照り、汗をびっしょりかいていた。


最初の診察が長引いたからか、フィリップはアランがいつ来たのか気づかなかった。若い同僚は、普段はそんな様子は見せないのだが、机に向かったまま目を伏せ、瞑想にふけっているようで、声をかけるまでフィリップがいることにも気づかなかった。

「コートを着たままでいるのかい?」

アランは椅子から飛び上がり、フィリップがもう一度同じことを言うとようやく自分の青いコートに目を向けた。

「おや、気づきませんでした」彼は言った。「ところで、ちょっとお尋ねしてもいいですか」

フィリップは肩をすくめた。

「どうお考えですか、来る日も来る日も同じことばかり続けてしまうのは」

「じきに慣れるさ。きみは若いから、この単調な仕事に馴染むまでには時間がかかる」

「そういうことじゃありません。あの患者が言ったことが頭から離れないんです。夜にベッドで横になっていても」

地下鉄の悪夢を思い出した。「忘れるのが肝心さ。きれいさっぱりね」

アランは言葉を探しているように黙ったまま座り、眉根にしわを寄せていた。声をかけるのではなかった、とフィリップは思いはじめていた。

「というと」彼は言った。「その意味を知ろうとしているんだね」

自分を見るアランの青い目の切実さに、声をかけてよかったのか、と彼はまた考えた。

「誰もが」目をそらしながら彼は言った。「この仕事を始めるときは、変化をもたらそうとする。だが、できない。毎日を過ごしていくのに精一杯だ。ほんの二、三人の患者の怖れや苦しみや渇望を、少しのあいだ和らげられれば上出来だろう。だが、そういった悩みは力を増して戻ってくる。できることといえば、来る患者を迎え、済んだら送り出し、書けることはすべてカルテに書いておく、それだけなんだよ」

フィリップの手に魂をつかまれたかのように、アランは呆然と座ったままだ。

「本当のことだ。きみももう少しこの仕事をすればわかるだろう」

アランは広げた両手を見つめ、信じたくないのか、何かつぶやいている。フィリップは若い同僚の悩みに気づかないふりをしながら、自分の書類仕事に戻った。アランは彼なりの選択をしようとしているのだろう。自分が変わるか、それをあきらめるか。三つめの選択肢はない。

アランの電話の呼び出し音が静寂を破った。彼は受話器を取り、答えた。一分もしないうちに、彼はまた受話器を取った。そして彼は上着を手に取ると、脇目もふらずに部屋を出て、静かにドアを閉めた。曇りガラス越しの影が一つ遠ざかり、すぐ二つになって戻ってきた。二つの影は右側に動き、アランの診察室のほうに消えた。壁の向こうから、言葉のやりとりがかすかに聞こえる。

患者について何か隠しているようなのはアランらしくない、と思い、フィリップは自分が彼を遠ざけてしまったのではないかとおそれた。

用心深く、診察室に近づいていく。何を話しているか、気づかれずに聞きたい。アランの声にはあたたかみも落ち着きもなく、漏れ聞こえる患者の言葉のあいだに短く挟まれるばかりだ。

「……中身が……流れ出すのを……止められない……」

「……液体が……わたしの……満たして……」

「……熱い……タールのような……わかりますか?」

椅子の軋む音を聞いて、フィリップはぎょっとした。アランが入ってくる前に、自分の机に戻ることができたが、互いの部屋の間のドアを閉め忘れているのに気づいた。アランにはわかったかもしれないが、尋ねられたらしらを切り通すことにしよう。

アランと背の高い患者は待合室に立ったまま小声で話してい

た。このあいだの男だとわかったが、その姿は一年も野宿していたかのようだった。ズボンの右足は膝のあたりから破れ、むき出しの脚は黒く汚れている。しみだらけのコートが肩からぶら下がっている。フィリップのいるところからでも、アンモニアの臭いが鼻を突いた。

背の高い男は去っていったが、アランはまだ落ち着きを取り戻していないようで、両手を何度もハンカチーフで拭っていた。席に戻った彼は疲れ果てた様子で、赤く腫れた目はついさっきまで泣いていたかのようだった。フィリップは自分の不器用さに気づき、自分のマグを手にそっと待合室に踏み出すと、冷水器から水を汲んだ。カーペットに目をやると、泥の足跡が玄関まで続いていた。

見慣れた顔が地下鉄のホームに並び、黙って列車を待ちながら、互いに暗い目を向けあっている。みな一様に肩を落とし、それぞれの悩みの重さに堪えているようだ。同じ重みが自分の血管を流れ、魂を包み込んでいるようにフィリップは思った。

ポルノショップの並ぶ一角に、人気《ひとけ》のない彼のアパートは、汚れた空気に煉瓦の壁をすすけさせ、うずくまるように建っていた。玄関のドアを開けただけで指先が煤で黒くなり、思わずズボンに手をこすりつけた。

吹き抜けを見上げて、電球のいくつかが切れているのに気づいた。そのため廊下は暗く、明かりもまばらなので、自分の影が見えない。だが、形のはっきりしない闇のかたまりが、部屋に向かう彼に近づいてくる。そんなわけもないのだが、そのかたまりが膨らみながら彼についてくるように思えてならなかった。自分の部屋の前で彼は立ち止まり、自分の影にわずかに遅れながら、かたまりの影がまだついてきているのではないか、と思ったが、それは薄明かりのせいでしかなかった。這い上がる寒気に身震いすると、彼はドアに鍵を差し込んだ。

翌朝、フィリップはずきずき痛む頭と、焼けて喉から飛び出しそうな胃袋に叩き起こされた。洗面所まで体を引きずり、口に残る嫌な味が消えるまで、錆びた蛇口から直《じか》に水を飲んだ。鏡に映る、黄ばみ弛んだ自分の顔が、お前は見捨てられた、と断言しているように見えた。夢も希望も知らないうちに尽きていて、空いてしまったところを満たすものは悲しみしかない。舌を出してみて、灰色に見えるほど血の気がないのに気づき、彼はぞっとした。

赤みがかった無精ひげが伸びた顔の、片方の頬骨のあたりに、何かついていた。一インチほどの黒いしみで、こすると広がった。それは油染みていて、石鹸で洗っても落としきることはできなかった。

地下鉄に乗ったとき、彼は驚いた。車輛の半分くらいしか乗客がいない。みな、彼が乗った側の反対に寄っている。間の空席には褐色の気味の悪いものがぶちまけられ、車輛じゅうに充満するその腐敗臭は息もつけないほどだった。

次の駅につくや彼は飛び降り、プラットフォームの端で息をあえがせながら、列車が駅を離れ、乗客たちの影が霞んでトンネルの闇に消えるのを見送った。

　プラットフォームにはほとんど人がいなかった。まばらな利用客はみな暗い顔をして、うつろな目は何を見上げているのかわからない。影のいくつかが彼らの背後にこそこそと隠れていき、新たに現れた影は居所を探しているように見えた。フィリップは何人かが自分を見ているような気がして、視線の主たちがいるはずの方に目を向けたが、誰もいなかった。

　次の列車はなかなか来なかった。ようやく乗り込み、あの悪臭がないのに安心したが、乗客たちはフィリップを避けるように場所を広く空けた。上着の袖のにおいを嗅いで、彼は咳込んだ。あの臭いが移っていた。

　診療所に着くと、上着を自分の部屋の風通しのよいところに掛けたが、臭いはなかなか抜けなかった。薄れてきてはいても、まだ吐き気をもよおした。

　アランはいなかった。彼のコートもかかっていなかった。フィリップは訝った。時間にだらしのない、信頼の置けない相手ではないはずなのに。

　幸いなことに、この日フィリップが一人で仕事をするのに差し支えはなかった。午前中は患者が一人もいない。単に予約のない日というだけだ。そこで、たまっていた書類を片づけるのに集中した。窓の外では褐色の霧がたちこめて通りを覆い、通行人がただの影になって見える。

　昼頃になると彼も苛立ちはじめ、アランに対する腹立ちで仕事が手につかなくなってきた。じっと座っていられず、部屋の中をあるきまわりながら、連絡一つ寄越さないアランへの怒りに唸り声をあげていた。若い同僚が普段どおりに出勤していて、冷水器の水でも飲んでいればいいが、と半ば期待しながら待合室のドアを開けたが、誰一人いなかった。アランの診察室のドアは閉ざされていたが、明かりが灯っていた。

　診察室の片隅に隠れるように屈み込んでいたのは、あの背の高い男で、無精ひげは伸び放題になり、汚れ血のにじんだ膝を抱えたうえに顎を載せていた。熱病にかかったかのように震えながら、黒ずみぼろぼろになった上着で顔を隠すようにしていたが、汚れた頬には涙を流した跡がはっきり残っていた。

「怪我をしているのかい？」フィリップはおそるおそる、男に近づいた。

　彼に向けた男の血走った片目は、恐怖の色を浮かべていた。診察室はしんと静まった。顔のもう半分は、脂っぽいもので塗りつぶされたようで、目も鼻も見えない。白髪交じりのひげも、肌も上着も、同じもので固められている。男が半分固まった唇からうがいをするような唸り声とともに、床に泥の跡を残しながら這いだしたので、フィリップはドアの方に後退りした。男は彼を押しのけ、主治医の書類棚に目もくれず外に這っていき、フィリップはただ男が出ていくのを見ているほかなかった。男がいなくなったあと、彼は自分の机に向かって、震えながら黙って座っているばかりだった。

　ここまで異常なさまを見たことも、自分がこんなにも動転することも、これまでになかった。両手のふるえが止まらず、机の上に投げ出したまま、落ち着くのをただ待っていた。アランのファイルに目を落とすうちに、怖れは怒りに変わっていった。アランはどこだ？　他の日でなく、なぜ今日いないのだ？　彼の自宅に電話をしたが、留守番電話が答えるばかりだった。胸の内に嫌な気持ちが広がっていく。

診療時間を終え、帰りの地下鉄にはほとんど他の乗客がいなかったので、ようやくフィリップは安心した。先頭車輛の窓越しに、地下鉄がトンネルに入っていくのを見る。車内灯が照らすわずかな乗客たちはみな、教会のガーゴイル像のようにうつむいて、口から自分の命が流れ出ていくのを待っているかのようだ。停車するたびにドアから漏れ入るプラットフォームの明かりに目がくらむので、彼らは下車駅に着くまでうつむいているのだろう。乗客たちは一人また一人、重い足取りで冷え切ったプラットフォームに降りていき、とうとう乗っているのはフィリップ一人になった。

彼は振り向いて、続いている車輛を見た。他の車輛にも、もう誰も乗っていないようだ。この列車にのっているのは自分一人だけのようだ。だが、ユニオン駅に着いたとき、そうではないと気づいた。同じ車輛に小さな人影を見たのだ。だが、すぐにその影は消え、他の車輛に移ってしまったようだ。

終点から一つ手前の駅まで、時間は無限に延びていくようだった。手回りのものを集めだしたとき、座席の上をゼラチン質の黒いものが流れているのに気づいた。彼は首を巡らせて、どこかについていないか探すと、ズボンのふくらはぎにしみがあった。拭ってみたが、広がるばかりだった。嫌な気持ちで彼は下車した。汚れた服の彼を一人プラットフォームに残し、列車は去っていった。オレンジ色の明かりに照らされた出口の表示に向かっていくと、おかしな音がついてくるのが聞こえた。ぬかるみを歩いていて、泥から足を抜くときのような音が、繰り返し通路にこだましている。見渡したが、誰もいない。何かに気を取られて知らずにいたが、自分の他に誰か下車したのだろうか。音は続いていた。彼はもう一度振り向き、出口に向かい足早に歩いた。

出口を示すオレンジ色の明かりが照らす通路のタイルだけでなく、壁にも天井にも、いくつもの黒い足音が流れるように続いていた。階段にも足跡は重なり、夜が流れ込んできたように真っ黒になっている。足跡に埋め尽くされた通路と、気味の悪い足音から逃れるために、彼は懸命に階段を昇ったが、それでも手摺りが乗客たちの手汗でぬめるのを感じずにはいられなかった。

ふたつの人影が階段の上に見えた。肩を並べた姿が、青白い光を背に受けて浮かんでいる。そのまま降りてきて、通路を塞ごうとしているようだ。フィリップはやりすごそうと、階段の端に寄った。だが、人影が間近に来たとき、彼は怖れのあまり後退りした。その二人は、身長が六フィートから七フィートはあり、重油のような真っ黒なものに全身を覆われいた。ふたつが互いの身をゆっくり離したとき、その暗い顔には口しかないのがわかった。光を吸い込む、穴のような口だけの顔が、二つ並んでいる。間近なはずのオレンジ色の明かりさえ届いてはいない。

フィリップは一歩、また一歩と階段を降り、ついにはプラットフォームにまで駆け下りた。空虚な顔の彼らから逃げなければならない。

だが、下にも顔のない影がいくつも待ち受けていた。影たちはフィリップの肩をつかみ、狂ったように黒い手を伸ばして彼の顔に触れてきた。すぐに感覚がなくなっていき、脚からは力が抜けて膝をついた。胃が縮みあがり、筋肉は震え、肺に流れ込む毒気のある液体を咳き込んで吐いた。全身が痙攣したかと思うと、腹が裂けて黒い油が血のように噴き出し、内臓がぶちまけられた。影たちは彼を取り囲み、フィリップの全身が震えるのに合わせるように、空虚な口から黒いよだれがタールのように滴った。フィリップの黒い体液は尽き、筋肉は震えるのをやめ、その身はタイルの上にくずおれた。

世界はその動きをゆっくりと止め、わずかな間だが静止した。

それから、フィリップの命なき肉体に、凝固した油が一滴、また一滴と戻っていった。服に染みとおり、髪を遡り、胸に向かって這っていく。汚泥や体液や、彼から出ていったものが、また中に戻っていく。冷えていく肌の上を、無数の細い川のように。両目の中で渦が回転し、骨を堤防にして流れを変えていく。影たちが静かに見守る中、彼は激流となり、荒れる海となっていく。

ようやく流れはおさまり、誰もいないプラットフォームに動くものは、不規則に点滅するオレンジ色の光だけになった。

その光の中に立ち上がったものがあった。影がまたひとつ、闇の中に加わったのだ。

note◆本誌第4号掲載「凍土の石柱」以来の、サイモン・ストランザス久々の掲載である。二〇〇五年のデビュー以来、その作風から「二十一世紀のロバート・エイクマン」と呼ばれ、いまやカナダ・ホラー界の旗手となった観のある彼は、一五年には自ら「エイクマンの継承者たち」AICKMAN'S HEIRS (Undertow Publications) と題したアンソロジーを編纂し、シャーリー・ジャクスン賞を受賞している。
本作は最初の短篇集 BENEATH THE SURFACE (Humdrumming, 2008) 所収の一作。日常が理解不可能な力でゆがめられていく過程の描写をストランザスは得意とするが、その好適な作品例と言えるだろう。
単著は一四年の第四短篇集 BURNT BLACK SUNS (Hippocampus Press) 以降、出ていないようだが、ストランザスは健筆を揮い続けている。次に作品を掲載するときも遠くないかもしれない。

北アメリカの湖棲怪物

◉ネイサン・バリングルード
訳／植草昌実

浜辺に打ち上げられたダイオウイカやリュウグウノツカイ。漁船の網にかかってくるダイオウグソクムシ。ちょっと前までは未知の世界だった深海の、奇妙な生物たちも、今となっては私たちと同じ世界の同居者。しかし、この世界にはまだ未知の領域があって、ときどき来訪者があったり、贈り物が届いたりします。

はっきり残っているのに、何が歩いていったのかわからない足跡。既知の動物とは似たところがかけらもない生物の死骸。私たちの世界には、誰にも気づかれない裂け目があって、そこを出入りしている何かがいるようです。

さて、この水辺にも、正体不明のものが現れたようです。近づいて、よく見てみませんか。（編）

グレイディとサラは重いコートをまとい、さらに重い足取りで小屋《キャビン》から出た。小さな黒い太陽を満たしたように、手にしたマグが温かい。ティンプトン湖の広い水面は靄に覆われ、対岸の上にはブルーリッジ山地が浮かび、深い森を頂いたその稜線は、獲物を求めて海を行く大海獣《クラーケン》の背のようだ。二人は正面玄関の階段から生い茂る草地に降り、奇妙な生物の死骸が打ち上げられた湖畔に下っていく二百フィートほどの小道をたどった。

歩いているあいだ、二人ともほとんど言葉を交わさなかった。六年の刑期を終えて三日前に出所したばかりのグレイディは、いつも不機嫌な目をしてひねくれた態度をとる十三歳の娘を理解しようと懸命になっている。会わないうちにサラは驚くほど変わっていた。髪を黒く染め、顔のあちこちにピアスをしている。銀の輪が左の眉に一つ通り、片耳には貴石をはめたものがいくつか並んでいる。おまけに、カフスみたいなのが一つ、舌を貫いている。

「ここからもう臭いでわかるな」グレイディは言った。サラがそれを見つけたのは昨夜のことで、父親に見せたがっていた。朝は寒いが、それはだいぶ腐ってきているのか、臭いは小屋に届きつつある。

「心の準備がいるよ、父さん。見たらびっくりするから」

サラは出所まで三年間、一度も面会に来なかった。最初のうちはグレイディの要求だったが、サラは反発した。母に連れられて面会に来たときに伝えると、サラはひどく癇癪を起こし、治めるのに看守が面会時間を切り上げなくてはならなかった。グレイディが思うに、自分の理由は正当で、認められるべきものだった。父親がこのような環境にいて、じわじわと矮小で卑しい、打ちひしがれた男になっていくのを、幼い娘に見せたくはなかったのだ。だが、正直な話、こんなところで娘に会うのが恥ずかしかったのだ。だが、それから一年たって自分が間違っていたと気づき、妻にまたサラを連れてきてくれと彼は頼んだ。だが、サラはもう来なかった。

二人が鬱蒼とした松林をまわると、小屋は見えなくなった。ここまで来てみると、文明とそれにつきものの人間同士の面倒な決まりごとから解き放たれたような気がする。湖から冷たい風が吹いてきた。グレイディは顎を襟元に埋めて目を閉じ、松や泥のにおいと、コーヒーの香りをたしかめようとした。だが、天国に近いところにいるはずなのに、汗と小便と、消毒剤の臭いがするばかりだった。

「父さんがあれをどうするつもりか、ちっともわからない」先を行くサラが言った。グレイディが煎れたコーヒーのマグを、子猫のように胸に抱えている。「大きすぎて動かすこともできないのに」

「自分の目で見るまでは、俺にもわからない」彼は答えた。

「ちゃんと話したじゃない」娘の口調は傷ついたように聞こえた。グレイディは苛立ちも露《あらわ》に答えた。

「そういうことじゃない」まったく、娘を相手にするときは、ニトログリセリンを扱うくらい慎重にしなくてはならない。小さなことにまで気を遣わないと。怒りが――いつも不意に理由もなく湧き起こってくるのだが――胸の内でざわつきだした。「母さんが話していた、おまえの彼氏のことなんだが、なんて名前だったかな……トレイシーだっけ？」

「トラヴィスよ」娘の声が小さくなった。

「そうそう、トラヴィスだった」

サラの返事はなく、足取りが少し早くなったくらいだった。自分からは何も話そうとしないのだが、父親としてはそれが気に障った。グレイディは娘と喧嘩したくなっていた。「トラヴィスの学年は？」

やはり返事はない。

「学校には行ってるのか？」

「行ってる」ほとんど聞き取れないような小声が返ってきた。

「くだらないハイスクールなんか行かないほうがいいんじゃないのか」

娘が振り向いたとき、その目には失望の涙が浮かんでいた。「父さんは彼のことをみんな、母さんから聞いてるんでしょう？　なのに、どうしてわざわざそんなこと言うの？」

「おいおい、何を泣いてるんだ？　母さんが何を言ったかなんて気にするなよ。お前から聞きたかっただけなんだ」

「彼は第九学年よ。これで満足？　相手が年上だから安心したんじゃない？　同じ学校に行っている、馬鹿な小僧どもじゃなかったから！」グレイディはその場に立ったまま、どう受け止めたらいいか当惑していた。サラが怒るほど、自分が落ち着いているのがわかった。彼は娘を観察した。自分が言っていることを信じているのだろうか。自分がいないうちに馬鹿になってしまってはいないか。

「ああ。話してくれて、ありがとう。ウィンストン‐セイラムに戻ったら、会わせてもらってもいいかい？」

サラは背を向けて、そのまま小道を下っていった。

張りつめた沈黙の中、しばらく重い足取りで進み続けたが、小道を曲がると、その先に怪物がいた。ライトバンよりも大きく、その一端はまだ湖に沈んでいて、岸に上がりかけて力尽きたかのように見えた。グレイディはそれと気づかずに近づいたが、サラは一足早く、廃船に向かうかのように歩み寄った。

「おい、触るんじゃないぞ」

その言葉が聞こえた様子もなく、サラはその表皮に指先を押しつけた。「怖くないのに。もう死んでるし」

グレイディはその姿を見てもわからなかった。巨大な、化膿した心臓のような形だ。地上に出て重力に圧され、本来の姿がゆがんでしまっているのだろう。水の中なら、このように奇妙な形ではなく、本来の姿に見えるにちがいない。朝露と、気味のわるい分泌物のせいか、てらてらしている表皮は、ほぼ黒に近い暗緑色だった。地面近くに、肉に埋もれるように目が開いていた。皿くらいの大きさで、薄膜に覆われて濁っているさまは、白い三日月のようだった。二フィートほどの切れ目が泥に埋もれているが、それが口なのか、死因となった切り傷なのかはわからない。死骸から立ちのぼる臭いは、キャンディのように甘ったるかった。

グレイディは吐き気をこらえた。「いったい……こいつは何なんだ？」

「知らない」サラが答えた。「恐竜かなにかじゃないの」

「馬鹿を言うな」

娘は黙って、死骸の周りを歩いている。

「このままにはしておけないな……湖に戻してやるか、どうにかしてやらないと」これから、夜毎にこの臭いが強くなって小屋まで届くことを考えると、気分が悪くなってきた。せっかく帰ってきたというのに、こんな理不尽な目にあわされるとは。

「無理よ。やってみたけど」

「ああ、そうだったな。俺がやったら違うかもしれん」触れるのは抵抗があったが、両手を当ててぐいと押してみた。肉塊はわずかに動いたが、手が沈み込んだ。手を離すと、グレイディは自分の声とは思えない奇声をあげた。樹液のにじみ出す木に触れたように、粘液が膜になって掌を覆っている。彼は岸辺に身を伏せ、嘔吐した。

「父さん、大変！」

グレイディはしばらく、喉から胃袋が這い上がってくるかのように空えづきをした。地面に置いたカップのコーヒーの匂いを嗅ぎ、這って身を離した。「いったいぜんたい、こいつぁ何だ」

サラは父親の肩に手をかけた。「大丈夫？」

なんとか身を起こして座る姿勢を取り、ねばつきを拭い落とそうと何度もズボンに手をこすりつけた。もしあの死骸を動かしたら、もっとひどいことになるだろうと思いながらも、彼は気を取り直そうとした。娘の声がする。だが、とんでもなく遠いところから呼びかけてくるようだ。なんとか水辺にまで這い進んで、手に張りついた残骸を洗い落とそうと懸命にこすりあわせた。

あんなもの、ばらばらにしてしまおう。切り刻めば、湖に流せるだろう。今住んでいる義父の小屋には、木こりをしていたときのチェーンソーや斧がある。

ようやく、娘の手を借りて立ち上がることができた。コーヒーのマグは怪物のそばに転がり、泥にまみれている。取りにいく気にもなれない。

「帰ろう」グレイディは言った。娘がついて来ているか確かめもせずに来た道をたどる。まだ両手をズボンの腿にこすりつけていたが、それでも落ちるような気がしなかった。


二人が帰ってくる前に、ティナは目をさましていた。ポーチの柵に寄りかかり、片手でローブの襟元を合わせ、もう片方の手には煙草を持っている。まぶたは重く、髪は寝乱れて、二日酔いは鎖を編んだマントのように肩にのしかかっている。そこに立って待っていれば、夫と娘は無事に帰ってくると信じていたが、グレイディの姿が見えたとき、その心配は感謝に変わった。彼は心の奥にしまい込んでいた笑みを浮かべ、妻に片手を上げて見せた・

「ひどい恰好ね」という言葉にも思いやりがあった。

グレイディは自分の服を見下ろした。「転んだだけさ」

「見たの？」

「ああ、見たとも」

「母さん、父さんたら吐いちゃった！」

グレイディは目を閉じた。「おい、サラ……」

「サラも吐いたの?」

「ええっと――そうね、あたしも。気持ち悪いったらない」

二人はポーチに上がった。ティナはくわえ煙草で夫のズボンを払った。「サラ、タオルを持ってきてちょうだい。お父さん、着替えるまではうちに入らないでね」

「両手についちまったんだ」グレイディは言った。

「何なの、これ?」

「わからんな。あの怪物の皮にべっとりついていた気味のわるいものだ。気分が悪くなったのは、こいつのせいだろう」

「医師《せんせい》のところに連れていかないと」サラが言った。

「馬鹿言うな。ちょっとふらついたくらいで――」

「父さん……」

「サラ、静かにしろ!」

横面を張られたかのように、娘は父親から離れた。そんな娘に目も向けず、父親のズボンを拭いながら母親は言った。「ねえ、サラ――タオルをもってきてちょうだい」

サラは声をたてずに唇を「わかった」と動かして、奥に入っていった。グレイディは怒りの矛先を誰にも向けずに下ろそうとしていた。

「何があったの?」ズボンをきれいにしようとするのを断念して、ティナは言った。

「何って、なんだ? 聞きたいことでもあるのか?」

「六年もいなかったでしょう、グレイディ。あの子をわかってあげて」

「ああ、あいつが今していることは、俺がいなかったのが原因なんだろう。家にはちゃんと帰るようにとは、俺も言わなかった。結局はな。そうしたら、どういうことになったんだ? あいつをわかってやったのか? 顔に輪を突き通したり、舌に穴をあけたりさせたのが、親の理解なのか?」

彼は娘が入っていった戸口に目を向けていた。

「ねえ、グレイディ……」

「ねえグレイディって、何が言いたいんだ?」

「そんな言い方しないで……聞いてよ」

「聞くさ。聞きたいからな。そのあとに何が続くか。『ねえグレイディ、わたしダメだったみたい』とか、『ねえグレイディ、うちの子が廃車の間を歩きまわってるのは、わたしが飲み過ぎるせいかしら』とか言いたいのか?」

黙ったまま、妻は夫から目をそらした。煙草を一服して、彼の肩越しに目を細めると、湖か、山々か、自分にしか見えない遠い風景を見た。

「『ねえグレイディ、あんたが刑務所に入っているあいだ、わたしは妻と母親の立場を忘れないよう、ことあるごとにミッチを殴ってきたわ』ってのはどうだ?」

ほとんど見えないくらいに、彼女はかぶりを振った。「あんた、最低ね。六年もあれば変わるかと思ったのに」

グレイディは屈み込み、妻の耳元にささやいた。「変わったさ。もっと俺らしくなったんだ」

グレイディはシャワーを浴びたが、手に着いたものは石鹸では落とせないことがわかった。女たちは彼にはかまわず、それぞれの不満を抱えて、それぞれの部屋に閉じこもった。グレイディは居間で一人、コーヒーを飲み、TVのチャンネルを変え続けた。刑務所の自由時間とはまるで違っていて、むしろ自分がみじめに思えてくる。ろくでもない女どもめ。帰ってきて何日もたたないのに、この冷遇ぶりだ。俺をなんだと思ってるんだ。こんなとき、刑務所ならどうすればいいかは知っている。だが、ここでは何もできやしない。

こんなときは、あの怪物の死骸にまで戻って、切り刻んでやればいいとはわかっている。あのままにしてはおけない。だが、それは気の滅入る、体に堪える作業になるだろうし、そう考えただけで長椅子《カウチ》から立てなくなる。それに、そんな仕事をするのは筋が通らない。このキャビンで二週間過ごすのは、自分の出所祝いだ。怪物の血にまみれに来たんじゃない。

だから、このままTVを見ることにした。入所して見るようになった、八〇年代のヒット曲トップ一〇〇にチャンネルを合わせた。見ているあいだにいろいろなことを思い出す。ローブをはおったティナが寝室から出てきて、黙って彼のそばを通り過ぎると、キッチンに入った。グラスに氷を入れる音と、冷凍庫の音がする。氷と一緒にウォッカも出したのだろう。グレイディは寝室に戻っていく妻に目も向けず、ティナも夫に声をかけようとしない。黙って通り過ぎる。わかりきったことだ。出所後は敵意を抱いた女たちに囲まれて暮らすことになるなんて、わかっていた。そうでなかったら、ティナは俺にも一杯持ってくるはずだ。

そんな思いを打ち消し、自分のことを考えた。妻も娘たちも、服役中は心の支えだった。出所すると、しばらくこの隠れ家のような場所の生活につきあってくれている。こうするのがいい、と思うのだが、悪い方に向かっているような気がしてならない。

俺がどうかしてしまったのだろうか、とグレイディは考えた。台無しにしているのは俺のほうなのか？

サラが部屋から出てきた。外に出る恰好をして、大判のスケッチブックを抱えている。黙ったまま、居間を通って外に出ようとするところだ。こんなところも母親似か、とグレイディは思った。

「どこに行くんだ？」

ドアの前でサラは立ち止まり、父親に振り向いた。神に祈るかのように天井に向かって、娘は答えた。「外」

「外なのはわかるさ。どこに行く？」

ドアに向かいかけたサラは、また父親に目を向けた。「どうかしたの？」

グレイディは歯を噛みしめた。素早く立ち上がる。急な動きは、彼に年月を浪費させた暴力に関連する行動に結びつき、相手には脅威を意味する。「親は子の心配をするものだ。わかってるよな」

サラは怯えた様子であとじさった。グレイディは満足の火が胸に灯るのを感じ、そんな自分に気づいて愕然とした。座り直し、眉をひそめる。

「あの怪物の絵を描いておこうと思って」サラはそう答えたが、平静を装う様子が見てとれた。

「なんでまた――そんなことをしようと思ったんだ?」怒りがこみあげてくる。父親らしい声で落ち着いて話そうとして、自分を抑えた。

サラは肩をすくめた。お仕置きを受ける前の子供のように、床に目を落とす。

「サラ、顔を上げなさい」

答えはない。

娘が自分をまた怒らせることがないように、と思いながら、グレイディは言った。「顔を上げろと言ってるんだ」

サラは父親を見た。

「わざわざしに行くようなことじゃないだろう」とグレイディは言った。

サラはうなずいた。何か言いかけたが言葉にならず、言い直した。「わかった」

自分の部屋に戻りかけた娘の顔が、うちひしがれ震えているのを見て、グレイディのつい今しがたまでの気持ちがすっかり消え去った。こんなに簡単に従うとは思いもしなかったので、譲歩できるし優しくもなれるところを見せておかなければ、と思った。

「どうした? 駄目だとは言っていないぞ」

サラはまた脚を止めた。「えっ?」

「行くといい。俺はかまわない」

少し考えて、サラは言った。「わかった」と言うと、玄関に向かった。外に出て、後ろ手に静かにドアを閉めた。

前までは気の弱い子だった、と彼は考えた。サラに何かあったのだろうか。

ここに来てたったの三日なのに、サラの部屋は散らかり放題だった。スーツケースは開けたまま転がり、これから着る衣類はベッドの上に崩れそうな山をなしているが、着たほうは床に放り出してある。小さなバスルームの薬棚には何もなく、ごみ箱には煙草の吸い殻があった。どれも半分ほどの長さなのは、吸うふりをするだけで満足しているからだろう。煙草が吸えるように練習しているのかもしれない。だが、始める時期ではない。それから、洗面台でまた手を洗い、無駄な時間を費やした。

部屋に戻り、日記帳でもないかと、たんすの引き出しを開けてみた。螺旋綴じのノートを見つけたが、日頃することのリストや、タマラという相手に宛てた、旅行についての手紙の下書きを読んで、義母の子供の頃のものだとわかった。マットレスの下や、スーツケースの中の下を探してみた。スーツケースの蓋のもの入れのファスナーを開けると、鉛筆で絵を描いた大判の紙が一束入っていた。

描かれていたのは、裸の十代の少年だった。サラがつきあっているという少年だろう。トラヴィスと言ったな。ベッドにそっと腰掛け、息を整え、両手でしっかり紙束を持つ。落ち着くように自分に言い聞かせながら。下品な絵ではなかった。取っているポーズは古典的と言っていい。よく描けているとさえ思えた。才能ある者の絵だ。だが、体が熱くなり、怒りが湧いてきた。額から汗が一滴、スケッチの上に落ちると、弾痕のような形に少年の肩先を滲ませた。

ごまかしてもしかたあるまい。

スケッチの束を真ん中から引き裂き、重ねてもう一度破った。それから、スーツケースのもとあったところに戻した。サラはもう二度とこんな絵は書かないだろう。わかりきったことだ。

サラの部屋を出て、TVの前に戻る。何をしていればいいのかわからない。娘が帰るのを待って、落ち着いて話すこともできる。どなりつけ、神を畏れるよう説くこともできる。相手がサラでなくてもいい。ティナの部屋に入り込んで、耳から血が出るまで殴りつけることだってできる。もちろん、黙ったままで。斧でもチェーンソーでも持って外に出て、あの動かしようのないほどばかでかいごみの塊を、血飛沫《しぶき》をあげ全身血まみれになりながら、切り刻んだっていい。

だが、実際にはTVを見ているだけだった。しばらくたつと、あえて注意を向けるようにした。画面に映るのがどんなばかばかしいこともじっと見て、コマーシャルにも耳をすませ、通信販売の安ぴかなプラスチックのおまけを見ては真剣にその価値を考えた。これは刑務所で身につけた一種の瞑想法で、性急な行動をしないよう自分を制御し、看守とよけいないざこざを起こさないための技術だった。これはだいたい役に立っていた。

湖に行く気はなかった。ティナがこれまでのことをつとめて忘れようとしているところに、部屋にずかずか入ろうとも思わなかった。座って、心を静めている。難しいことではない。

キッチンに踏み込み、食料庫からウォッカのボトルをつかみ取った。ティナが冷凍庫に入れているほうのボトルには手をつけなかった。妻とは違って、飲むと火がつきそうになるのが好みなのだ。

二時間が過ぎた。サラは帰ってこない。ボトルは半分空いた。TVは別の番組を終えると、違う番組をはじめ、グレイディはミッチのことを苦々しく思い出していた。ティナが刑務所に面会に来たとき、ミッチのことを話してくれた。妻が彼と会うようになったのは、グレイディの入所から四年目の、サラが来なくなったころからだった。グレイディはその話を平然と受け止めた。自分の平静さを誇らしく思ったほどに。その日の面会のあと、グレイディは服役者の一人に暴力を振るい、重傷を負わせたが、看守たちは彼がしたことだとは気づかなかった。このときはたまたまうまくいっただけなのだろう。まもなく朗報があった。半年ほどして、ティナはミッチと別れたのだ。

こんな思いを抱えていても生きていける、とグレイディは自分に言い聞かせ、言葉どおりに生きてきた。

だが、思い出せば胸が痛む。ほんの少しとはいえ。

この話をティナとしてもいい頃だろう。腹を割って話すことにしよう。そうすれば、互いのあいだにできた隙間を埋めることができるはずだ。グレイディはカウチから立ち上がり、妻の部屋に向かおうとした。壁に手をついて体を支える。床に振り落とされそうになった。床が傾いて見えたのだ。二、三歩よろよろ歩いて立ち止まり、片手を上げてバランスを取った。床が安全に戻ったような気がしたので、さらに何歩か歩いて、反対側の壁に着いた。窓を開いて外の空気を入れる。日は沈みはじめ、木々の下には夜が少しずつたまりはじめている。風に乗って、甘いようなにおいがかすかにする。グレイディは深々と息を吸ったが、それもあの死んだ怪物の臭いを思い出すまでのことだった。身震いをして窓から離れると、妻の部屋に入った。

ティナはベッドに横になっていたが、眠ってはおらず、天井を見つめていた。足元には写真のアルバムが開いてあった。写真の何枚かがページからはがされ、ベッドカバーの上に並べられていた。グレイディが入ると、妻は彼に顔を向け、手を振った。「あら、どうしたの」

「やあ」

グレイディはベッドの隅に腰掛けた。カーテンの隙間から入る黄色い光が、ぼんやりと暗い部屋を照らしている。写真の一枚を手に取る。ティナの父親が大きな魚を手に湖畔に立っているところを写したものだ。「何を見ているんだ?」

妻は彼の手から写真をひったくると、笑いながら床に放り投げた。「何を見ているんだ?」と言って、脚の上に体を乗せてきた。

「おい、よせよ」

「おい、よせよ」と妻は答えた。

グレイディは心ならずも笑い返し、ティナの髪をつかむと、そっと引っ張った。

「もう怒っていない?」彼女の手はズボンの股間をまさぐっていた。

「うるさい」という彼の声はやさしく、彼女もそれを詩の暗唱のように聞いた。そしてローブを脱ぐと彼の上に乗り、彼は温かい海に身をひたしたように思った。目を閉じ、息を吐いて、肌の温もりを両手に感じる。

二人は性急に、激しく動き、麝香のような互いの体臭を、松の葉の香りを、湖の匂いを、死んだ怪物のにおいを吸いこみ、その甘いにおいは他の匂いを覆い隠し、彼の中のすきまを、彼の頭を、彼の体を満たし、そのにおいの元があの気味の悪いものだということを忘れ、自分の体から発しているのと同時に、地球の汚濁の根元からも発しているかのように思い、彼女の中で絶頂を迎えたとき、新たな命の可能性とともにそのにおいを送り込んだような気がして、罪悪感に沈んだ。

彼女は身を離したとき、何か言ったようだったが、彼には聞き取れなかった。グレイディは顔の前に手を広げ、においを嗅いでみた。自分の胸に頭を載せている妻の髪に顔をうずめてにおいを嗅いだ。いい匂いだった。二人は脚をからめ、じっと動かずにただ横たわり、カーテンから漏れる夕暮れの光に照らされて、一体の大理石像のように見えた。

「待っていられなかったのか?」静かな口調で彼は尋ねた。

彼女の体が硬くなった。しばらくのあいだ、聞こえるのは彼女の息遣いと、風に吹かれる枝のきしみだけだった。彼女は彼の毛深い胸を撫でた。

「お願い、そのことは聞かないで」

彼は黙って、続く言葉を待った。

「どうしてあんなことをしてしまったのか、わからないの。あのとき自分がどうしてしまったのか、わからない。口に出したくもない。なかったことにできればいいのに」

「わかったよ」彼は答えた。満足はしていない。だが、ちゃんと受け止めるには、酔いがまわっている。はっきりさせようがさせまいが、胸に残したまま生きていくことに変わりはない。今は言葉にはできないことだ。彼はそのまま横たわり、妻の体の重みを感じていた。目を閉じると、深い水の底の、灰色の石で造られた建造物の、ぎざぎざの歯のような残骸の映像が浮かんできた。

「夕食の支度をしないと」ティナが言った。「サラがおなかを空かせているわ」

娘の名が心の奥深く響いた。脳裏に浮かぶ水中の光景を振り払い、彼は身を起こした。「サラは出かけた」

「どこに?」

「あのおかしなもののところさ。見に行ったんだろう」

ティナはよくわからない様子だった。「いつ?」

「二、三時間前だ」彼はベッドから脚を下ろした。「ちくしょう、酒なんか飲むんじゃなかった!」

「グレイディ、落ち着いて。あの子なら大丈夫よ」

不安に鼓動は速まり、急ぎ足で居間に戻る。信じたくない言葉が頭の中にけたたましく響く。彼はサラの部屋のドアを開けた。

居間の明かりが暗い部屋に差し込む中、サラがベッドの枕元に足を向けて、うつ伏せに横たわっているのが見えた。両腕は温まろうとするように体の下に折り込まれている。スーツケースは開いて、グレイディが破った絵が床に広げられていた。

「サラ?」小声で呼びかけると、部屋に踏み込んだ。背中に手を触れると温かく、呼吸しているのがわかった。顔を見ると、娘は泣きはらした目を閉ざしていた。口はわずかに開き、唾液が毛布に小さなしみをつけている。耳のピアスが居間の明かりにきらめいた。

グレイディはサラの顔にかかる髪をよけ、耳にかけた。何かがあったのはたしかだ、と彼は思った。俺が馬鹿みたいに酒を飲んでいるあいだに、何かが起こったのだ。

ティナの声がした。「グレイディ、サラは大丈夫?」

なんてこった、俺は娘を愛しているのに。ひどいことをしてしまった。ドアまで戻って顔を出した。「大丈夫。眠っているだけだ」

ティナは笑って首を振った。「言ったとおりでしょう」

「ああ」と答えて、また娘の部屋に戻る。サラの靴と靴下を、それから上着を脱がせる。細心の注意を払って向きを変え、起こすことなく仰向けに寝かせた。娘の額にキスをしたとき、自分が酒臭いのに気づいた。自己嫌悪で、自分が潰れたボールかなにかになったような気がした。バスルームに駆け込み、力なく膝をついてトイレのへりを両手でつかみ、吐いた。今日はコーヒーとウォッカしか口にしていないので、吐くだけ吐いてもまだ足りない気がした。

それでも少しは落ち着いたので、水を流して部屋に戻った。破った絵を拾い上げ、また放り出した。その下に、新しい絵があった。サラが今日一日かけて描いた絵だ。

何を描いたものか、はじめのうちはわからなかった。色鉛筆で描かれたそれは、一見したところ虹で造られた家のようだった。よく見るうちに、それが死んだ怪物のような気がしてきた。だが、万華鏡を覗いたようにも、沈む夕日のようにも見える。めまいがしてきた。絵を床に落とすと、やはり描かれているのは怪物だとわかったが、実物よりも大きく、その口は大聖堂のゴシック様式のアーチ、その眼は日光にきらめくステンドグラスのように描かれていた。何枚も何枚も、美しく、温かく、輝かしいものの絵が続いていた。

どうしてこんな絵を？　あの気味の悪いものを、どうしてこんなにロマンティックに？　息が荒くなってきた。頭を掻きながら、怒りが全身を揺らすのを感じはじめた。サラは馬鹿な子に育ってしまったんだ。もう手遅れだ。台無しにしたのは俺だし、ティナもだろうが、こんなにひどいことになるとは。きっと一生、介護が必要になるだろう。

やるなら今だ、とグレイディは思った。上着を羽織って、ティナのいる居間を通る。

「どこに行くの」

「納屋の鍵は開いているか」

「何のこと？」

「納屋の鍵は開いているか、聞いているんだ」

「たぶん、戸締まりしてると……」

「わかった。ここにいろ」

玄関を開けると、冷気がトラックのようにグレイディに衝突してきた。日没とともに気温も急降下したのだ。彼は息を整えると、階段を降りて裏手の納屋に回った。納屋のドアを開き、明かりをつける。中は暗く、蜘蛛の巣が張って、積み上げられた薪や野外用の電化製品の墓場のようになり、古代エジプトの王たちがいたとしても気づきそうになかった。チェーンソーは見あたらなかったが、錆びついた芝刈り機の陰になった壁に、斧が立てかけられていた。蜘蛛に気づかれないよう用心して巣のあいだを抜け、その柄をつかんだ。取り上げると、埃がおぼろな旗のように尾を引いた。

それは朝見たときとは違っていた。朝、日の光で見たのとは感じが違う、というだけではない。内臓で増殖した新種の黴か細菌かのせいか、燐が燃えるようにぼうっと光っている。怪物は巨大な常夜灯のようだった。傷とも口とも知れない切れ目の中では、何かが育っている。胸の悪くなるほど強く甘ったるい香りが漂い、隙間からいくつも腕のように伸びている。白っぽい突起物がギリシャ神話の果実あふれる豊穣の角なのか、イエス・キリストの復活を、いくつもの植物が再現しているかのように。死骸は生に満ちていた。小さな甲殻類が何匹もせわしなく駆けまわり、自然に与えられた野生の技術をもって、腐肉の中に通路やトンネルを造るみじめな作業にいそしんでいる。香りに酔った昆虫の群がそこから入り込み、麦畑を渡る風のように皮膚を内側から揺らしている。

グレイディはためらいがちに歩み寄り、斧をかざした。すぐそばで何かが動いた。屍肉をあさっていたアライグマが驚いて藪に逃げ込んだのだ。肉がかじり取られたところからは、さらに光があふれて、森を照らしている。何百もの昆虫が、死骸からにじみ出る光る液体にまみれて、傷のまわりを小さな太陽が群れなすように蠢いている。

彼は重さに堪えかねて、斧を投げ出した。自分が見ているものが何なのか、わからなくなっていた。それでも見続けていた。光の塊から目を離せないまま、ほんの数フィートしか離れていない泥の中に座りこんでいた。

彼は両手に目を落とした。掌も光っていた。

note◆第6号の「往く先は風に」は、特集タイトルどおりの「奇妙な味の物語」として、本誌の読者に好意的に受け入れていただけた。再びお届けするネイサン・バリングルードの作品は、同作を収録した短篇集 NORTH AMERICAN LAKE MONSTERS (Small Beer Press, 2013) の表題作。なお、この短篇集は二〇一四年のシャーリー・ジャクスン賞（短篇集部門）を受賞した。

父が刑期を終えて出所し、母と娘はそれを祝って湖畔で休暇を過ごすことに。その岸辺に打ち上げられた怪物の死骸を見つけたとき、彼らはどうするか……。日常と幻想の境界をふと揺るがす、たった二行の描写に、未知の領域がすぐそばにあると思わずにいられなくなる。「レイモンド・カーヴァーがホラーを書いたらバリングルードになる」という一見奇妙な評に、あらためてうなずく一作と言えるだろう。初出はエレン・ダトロウのアンソロジー THE DEL REY BOOK OF SCIENCE FICTION AND FANTASY (Del Rey 2008　左書影)。

バリングルードは二点目の著書となった二〇一五年の中篇 VISIBLE FILTH (This is Terror) 以降は、一七年に短篇二作を発表しているだけだが、彼の丁寧な造りの奇妙な作品からは、目を離さないでおきたい。

幻想文学批評と「宇宙的恐怖《コズミック・ホラー》」

——自らの姿を反映する言語

●文＝岡和田晃

●幻想文学批評をめぐる状況について

これまで「ナイトランド・クォータリー」（本誌）創刊から足掛け三年にわたり、近現代における（主として）英語圏の怪奇幻想文学に関する批評を書かせてもらってきた（半分ほどは、アトリエサード刊『世界にあけられた弾痕と、黄昏の原郷――SF・幻想文学・ゲーム論集』にも収められている）が、今後に向けて、この批評が「何をやろうとして〝いた／いる〟のか」を、改めて確認しておきたい。

　基本的に私は、執筆にあたって、作品紹介に留まらない批評的パースペクティヴの提示を心がけている。というのも、日本では英米文学の領域における学術的な幻想文学研究が、お世辞にも進んでいるとは言い難い現状があるからだ。

　私見では、戦前あるいは戦後早くに制定された英米文学の高等教育カリキュラムが、悪い方向に機能してしまった影響が大きいのではないかと考えている。正典《カノン》として登録されてきた作家でないものを、議論から排除する原理が、意識的に、あるいは無意識のうちに働いてきたのだ。

　エドガー・アラン・ポオやチャールズ・ディケンズ、ロバート・ルイス・スティーヴンスンのような大家は例外的だが、メアリー・シェリーやブラム・ストーカーは、ほぼ代表作しか論じられていない（最近になってようやく、シェリーの『マチルダ』（1819）や、ストーカー『七つ星の宝石』（1903）が邦訳されたくらいだ）。

　ジョゼフ・シェリダン・レ＝ファニュや、アーサー・マッケン、アルジャーノン・ブラックウッド、ウィリアム・ホープ・ホジスン、アリス＆クロード・アスキュー、E・L・ホワイトといった古典的な作家についても、もとの英語圏に比べ、アカデミックな先行研究が極端に少ない状況になっているのだ。

　職業的な研究者（大学人）に会うたび聞き取り調査を試みているものの、幻想文学に一定の関心をもち業績を重ねてきた者は、そう多くないようだ。いわんや、H・P・ラヴクラフト、クラーク・アシュトン・スミス、オーガスト・ダーレスといった〈ウィアード・テールズ〉系の書き手をや。

　パルプ・フィクションだからと軽視するのは、簡単なこと。しかし、古典的な幻想文学は、文学の原初的なダイナミズム、ジャンルの淵源の魅力を読者に伝えるとともに、無数のサブジャンルへ限りなく分化していく〝以前〟の再考へ読者を促すということから、決して軽視されるべきものではない。

　近代的なアメリカ文学の正典《カノン》であるテネシー・ウィリアムズのデビュー作が、〈ウィアード・テールズ〉掲載の「ニトクリスの復讐」（1928）だったことなど、もっと重視されてよいだろう。ラヴクラフト自身、T・S・エリオット「荒地」のパロディである「荒紙」（1922）を書いているほどなので、広くモダニズムの文脈で再考していくべきだろう。

　現代の作家についても、日本語での研究の層が薄いということは変わらないが、スティーヴン・キングなどメジャーな大作家については、小規模な学術誌に論文が載ったりすることもあるようだ。しかしながら、査読する側が扱われている作品に親しんでこなかったからか、〝その先〟へと通じる具体的な道筋がなかなか立てられていない模様。

　だからといって、批評が不要ということではなく、本誌Vol.11の「キム・ニューマン『ドラキュラ紀元』と新歴史主義《ニューヒストリシズム》」でも指摘したことだが、とりわけ方法論的に複雑な構成をとる現代の作家は、本質的に現代の批評理論と相性がよい。単に批評に創作の指針を求めている、という話ではなく、理論が指し示すものを、そのまま作品で体現しているかに見えるものも少なくないのだ。

　日本では、ジャック・デリダやカルロス・フエンテスなどの理論に親しみ、久生十蘭やJ・G・バラードほか先行世代の作風を積極的に換骨奪胎して「継承」する、樺山三英の方法が近いだろうか。現代において創作を試みるにあたって、突き当たる問題に共通するものがあり、それを創作として記述するか批評的に解析するかの違いなのだろう。

ラヴクラフトに関して言えば、「イビッド」(1928)という、論文に使う「前掲書＝ibid」という記号を主役に据えた、ボルヘ・ルイス・ボルヘスを彷彿させる奇想短篇も書いている。当のボルヘスは、『北アメリカ文学講義』(二〇〇一)でラヴクラフトを論じていた。比較文学的な考察の対象ともなって然るべき根拠には事欠かない。

また、ロールプレイングゲームのようなストーリーゲームは、出発点からして文学と深い関係にあり、本誌の批評でもたびたび言及してきたが、その双方向性《インタラクティヴィティ》を論じる枠組みはまた、現代の批評理論とも響き合い、結果として文学をいっそう豊かにしてくれる類のものだ。

近年、学術的なゲーム研究が興隆を見せてはいるものの、まだまだ、その成果が幻想文学評論にうまく還流されているとは言い難い。両者を橋渡しする議論が不足しているのだ。とはいえ、事大主義的な「サブカル研究」では周縁的な場所に押し込まれてしまうので、そこに取り込まれないような文脈での活性化が求められる。

●アカデミズムとジャーナリズムの架橋

日本のアカデミズムにおける幻想文学研究が低空飛行を続ける一方で、文芸ジャーナリズムにおける先駆的な幻想文学紹介が充実していたのは、本誌での菊地秀行、高橋葉介、安田均、荒俣宏、鏡明、野村芳夫といった先人のインタビューからも明らかだ。

昨年(二〇一七年)一二月二十二日に世を去った仁賀克雄の仕事は、本誌における私の批評で、何度も参照したもの。もちろん、肯定的に援用したこともあれば、批判的な文脈で捉えたこともある。とりわけ一九七〇年代の仕事(『ミステリマガジン』連載の「アーカム・ハウスの住人」など)は、いまだ海外幻想文学の読者が充分に浸透していない時期のものであるため、現代から見ると更新すべき箇所も散見されたからだ。

しかしながら、私がSF専門誌を読み始めた一九九〇年代から既に、仁賀の著書はSF時評で取り上げられるたびに理不尽な酷評を浴びるケースが少なくなかった。仄聞したところでは、ジャーナリズム内、あるいはファンダムでの人間関係が影響しているとの噂もあるが、批評とは本来、そのような「忖度」を断ち切った場所にこそ立ち上げなければならないのは、言うまでもない。

仁賀のような先達の仕事を参照したうえで、その洞察を新たな"読み"へ接続していく必要がある。その意味で、まずはテクストそのものを厳密に読み込むニュー・クリティシズムの手法に基づく若島正『乱視読者のSF講座』(二〇一一)で、ラヴクラフトの「宇宙からの色」(1927)が詳細に論じられていることは重要だ。

近年では、東雅夫と下楠昌哉の共編による『幻想と怪奇の英文学』(二〇一四)、『幻想と怪奇の幻想文学Ⅱ：増殖進化編』(二〇一六)が出ている(春風社)。これらにおいては、専門の文学研究者によるテクスト解析、現場的な企画力がうまくマッチしている。

前者では、特に有元志保「超自然のもたらす「リアリティ」——ウィリアム・シャープの「ヒラリオン神父の激情」とフィオナ・マクラウドの「森のカハル」をめぐって」、後者では小宮真樹子「クエスティング・ビーストの探求——トマス・マロリーの不思議な動物」をお薦めしたい。

東雅夫編『幻想の坩堝　ベルギー・フランス語幻想短編集』(二〇一六)では、かつての「幻想文学」や「小説幻妖」といった雑誌のコンセプトを実質的に「継承」した企画となっている(松籟社)。「図書新聞」二〇一八年一月六日号の書評でも指摘したが、『青い鳥』で著名なモーリス・マーテルランクの収録作「夢の研究」(1889)は、ラヴクラフトが創作のモデルにしたような「アメリカの古都セイラムの古い家」が、一つの出発点となっている。さまざまなモチーフが共通しており、大西洋をはさみ、〝旧大陸〟と〝新大陸〟を結ぶ想像力の架け橋があったことが記録されている。互いを敵視することのないアカデミズムとジャーナリズムのコラボレーションは、思わぬ相乗効果を生むようだ。

●S・T・ヨシのラヴクラフト研究

生前発表された、あるいはアーカム・ハウス社から単行本にまとめられたラヴクラフトのテクストには、無視できないレベルで編者による改変や、無数の校訂漏れが存在していた。こうした異同を正すため、作家の手稿のレベルから校閲をやり直したのが、S・T・ヨシなのだった。

ヨシはラヴクラフトのみならず、ロード・ダンセイニ、ラムジー・キャンベル、アンブローズ・ビアスといった作家についても綿密な校訂作業を行っている。本誌の批評でもたびたび参照してきた『定本ラヴクラフト全集』(一九八四～八八)や、邦訳に私も参加した『H・P・ラヴクラフト大事典』(二〇一三)は、ほかならぬヨシの仕事である。ヨシはラヴクラフトの浩瀚な評伝*H.P.Lovecraft: A Life*(1996)も著しており、その後の研究成果が『大事典』には反映されているのだという。

ヨシのラヴクラフト研究は――本邦における国文学研究の伝統を想起させる――古式ゆかしい文学研究の作法に基づくものだ。厳格なテクスト中心主義を貫きながら、作家の人生についても綿密に調査し、創作意図を探ることで、できるだけ正確に表現されたものの内実を捉えんとする営為である。つまり、恣意的な解釈をできるだけ排するのだ。それは充分に尊重すべきものだが、ややもすると息苦しさが否めない。

よく知られているように、ラヴクラフトは手紙魔で、古くからアーカム・ハウス社で五巻本の書簡集が出ていたほど。創作の周辺事情は、作家自身の手で綿密に記録されているのだ。必要に応じてそれらを援用することで、中途半端な感想は、作家の言葉を「召喚」することにより、きれいに葬り去ることができてしまう。

●ルイ・ヴァックスのラヴクラフト解釈

こうした作家論的なアプローチとは別に、フランス流の批評理論《フレンチ・セオリー》に基づく分析対象としても、ラヴクラフト作品は位置づけられてきた。日本でも文庫クセジュで広く読まれたルイ・ヴァックス『幻想の美学』(1960)では、作家が「文学における超自然の恐怖」(1925)で示したものの、論文のような形でその性質を深めていくことのなかった「宇宙的恐怖《コズミック・ホラー》」とは何なのか、その内実を分析している。

「絶対的恐怖を表現しようとするあまり、ラヴクラフトはしばしば最上級の表現を用いる」と、ヴァックスは告げる。それは、あまりにも安直で、読者を怖がらせようという手法が剥き出しになったものだ。だが、それは、「ありとあらゆる恐怖を知りつくした人物が、仲間にその探求を続けさせ、ついに死にいたらしめる」という、くどいほどの連続性によって、「逆転された否定神学」とも言うべき事態へと通じるのだ。

> 神秘主義者が神のあらゆる属性をつぎつぎと否定することによって筆舌に尽せないようなことに達しようとしたように、ラヴクラフトの主人公たちは、次第に烈しくなってくる恐怖を経験することによって、徐々に聖なるものの暗黒の極に近づくのである。(……)恐怖は最初は語り手にとっては軽いものであり、嫌悪よりは魅力で成り立っているものだが、それは次第に力を得て、ついには語り手を圧倒してしまう。かれは恐怖に誘われて、空間的にも時間的にも、ますます遙かな彼方へ、ますます広く、ますます古い洞窟へ、ますます秘かな、ますます恐ろしい信仰へと導かれるのである。
>
> この腐敗した宇宙には神は存在しない。優しさ、正義、人情はすべて、悪の力の前には無力である。語り手自身が呪いに冒されることもしばしばである。かれが好奇心と考えていたものは、恐怖の、隠された秘かな誘いであった。かれの内にあった怪物が解放され、かれの精神は徐々に変化し、かれの肉体も形を変える。ついにかれは、自分が追っていた鼠と同じ鼠となり、かれに恐怖を起こさせた海の化物のような怪物と

なってしまう。（窪田般彌訳）

これはもっとも早い時期に、「宇宙的恐怖」とは何かを掘り下げたものだろう。存在そのものの不安を的確に言語化したという点で、ジャン＝ポール・サルトルやアルベール・カミュの実存主義とも共振する。

●ジャン・リカルドゥーによる「解釈学の自省」

こうした前提があるからこそ――テクストそのものの表現可能性を掘り下げることで、文学や批評そのものを革新しようとした――ヌーヴェル・クリティークという潮流の代表的な理論家ジャン・リカルドゥーが、主著『言葉と小説』（1967）において、ラヴクラフトを取り上げた意味も見えてくる。

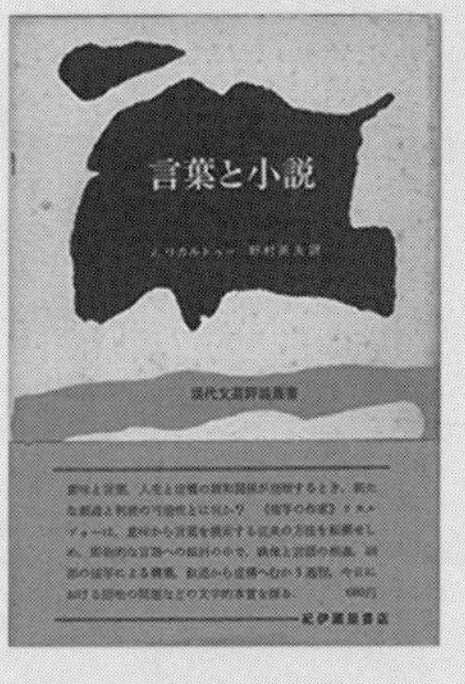

リカルドゥーは、ラヴクラフトが影響を受けたポオの「ナンタケット島出身のアーサー・ゴードン・ピムの物語」（1838）とラヴクラフトの「狂気山脈にて」（1931執筆）の間に、〝テケリ＝リ！〟と、謎めいた音が共通していることに着目する。当然ながら、〝テケリ＝リ！〟という言葉そのものに、具体的な意味はない。むしろ、意味から外れた空白が存在するだけだ。

だが、リカルドゥーは、この空白こそが重要だとし、「アーサー・ゴードン・ピム」に出てくるアホウドリが〝テケリ＝リ！〟と鳴くことで、意味を超越したテクストそのものを反復させていると示唆する。

「狂気山脈にて」のラストに置かれた、「その瞬間に、彼はまるで機械人形のように、これまで誰もその意味を判読したもののいない不思議な呼び掛けの言葉を、〝テケリ＝リ！　テケリ＝リ！〟と繰り返すだけだった」という部分は、「これまで誰もその意味を判読したことのない」言葉」が、「機械的」に反復されるがゆえに、得も言われぬ恐怖をもたらすのだと、リカルドゥーは主張する。

つまり、直接的には意味を持たないにしても、言葉は往々にして、象徴や寓意に結びつくというのだ。その背後には、何らかの倫理やモラルが待ち受けている。そうしたモラルが存在しない、にもかかわらず、言葉がそれ自体として「ありえてしまう」という矛盾。ルイ・ヴァックスが「否定神学的」と名指したのは、おそらくこのことだろう。そして解釈は、円環を描くように一回りする。

読むということは、つねに文字を見詰めることであるとしても、それはまた、そこに満足し留まってしまうことを避けようとすることでもあり、作品の精神を求めて、高みにあって幾つもの貴重な二重化を生み出していくことでもあるからだ。

（……）

では、いわば居心地のよい寛容さをもって、どのような象徴的な解釈にも平等な能力を認める越えたところで行なわれるが故に、それはいわば解釈学の自省を促すものであるように思われる。

（野村英夫訳）

円環の果てに漂着した「解釈学の自省」。それが名指すのは、詩人ステファヌ・マラルメの言う〝自らの姿を反映する言語〟にほかならないと、リカルドゥーは結論づけている。つまり「宇宙的恐怖」とは、自己言及性の恐怖と無関係ではありえないのだ。S・T・ヨシは、「狂気山脈にて」が「アーサー・ゴードン・ピム」の続編だという見立てについて、「少なくともプロットとしてみれば、そのようには考えられない」と否定的だが、〝テケリ＝リ！〟の謎めいた照応については、数少ない共通項として認めている。

昨年（二〇一七年）、国書刊行会から、ミシェル・ウェルベックの『H・P・ラヴクラフト　世界と人生に抗って』（1991）が邦訳され、今年に入って「ユリイカ」二〇一八年二月号に、グレアム・ハーマン「現象学のホラーについて――ラヴクラフトとフッサール」（2010）が訳載された。

こうした評論は、ヨシに代表される実証的な研究とはしばしば衝突する、「解釈学」の自由を追究したもので、リカルドゥーが言うような〝自らの姿を反映する言語〟への恐怖を暗に出発点としているように見える。ならば、今後求められる幻想文学批評には、実証的な研究と理論的な解釈可能性、両者を総合していくような姿勢が必要不可欠となるだろう。

※文中、作品タイトルの後の西暦表記が算用数字のものは、本国での出版等を示します。（編集部）

屍蛆《うじむし》の家

◉ミール・プラウト
訳／牧原勝志

「コスミック・ホラー」と呼ばれるからクトゥルー神話とはかぎらない、という思いで、この号のために作品を選んできました。ですが、ラヴクラフト研究者のロバート・R・プライスやS・T・ヨシが、クトゥルー神話のアンソロジーに選んだ同時代の作家の作品を、ここにご紹介します。もっとも、厳密にはクトゥルー神話とは言いきれないかもしれませんが……。

一九三〇年代のパルプマガジンにわずかな作品を発表して去っていった、謎の作家の代表作です。お楽しみください。（編）

"The House of the Worm" by Mearle Prout
First appeared in "*Weird Tales*" October 1933

さはあれど眺むれば優倡《わざをぎ》が群るる間に
委蛇《ゐい》として推し入り来るもののあり、
闃然《げきぜん》たる舞台の上ゆ
血《あけ》に染みたる赤き人もこよひ出でつ、
ぬたうちまはる芝居子は
人間の悲鳴を放ち　夫《か》の餌《えさ》ともなり了《おほせ》れば
血のりにまみるる兇虫の牙を見て
天使らよよと咽《むせ》び哭く。

――エドガー・アラン・ポオ（日夏耿之介訳）

　どれだけ書斎の机に向かっていたのか、私は「死の家」事件の犯人がいかに世間を騒がせたかを記事に仕上げ、新聞社に送ろうとむなしい努力を重ねていた。文章を思うままに書こうとするたび、何時間も、ややもすると何日も費やし、突如として筆が動きだすものが、いったいなぜそうなるのか、誰も答えられまい。そのたびに運命の女神が手を貸してくれているとしか考えられないのだが、壁に突き当たり呻吟するうちに、わずかな隙間から光が射して、行く道を白く照らし出す！　それは私も経験していることだ。

　タイプライターのキーをほとんど打たない私の背後で、静かに雑誌を読んでいたはずの同室者が、静かな口調で言った。「なんて月だ――本当に空にかかっているとは思えない！」

　私はさっと振り向いた。フレッドは窓辺に立ち、夜の闇に目を注いでいた。

　奇妙に思い、私は彼の傍らに行くと、その凝視の先に目を向けた。月は満月を少し過ぎていたがまだ丸く、あたかも赤い楯のように森の梢に鎮座していた。

　普段なら私の手を止めるはずもない友人のふるまいには、邪魔をされた苛立ちよりも、なにか奇妙なものを覚えた。

「月がどうかしたのかい？」しばし躊躇したのち、私は尋ねた。

　彼は照れ隠しをするように笑った。「独り言の声が大きくてすまなかったね。ある物語に偶然見つけた、変わった理論について考えていただけなんだ」

「月についての？」

「いや、物語というのは、君が書いているような怪奇小説なんだがね。『牧神が歩く間に』という題名のもので、月のことを書いているわけではない」

　彼はまた空を見上げた。赤みがかった月は、街角に弱々しい光を落としている。「アート、その物語の着想は、僕が温めていたものと同じだった。つまるところ、偶然の一致なのだろうが……」

　フレッドはいつも、変わった理論というものを見つけては熱中し、私もお裾分けで空想を楽しんでいる。彼が新しいことを考えたというなら、興味を抱かずにはいられない。

「アート」ようやく彼は切り出した。「現実性について語っている古くからの話を知っているかい？　人間の思考がときに、形を得て現れてくるというものだが」

笑いをこらえつつ、私はすぐに答えた。「かつて、ある若者が、自分は物質の世界こそ現実である、と歴史家のカーライルに言った。すると「そうか、それはいいな！」という答えが返ってきたという。そう、僕もきみと同じ考えにはよくたどり着くが――」

「論点がずれているようだね」間髪入れず友人は続けた。「物質の世界には何がある？　みな神が創りたもうたものじゃないか！　その創造が今はなされていないとでも言うのかい？　ぼくたちはおそらく――」

彼は本棚に歩み寄ると、分厚い革装の本のほこりを払い、持ってきた。

「その考え方にはじめてたどり着いたのは、この本がきっかけだった」黄ばんだページを親指で押さえた。「これは創作物だが、真面目に考えさせる言葉にであったよ。聞きたまえ。

「聖書にいわく、「はじめに神は天と地を創造された」。だが、神がその素材としたのは何か？　明らかに、思考を、想像力を、あるいは意志の力をもって創ったのだ。さらに聖書いわく「神は自分のかたちに人を創造された」。これは、人間の創造が全能の結果ではないことを示しているわけではなく、いわば自らを縮小したようなものと理解すべきだろう。まさしく、神がその全能をもって全世界を創造したのであれば、人間の心は神の思いからなるもので、地球上のすべてのものが、いかに小さいものであっても同じく、神の意志により創られたものである。

ならば、世界の黎明に存在したといわれる、さらに古き神々はどうか。人間の想像力によって生まれたもので、実在はしていないと言えるだろうか。さらに、それらが我々の意志に反して、攻撃や破壊をもたらすものになりうることはない、と断言できるだろうか。もし、自らの想像力で創ったものを滅ぼすのであれば、その存在を信じないでいるほかに手段はない。それら古き神々が姿を消したのは、人がキリスト教を信じるようになってからである」

彼はしばらく私に目を向けたまま沈黙していたので、私も立ったまま考えた。

「そのような説が人の心を動かすとは、妙なことだな」私は言った。「空想、たとえばぼくたちがよく知っている神話のような伝承と、現実を区別するには、どうすればいいのか。たとえば君が、もし月が実在しなかったら、と考えたときのように」

「だが、想像してみたまえ」友人は答えた。「ある宗教の信者たちが同じことを考え、同じ空想によって作った神像を崇拝している。彼らが深く、熱狂的に信していれば、そういうことはあり得るのではないか。物的証拠がないと、異星からの来訪者の存在が認められないように……」

かくて議論は続いた。互いがようやく眠りについたのは、月が中天高く昇りきった頃で、その冷たい光に浮かぶ地上は、たしかに物理的な現実そのものだった。

翌朝は私も友人も早起きし、フレッドは銀行員という平凡な仕事に戻り、私は彼を見送ったあと、タイプライターに向かった。議論を楽しんだせいか、前夜に難渋していた箇所が書けたので、夕方までには脱稿し、推敲してから原稿を投函することができた。

静かな会話を切り出した昨夜、我が友はかの考えを形而上学的なものと思いかけているようだった。

というのも、狩りをしに行こう、と今夜は提案してきたが、彼はあのように静かな話し方はしなかった。もともと空想的な人物で、銀行の仕事は退屈な苦役にすぎない、と思っているらしく、そこから逃避できることになら何にでも興味を持つ。空想的のは私も同様だが、ちょうど一仕事済ませたところでもあり、お互いに良い気晴らしになりそうだった。

「そうだな、栗鼠《りす》でも撃ちに行こう。いい狩り場を知っている。明日はどうだい？」

「願ってもない。明日から休暇に入るところだ」彼は答えた。「だが、僕が知っている狩り場にも、ながらく行っていないんだ。遠いところじゃない、ほんの百マイルばかりのところで、おまけに――」彼は私の計画を変えるのを申し訳なく思っているようだった。「――そこ、サクラメントの森には、君がこれまで見たことがないほど、たくさんの栗鼠がいる」

私に異議はなかった。

サクラメントの森はなかなか珍しい場所だった。オザーク高原の一角にあり、東西三、四マイル、南北はその二倍はある広さで、森の中には谷まである。地図だと川は流れていないように見えるが、大きいほうの谷がその役割を果たしている。草木もまばらな山々があちこちに峻険な奇観をあらわし、この森の静けさや優しさを相殺しようとしているようだ。さらに特記すべきは、その険しい山々にも住人が――少数で、もちろん必要に迫られてだが――いることだ。だが、森や谷のどこを見ても豊かで、彼らも荒らすような暮らしをしていないことがわかる。高くまっすぐに伸びた楢の森には、樵《きこり》の踏み込んだ様子もなかった。

私もこの森のことは知っていた。狩人《ハンター》たちの楽園であり、思い出せばずいぶん昔に二度ほど狩りに来たこともあった。ただ、あまりに昔のことだったのでほとんど忘れており、再訪して思い出す機会をくれた友人に感謝していた。世界中のどこを探しても、どんなに仕留めても栗鼠が次々に湧いてくるようなところは、このサクラメントの森をおいて他にない。

山の中腹で、小休止を取ったときは昼下がりになっていた。山道の脇に、板張りの屋根の四阿《あずまや》が飾り物のように建っていて、その向こうに色あせたオーヴァーオールを着た人影が屈んで、綿花の茎を切っているようだった。

「山住みの人にちがいない」子供の頃を思い出したかのように目を輝かせて、友人は言った。「こんにちは！」彼は大声で呼びかけると、歩み寄っていった。

老人は背筋を伸ばすと、目を細めてこちらを見た。友人と言葉を交わす間だけ、彼は立ち上がった。友人は狩り場について尋ねていたが、戻ってきたときはその目は輝きを失っていた。彼はかぶりを振った。

「狩りはできないそうだ。生きものはみな死んでしまったんだと言われたよ。サクラメントの森は死んでしまった、とね」

「死んだ？」私は叫んだ。「そんな馬鹿な！　なぜそんなことに？」

私は耳を疑った。案内人《ガイド》からはそんなことを聞いていなかったからだ。今来たところなのだから、なおさら信じられない。

老人は作業に戻った。「狩りはできないね」と言うと、綿花を刈るのに集中しはじめた。

そう言われては、ここに長居するわけにもいかない。「山住みの人たちはほとんどが長年一人暮らしをしているからな」来た道を戻りながら、フレッドが言った。「だから、遅かれ早かれ、誰もがあんなふうに愛想がなくなるんだ」

この狩猟旅行がすでに半ばは台無しであることは明らかで、彼は同行者の私に苛立ってはいないかと気がかりになった。次の谷が森の中心であるのを確認した他は、彼は黙りこくっていた。

私たちは歩き続けた。山道は上へ上へと延びていくようだった。が、山を上りきって道が急な下りになったとき、眼下一面にこれまで見たことのない色で森が広がった。鮮やかな赤や、黄色や褐色の葉が入り交じり、巨木が秋の装いを競っていた。初秋の日差しのもとで、その細密画《ミニアチュール》のような光景は、山間《やまあい》の湖面のようにきらめいていた。二人とも黙ったままただ見入っていたが、私はなぜかかすかな嫌悪感を覚え、身震いした。あの老人の言葉を気にしすぎているのだろうか。それとも、時期としては森はまだ緑のはずなのに、こんなに紅葉しているとは、まもなく早々に落葉してしまうのではないかと不安を覚えたからか。あるいは、他に理由があるのか——感覚では捉えられず、知性では理解できないのに、看過できない声が聞こえてくるとでもいうのだろうか。

だが、そのことは考えないでおこう。人の心はものごとを理にかなうよう把握するために、しばしば事実を都合よく解釈するものだ。実際には、私は何も感じはしなかったのだろうし、これからのことに気を奪われてもいたのだろう。フレッドの顔はなぜかひどく青ざめていたが、私たちは黙ったまま山道を下った。

サクラメントの森の中でも、谷の日暮れはひときわ早い。西の山頂にまだ日がかかっている頃、私たちは森に入り、キャンプを設営した。次第に日が沈むと、谷は暗くなり、私たちのいるあたりは弱い金色の光に照らされた。

黄昏の中に腰を下ろしパイプを燻らす。暮れなずむ森での心地よいひとときだったが、フレッドと私はともに、不自然な静けさに気づいた。なぜこれほど紅葉が早いのか。なぜ鳥のさえずりが聞こえないのか。どこからともなくかすかに漂ってくる、まぎれもない腐敗の臭いは？

焚き火を囲むうちに、恐れは遠のいた。我々は狩人に戻り、自由を楽しみ、明日の成果を予想した。少なくとも私は恐れを忘れていたが、フレッドはそんな私の様子が気がかりだったようだ。

「アート、理由はどうあれ、僕たちはこの森が死んでいることを認めざるを得ないようだ。たとえば、木々は休眠に入ろうとしているようには見えない。枯れている。鳥の声が聞こえないだろう？　こういう場所ではアオカケスが絶え間なく鳴いているはずなのに。森に入るやいなや、そう感じたんだ。こういう勘ははたらくほうでね。どんなに暗い道でも、墓地に近づくとわかるくらいさ。ここに来たとき、墓地に来たのと同じ感覚があったんだ。まさにね！」

「僕もそんな気がしていたんだ」私は答えた。「臭いにも気づいていた……でも、今は感じない。焚き火のおかげだろう」

「そう、火は周囲のものを変える。だが、木々の間からのうめきが聞こえないか？　風の音だと思うか？　いや、そうじゃない。風なんかじゃないんだ。人ではない何かが苦しんでいるんだ。火はやつらの苦しみの種なのだろう」

私は虚勢を張って笑ってみせた。「おいおい、怖がらせるなよ。僕も君と同じように感じていたんだ。臭いまでする気がしてね。だが、あの爺さんの言ったことを気にしすぎたんだろう。それだけのことさ。焚き火ですべて変わった。もう大丈夫さ」

「そう」と彼は言った。「今のところはね」

それだけ緊張していたのに、フレッドは私よりも先に眠ってしまった。火が弱まる前に薪《たきぎ》を足しておいたので、私は横になったまま、間近な炎が揺らぐのを長い間見ていた。私は火のことを考えた。

「火は清浄だ」自分の声が、誰かが言っているように聞こえた。「火は清浄だ。火は命だ。我々は体内で酸素を燃やすことで生きている。そう、火がなくては世界の清浄を保つことはできない」

だが、いつしか眠り込み、うめき声を耳にして目覚めたときは、火は弱まっていた。だが、目を覚ましてみると、森は静まりかえっていた。夜の静寂《しじま》には木の葉のそよぎさえ聞こえない。あの臭いがした。次第に濃さを増し、地面に跡を残しそうなほど重く漂いはじめた。臭気の渦に胸が悪くなってきた。死と腐敗の臭いだ。

またもうめき声がした。

「フレッド」喉から声を絞り出し、呼びかけた。

答えるように、低いうめき声が聞こえた。

彼の腕をつかむと、彼はすでに死んで腐敗していたかのように、指が肉にめり込んだ！　熟しすぎた漿果のように皮膚がはじけ、ねばつく液体が手を伝い、指から滴り落ちた。

恐怖に駆られ、私はマッチを擦った。そのとき、小さな火の明かりに見えたのは――彼の顔！　むくんで紫に変わり、開きっぱなしの目のまわりで肉が蠢いている。肉ではない、白い蛆虫が膨れた彼の体じゅうを這いまわり、鼻の穴からうねり出し、土気色の唇へと身をよじっている。腐臭がさらに強まった。肺が呼吸を拒否するほどに。恐怖の叫びをあげて火のついたマッチを投げ捨て、私はテントに逃げ込んでベッドに身を投げると、枕に顔を埋めた。

悪寒と吐き気をこらえ、震えながら、どれだけ横になっていたのかはわからない。だが、急に木の上の方でしはじめた音に気づき、起きあがった。大枝がきしみ、うめいている。幹が苦痛によじれ、割れはじめている。見上げると、赤い光が空を走った。稲妻だ。それを見て、私は思い出した。

「火は清浄だ。火は命だ。火がなくては世界の清浄を保つことはできない」

この言葉に力を得て私は立ち上がり、手近なものを片っ端からつかむと、消えかけた火に投げ込んだ。これは間違いだったのか、本当にこれで死臭は消えるのか？　落ちた枝を集め、焚き火を大きく燃やす。幸運なことに、投げ出したマッチは枯れ葉の山に落ちていた！

十五フィートの高さに燃え上がった火を見て、次に思ったのは、友のことだった。だが、腐りきった亡骸があるはずのところに目を向けると、彼はすやすやと眠っているではないか！　顔は血色よく、両手はかすかに動いている。生きている！　呼吸している。あの臭気まで覚えた死体は、悪い夢だったのか？　私は自問した。あの蛆虫の群も夢だったのか？

私は彼が起きるのを待った。

彼は私に目を向け、焚き火を見つめ、歓喜の声をあげた。はじめて浄化する火の神秘を見た子供のように、喜びの光が彼の目に宿った。

「蛆虫か！」彼はわめいた。「忌まわしい虫けらども！　臭いとともに集まってくるのか。僕が目をさましたとき、火は消えかけていた。だが、身動きがとれないし、声も出せなかった。蛆どもが来た――どこからかはわからない。きっと、僕たちの知り得ないところだろう。集まり、這いまわり、食らう。やつらが来るとともに、あの臭いも押し寄せてきた！　やはり、この大気とは別の、未知の虚空から吹いてくるのだろう！　そこから来たんだ――死が！　僕は死んだ。死んだんだ。腐爛した。腐ったんだ。そして、蛆どもが――あの忌まわしい虫けらどもが、僕を食った。僕は死んだ。死んだんだよ！　まちがいなくね！」彼は両手に顔を埋めた。

正気を保ったまま一夜を乗り切ることができたのは、なぜかわからない。ただ、できるだけ火を高く、大きく燃やし続けただけだった。高くそびえる木々は死の苦しみに軋んだ。死と腐敗がふたたび来ることはなかった。火の未知の力が、私たちを清浄に保ち、死と闘ったのだろう。私たちの頭脳は、はっきりとではないが、邪悪で不浄なものがこの闇の中、魔の森で、火の浄化の力にもがき苦しむさまを感じた。

なぜフレッドが、私が覚えているように、死の魔手にやすやすと捕らわれたのかはわからない。彼は脳の受容力と繊細さでそれを説明しようとした。

「何に対する繊細さなんだね？」私は尋ねた。

彼は答えられなかった。

ようやく夜が明けて、夜の闇は西に向かって追いやられた。森を抜ける間、木という木は何万もの顎が歯ぎしりをしているかのように、苦痛に軋んでいた。東の空に太陽が笑みを浮かべ、森に光をもたらした。

こんなに太陽が待ち遠しかったことはなかったが、それはけっして歓迎すべきものでもなかった。私たちは三十分もしないうちに、路上に車を走らせていた。

「フレッド、一日ほど前に話したことを覚えているかい？」しばしの沈黙のあと、私は友人に尋ねた。「あのことが、ここに当てはまるような気がして仕方がないんだ」

「僕たちは幻影の犠牲者だ、ということになるのか？　ならば、これはどう説明する？」彼はシャツの袖を肘までまくり上げ、腕を見せた。忘れられるはずもない！　その皮膚に烙印のように残っていたのは、まぎれもなく私の手の跡だったのだ！

「感覚はなかったが、ゆうべ君が腕をつかんだのはわかったんだ」フレッドは言った。「これが証拠さ」

「たしかに」私はおずおずと答えた。「一緒に考えなくてはならないことが、たくさんあるな」

それから先は、帰宅するまで互いに黙っていた。

帰ったのはまだ昼前で、明るい日の光のもとで見るものすべてがすばらしかった。呪いとは無縁な、慈悲深い人の心に、私は思いをはせた。我々は「無知」という名の静かな孤島に生きている。たった一つの海流に、島を取り巻く黒い海の広大さを想像し、島の純真さと安全さを知る。だが、謎や混沌の渦や逆流があることに気づいたとき、我々はたちまち正気ではいられなくなるだろう。

だが、それらは見ることができない。一度だけの逆流が静かな海を乱しても、我々はそれを信じることができないからだ。心がためらい、理解を避けようとする。それゆえに、我々は奇妙な逆説にたどり着く。恐ろしくはあるがあり得る経験をしたとき、我々は心身共に、しばらくの間動転する。だが、晴れた日中に、得体の知れないものを見して恐怖し、それが中空に消えていったとしたら。そのあとすぐ、空腹を満たすために昼食をとるという、平凡な行動に移りはしないだろうか。

そして、我々はそういった経験を忘れない。フレッドの腕に残った傷はすぐに治った。私の手の跡も一週間たたないうちに消えた。だが、お互いに変わった。逆流を見ただけでなく、経験したのだから。白昼でも、ふとよみがえる記憶に吐き気を催す。明かりを点けっぱなしにしておいても、恐怖は訪れる。一夜の記憶に人生の全てが支配されてしまったように。

そんな苦しみを抱えて一カ月もしたある夜、フレッドが青ざめた顔で部屋に駆け込んできた。

「これを読みたまえ」かすれた声で言うと、彼は手にしたくしゃくしゃの新聞紙を伸ばした。私は彼が指さす記事を読んだ。

山の住民、死亡

山で一人暮らしをしていたエゼキエル・ウィップル氏(六四歳)が昨日、自宅である小屋で死亡しているのを近隣住民が発見した。腐敗が進行していることから、死後長期間経過していたと思われ、検視によると死亡したのは二週間以上前と想定される。

また、他殺を疑われる要因はなく、小屋からも疑わしいものは発見されなかった。ただ、近隣住民の一人でウィップル氏の友人でもあった、同年代のジェス・レイトン氏は、発見の前日にウィップル氏と会い、言葉を交わしたと証言した。地元警察はレイトン氏を偽証罪の容疑で逮捕した。


「まさか！」私は叫んだ。「ということは――」

「そうだ！　それが何かはわからないが、拡大している。範囲を広げ、山を乗り越えようとしているんだ」

「どこまで来るかは神のみぞ知る、だな」

「だが、あれは病気とは違う。生き物だ。生きているんだ！　あの森にいるのも感じたし、声も聞いた。僕に語りかけようとしていたんだ」

その夜は眠らなかった。忘れかけていたあの夜の経験が何千回となくよみがえり、闇夜のあの恐怖を増幅させた。どこか遠い国に逃げてしまい、恐怖から身を隠したかった。踏みとどまって、滅亡と闘い、滅ぼしたかった。計画を立てなければ。だが、腹立たしいことに、闘うにもどうすればいいのか、何も浮かんでこない。これでは山に住む老人と変わらない……

この二つの欲求の間で思案に暮れたが、結局のところ、何もひらめきはしなかった。記事を読まなかったことにして、死の拡大には目をつぶろうとさえ考えた

結局、我々はまず自分たちの経験を伝えるほかない。だが、とても信じてもらえるとは思えなかった。実際、この一九三三年に生きている、平凡な経験しか持たない平凡な人々が、かくも明らかにありえないことを、信じられるものだろうか。結局、自分たちのために、止めようのない死の増殖を脇目に、口を閉ざしているほかないのだろうか。

広がる輪の中に最初の集落が入るのは、冬の始め頃だろう。人口五十人足らずの山村だ。だが、冬と共に、確実に彼らに死が訪れる。逃げようのない深夜に、ベッドに横たわったまま、みな死んでいく。翌日になって発見されたときには、誰もが腐り果てている。それが繰り返されるだけだ。

世間というものは、信じてもらえるまでは冷たいものだ。単純明快な説明をしたとしても、この惨事の可能性を理解してはくれないだろう。新たな伝染病が山の住民を全滅させて町に降りてくるとでも言えばいいのだろうか。何軒かが引っ越していくのが関の山だろう。それも、さほど遠くない場所に。医者たちと、彼らの言うことを信じる楽天家たちは、まず動くまい。そして、彼らを説得できない我々も、同じくして居残ることになる。

だが、まさにこれは世界の危機だ。伝染病はごく身近な話題になっている。信仰復興論者は世界の終末を告げ、医者たちは普段どおりに仕事する。学者たちは被災地に大挙して押し寄せ、自分も感染しないかと恐れながら死体を調べ、結局見つけるのは腐敗菌と蠅の幼虫だけ。そして地元住民には近隣の州への避難を勧め、パニックが起きないよう、こんな言葉を送り続けるだろう。

「このようなことがいつか起きるだろうとは予想していました」

評判の良い探偵社の宣伝文句のようだ。「今は一刻も早く致死バクテリアを特定し、ワクチンの開発を急ぎます」

世界はこんな言葉を信じられるものだろうか……私を含めて、なかば信じてしまうだろうし、不確かなりに希望を抱くかもしれない。

「伝染病だ、ということにしよう」私は提案した。「新種の伝染病が甚大な被害を及ぼそうとしている。僕たちはその現場を見て、知っている」

だが、フレッドは却下した。「あれは伝染病じゃない。一緒にあの森で経験したじゃないか。やつらの声まで聞いた。黒魔術にちがいない！　必要なのは薬品《メディシン》じゃない、呪術師《メディシン・マン》たちだ」

私はと言えば――彼の言葉に説得されつつあった。

春になり、這い寄る脅威は、サクラメントの森の我々がキャンプした地点を中心に、半径十マイルにまで範囲を拡大した。ゆっくりとではあるが、止めることができない……。静かだが致死的な破壊――いつのまにかそれは、ほとんどわからないまま、「死神《ザ・デス》」と呼ばれ、恐れられるようになった。毎週毎週、集められた科学者たちや医師たちは、望みの薄い発表を連ね、私の疑念をさらに深くした。これが伝染病なら、なぜ日中に死者が出ないのか？ 動物も植物も同じように死に至らしめる伝染病が、これまでにあったのか？ 伝染病なものか、と私は思った。最後の望みの一筋は、「ただの伝染病ではない」ということだった。

「フレッド」私は口を切った。「君が正しいとすれば、やつらは火にはかなわない。それを証明しないか。森を燃やそう。灯油なら手に入れられる。そうすれば、やつらを滅ぼせるはずだ」

彼の顔が輝いた。「そうだ！ 森を燃やせば、やつらを滅ぼすことができる。火が僕を助けてくれたくらいだからな。それは君も承知のとおりだ。火が病気を治すことはない。だが、あの木々ももう声をあげることも、苦しみにうめくこともないはずだ。燃やせば、敵を倒せるだろう」

我々は語りあい、確信を高めた。そして、準備に取りかかった。

灯油四樽と細い蠟燭、そして松明《たいまつ》を手に入れた。まだ寒い三月の晴れた朝、我々はそれらをトラックに積み込んだ。北からの風が刺すように冷たい。運転するあいだに手がかじかみ、青ざめた。だが、すがすがしい寒さだった。死体が転がり荒れ果てた死の世界に向かっているとは、とても思えないほどに。東の空から低く、ようやく昇りだした太陽が、芽吹きはじめた木々に黄色い光を注いでいた。

朝まだき、ゆっくりと広がりつつある死の外延に、我々は到着した。一日早く行動していれば、それだけ救えた命もあったことだろう。だが、いつ言い出したとしても同じことで、思い立ったときからしか命を救うことはできないのだ。芽吹いていたはずの木々は、すでに芽を落として、冬に枯死したかのように冷たく立ち尽くしている。

この地域の住民たちは、なぜ警告に従って避難しなかったのか。いや、ほとんどが避難していた。だが、山暮らしの人たちは残り――そして死んでいった。

せわしなく、そして安全な日常世界を後にして、岩だらけの急な坂道をトラックで上る。日が翳ったら、自分の過ちに気づくことになるだろうか。敵は想像しているより強いのではないか。だが、今は黙って運転した。

かすかな臭いが鼻を突いた。死臭だ。次第に濃くなっていく。フレッドの顔は青ざめていた。きっと私の顔もだろう。血の気も力も失せた顔。

「松明に火をつけよう」私は言った。「臭いよけにはなるはずだ」

明るい朝日の中、我々は松明を灯し、トラックを走らせた。

豚小屋のそばを通りかかった。白い骨が日の光を受けていた。肉は腐り、蛆虫どもにきれいに食われてしまったのだろう。眠っているあいだに豚たちを殺したのは、いったいどんな恐ろしいものなのか。

失敗はできない。あたりは薄暗くなっている。朝日は変わらず輝いているというのに、その光は奇妙にも弱々しく、不確かに揺らぎ、部分日蝕のようでさえあった。

谷に近づいている。最後の山を越え、最初に死んだらしい山暮らしの老人が住んでいた、壊れた小屋を通り過ぎた。我々はトラックを停車させた。

見下ろすとサクラメントの森が広がっていたが、初めて見た遠い記憶のように青々ともせず、秋に来たときのように色とりどりでもなかった。ただ寒く、暗かった。黒い毛布のような雲が空を覆い、冥府の川のように靄が渦を巻いて流れている。分厚い屍衣に身を固めた軍勢を、我々の目から隠そうとするかのように。もし失敗したら？　もしこの聖なる名の森から、禍々しいどよめきがあがったら？　いや、何も聞こえないのに、何かを感じたとしたら？

自分は間違ってはいない、と信じることにした。闇は深くなっていく。岩だらけの道からさらに奥に踏み込み、死の拠点に降りていくと、太陽はさらに弱々しく、足元はさらに暗くなった。

「フレッド」私は声をひそめた。「やつらは日光を弱めている。光を閉め出そうとしているんだ。森はこれからもっと暗くなるぞ」

「そうだな」彼は答えた。「光は弱点だ。僕はあの朝、日の出のときにやつらが苦痛を覚えたのを知っている。昼を夜にはできないが、やつらは力を増しているから、太陽を隠すくらいはするだろう。光を出すものをやつらは攻撃するはずだ」

我々は新しい松明に火を灯し、先を急いだ。

森についた頃には暗さはさらに増し、霧も深まって、太陽は月くらいにしか見えなくなっていた。だが、光の色は月の白銀ではなく、赤い。血のように赤く、呪われた森を照らしている。赤い光輪に縁取られ、眠れず充血した目のように見下ろしている。そう、今の太陽は無力だ。新たな恐怖を前にして病み疲れ、我々と同様に力を失いつつあるのだ。赤い陽光は松明の火の光と混じりあい、あたりを血の色に染めていた。

山道を走行できるかぎりの位置まで、トラックを運転した。森の端の、針のような葉の杉と交じって生えるぶなから、まっすぐ伸びる楢の木立に変わるあたりにトラックを停めた。車を降りて朽ちた土を踏む。前に来たときよりはるかに強く、臭気が鼻を打った。ただ、獣の死臭でないのがせめてもの救いだった。するのはつんとするような植物の腐敗臭だけだ。緊張している我々には不快きわまりないが、まだ堪えられる……。そして、死に占拠された谷間は温かかった。三月のはじめで、日光も遮られているのに、寒くないのだ。周囲の丘から身を切る風が吹き下ろしてきても、腐った植物の発酵熱が、ここを温めているのだ。

木々は死んだだけではなく、腐っていた。大枝は落ちてぼろぼろに砕け、じめついた土の上に散らばっていた。小枝はなく、幹だけになった木が救いを求める殉教者の腕のように、天に向かって伸びている。だが、幹には蛆虫どもが深くもぐり込み、食い荒らしているのだろう。死の森だ。悪夢に見る、侵入者を察知した菌類が叫び声をあげる森。燃え上がる松明を恐れ、光の痛みに啜り泣いて揺らぐ、不浄と腐敗の森だ。

火は我々を守り、その揺らめく光で森の隅々にはびこる死の力を退けた。だが、我々がここで死んでも、祈ってくれる者はいないし、我々の思いを知る者もいないだろう。腐敗と悪夢に満ちた恐怖が、頭の中で膨れ上がった。私はほんの三十分ほど前まではベッドに横になっていた友に目をやった。それから、ここに住んでいた、もう死んでしまった人々に思いを巡らせた。これまであえて避けてきたのは、考えていたら正気を失いそうだったからだ。我々は急いで枝を集めた。朽ちた枝は持ち上げれば折れ、つかめば粉々に砕けた。ようやく乾いた枝で充分な高さの山ができたので、一樽分の灯油を注ぎかけた。そして火を放つと、炎が音をたてて高々と燃え上がり、死の森に痛みを堪える吐息と、悲しみと、力ない怒りを広げだした。

「火はやつらの大敵だ」私は言った。「火のそばにいれば、危害を加えられることはない。この森を焼きつくしてしまえば、やつらは滅びるだろう」

「森を焼きつくせるものか？　太陽を翳らせるほどの連中だ。松明も弱められた。どうだ、今は明るくなったぞ。だが、森を焼きつくせるとしても、やつらが手をこまねいているはずがない。あっ、火が消えはじめた。僕たちは失敗したようだぞ」

そう、失敗だ。我々はさらに二度試したが、森を焼きつくすことはできないのは疑う余地もなかった。勇気に満ちていた我々の心は、今は恐怖に圧され、山道をガタガタ揺れながらトラックで安全な場所に脱出するまでのあいだに、全身が震え続け、冷たい汗にまみれた。松明が突然燃え上がり、黒い煙をたなびかせた。

だが、我々は再訪を胸に誓った。人手を集め、ダイナマイトを用意する。やつらの本拠地を突き止め、爆破するのだ。

我々は実行した。そして、再び失敗に終わった。

だが、それからは死者は増えなかった。頑固な居住者も、春になって死の領域が拡大しているのを目の当たりにして、住み慣れた土地を離れた。死神の手が触れた木々の枯死を見れば、疑う余地はなかったのだ。一晩ごとにその領域は五十フィート、百フィート、二百フィートと拡大していく。緑の新芽を吹いていた木々が、翌朝には黄色く乾いている。避けようがなかった。死は夜にその領域を広げ、昼は留まる。そして夜がまた来ると、恐るべき進軍は再開されるのだ。

周囲の郡部にも恐怖は影を落としはじめた。新聞記事は絶望的な状況を書きたてた。容赦なく進み来る死と、それを食い止めるため召集され前線に立つ科学者たちの作戦を詳述したが、希望はいつも結びで断たれた。

恐怖にとまどう人々に、おそらくこれがただ一つの勝利への手立てとして、我々の考えを伝えることにした。計画を説明し、協力を求めた。だが、誰もが拒否した。「病気は広がって、とうに森からは離れている。なのに今森を焼いて、何の役に立つんだ？世界はもう終わるんだ。逃げればいい。生きていられるうちは生きていよう。どうせみんな、同じように死ぬんだから」

結局、耳を貸す者は一人としていなかった。我々は北に向かった。こちらには死は進軍していないため、混乱に陥ってはいないからだ。だが、人々は疑い、ためらい、科学者たちを信じて、自分たちの日常と仕事に固執するばかりだった。やはり、誰もが聞き入れてはくれなかった。「伝染病なら医者に任せる」と言いたげに。

我々は何もできないままだった。

「フレッド、まだ手はある」と私は言った。「大型のトラックを手に入れよう。トラクター・トラックがいい。僕の計画を聞きたまえ。さらに大量の灯油とダイナマイトがあれば、やつらを滅ぼすことができるぞ！」

他に打つ手はないとわかっていた。これで失敗したら、そのときこそ世界の終わりだ。死は日に日に勢いを増していく。一刻も早く行動に移らなければ。

必要なものを調達してトレーラー・トラックに積み込んだ。たくさんの松明。ダイナマイト。灯油を八樽。さらに銃を二挺。買ってすぐに無限軌道《キャタピラ》の陰で弾丸を装填し、それから出発した。

着いたときはまだ昼だったというのに、森は暗かった。真夜中のようだった。霧が立ちこめる中、二十フィート間隔で車の屋根につけた松明の火が、あたりをぼうっと照らしていた。闇が震え、蜂の巣のような唸りをあげていた。

どの道をたどったのかは覚えていない。ただ、その唸りが大きくなる方に向かえば、この災いの中心に着くだろうと予想していた。移動は難しくはなかった。トラクター・トラックは朽ち木など障害になるものはすべて無限軌道で轢き潰していった。そうして造った道の上を、巨大な荷台が進んでいく。

痩せこけ傷だらけになった枯れ木の幹が、衛兵のように立ち並んでいる。トラックが進むにつれ、周囲の枯れ木はさらに朽ち、ぼろぼろになっていった。死の臭いがする。腐敗の臭いとは違う、有毒ではないが刺激のある、腐敗が終わって分解していくときの臭いだ。そして、それが呼びかけ、こちらに近づいてきた。闇の彼方から、我々の頭の中に入り込み、意のままに操ろうとして。我々にはそれが理解できなかった。ただ、気分が悪くなりそうな臭いに慣れてきたのだと思っていた。甘い、なんとも心地よい香りに変わったのだ。茸《きのこ》のような姿の木が、これまで気づかなかった美しさを見せてきたように思えた。心の中に完璧な世界の風景が広がった。植物は腐敗し、糧となる腐肉がいたるところに散らばる湿原。もうすぐ世界中がこうなるのだ。私は歓喜の声をあげた。

だが、別の叫びとともに、私は光に照らされた。私自身が叫び、松明を突きつけたのだ。その声とともに私は燃える火に手をかざし、その末を握り、友の顔に差し向けた。血管と神経を、浄化の痛みが駆け抜ける。忌まわしい風景は消え去り、歓喜は失せた。私は我に返ったのだ。そして、あの呼びかけの方角を頼りに、唸りをあげる森の奥へと向かった。心を弄び、従わせようとする邪悪な意志を感じはした。蛆虫の仲間になりかけた自分を思い、私は身震いした。

突然、エンジン音をかき消すような咆哮が轟き、続いて人々の歌声が聞こえた。私は車を止め、ギアを倒した。耳をすますと、その歌は言葉は聞き慣れなくても、どこか耳になじんだ調べだった。ここに生きている者がいる？　死に占領されたこの森に？

歌は止み、枯れ木の間に響く唸りがさらに強まったように聞こえた。誰かが、あるいは何かが語りはじめた。私は耳をすませたが、その必要はなかった。詠唱のような声が、唸りをあげる闇の奥から聞こえてきた。

「全能なる我らが主、屍蛆《うじむし》よ。あまねき天地のすべての王たちより遙かに力強き屍蛆よ。創造主よ。人は考え、作る。屍蛆はその虚しき業《わざ》を消し去る。

考える者、作る者は偉大である。その業を、その心を称えよ。だが、人の命は短く、その業はこの地を継ぐものには虚しい。そして、この地を継ぐものこそ屍蛆である。

ここは屍蛆の家である。ここに滅びはない。ここは我ら守護者が主たる屍蛆のために建てたものである。

主よ！　我らひざまづき全てを捧ぐ！　人とその心の全てを！この地上の生けるもの全てを主の糧として捧ぐ！　主の棲まう処としてこの地を捧ぐ！

全能なる、あまねき天地のすべての王を統べる我が主よ、屍蛆よ、今ぞ滅びの時は来れり！」

恐怖と嫌悪に打ちひしがれ、私とフレッドは目を見合わせた。人間が生きている！　正気かどうかはわからないが、生きているんだ！　目にも耳にも、鼻にも地獄でしかないこの森にいるというのに、我々は笑みを浮かべた。笑ったのだ！　そう、闘う相手がいる。敵には実体があったのだ。私はギアを入れ、エンジンをかけた。

百フィートほど進んで私はトラックを停めた。目の前に礼拝者の一団がいたのだ。五十人ほどが屈み込み、ひざまづき、腐った汚泥の中を転げまわっている者さえいた。彼らはみな、松明の火に目を覆い、悲鳴をあげた。そして、こちらに向けた憎悪と嫌悪の表情は、正気を失わないかぎり、二度と思い出したくないものだった。彼らの叫びは半ば人間だが、半ばは獣だった。車を降りた我々が松明をつきつけたときに彼らがあげた声は、地獄でしか聞けないようなものだった。彼らが我々の行く手をさえぎっていたのは最初のうちだけだった。火の明るさが耐え難かったのだろう。恐怖の叫びとともに彼らは背を向け、逃げ出した。この汚濁の地で、我々は再び笑みを浮かべた。

彼らが崇拝していた偶像がそびえていた。木像でも石像でもない、正常さのない忌まわしいものだった。それは積み上げた墓石だったのだ！　幅は二十フィート、高さは十フィートほどで、上には死骨や枯れ枝が積み上げられていた。その土台のある不浄の土は、そのものが生きているかのように蠢動していた。その汚泥に半ば埋もれるように、朽ちかけた板が傾いて立っていた。ひっかいたような線で彫られていたのは「屍蛆の家」という文字だった。

屍蛆の家とは！　積み上げられた墓石。死と闇の崇拝者たちは、この世界をすべて墓場にし、屍衣の闇で包もうとしていたのだ。

怒りのあまり、その根元を蹴った。そこは薄かったのか、足元が崩れて穴があき、我々は危うく落ちるところだった。その穴の中には、蛆虫があふれんばかりに群をなしていた。血のように赤い松明の火の下で、白いかたまりが震え、うねり、蠢いていた。火による浄化に苦しみ悶えるように。たしかにここは、その名にふさわしい……。

　嫌悪のあまり吐き気を覚えながら、必死になって作業を進めた。森の響きはこの穴の底から響いていた。作業のあいだも、気味の悪い音が我々を悩ませた。さらに松明を灯し、その火に手をかざしては、害意に抗い、震える堆積を破壊した。灯油の樽を次々に運び、蛆虫の蠢く穴に注ぎ込むと、やがて灯油は溢れて足元は湖のようになった。そして、黒色火薬の箱を沈めた。沈みきるのを見届けると、一本の松明に点火し、投げ込んだ。

「おいアート！　灯油を残しておけ。森を出るまでに明かりが必要だ――」

　フレッドの声に私は正気をなくしかけた笑い声で答えると、トラックに走った。

　百ヤードも離れたところで、我々は車を止め、成果を見届けた。炎は五十フィートも高く燃え上がり、森を照らし出して、これまで覆っていた重い闇を追いやっていた。心の中で、姿のないものの声が狂おしく吼え、懇願しているのだろうか、わからない言葉をけたたましく口走る声が響いた。何かが我々の体に触れ、風に禍々しく弄ばれる木々のように揺さぶった。炎は穴からあかあかと燃え上がり、黄色い煙を立ちのぼらせていた。何かが風を切って飛んでいく音が、周囲の闇に響いた。そして――

　轟音が響きわたり、足元が震えた。猛っていた炎は下からのさらに大きな力に押し上げられ、宙に浮き、光の放物線を描いて森じゅうに飛び散った。火薬が爆発したのだ！

　蛆虫の棲み処は破壊された。同時に、心に呼びかけていた声も消えて、あたりは静まりかえった。黒い霧は震え、我々を取り込もうとしたが、朽木の森に吸い込まれていき、そして頭上には太陽が輝いた。

　太陽はその黄金の光で闇を吹き払い、我々を暖めた。

「おい、アート！」友人は声をひそめた。「森が燃えている！　止めるものもない。やつらは滅びたんだ」

　まさにそのとおりだった。何千もに分かれて飛んだ炎は、落ちたところで燃えさかり、さらに広がっていた。散らばった種のように、根を下ろして育ったのだ。

　我々は暖かい南風を深く吸い込んだ。そして、炎に背を向けてその場から去った。三十分ほどのち、二マイルほど離れた荒地で振り返ってみた。谷じゅうが炎に覆われ、北に向かって広がっていた。汚濁の信徒たちも北に向かって逃げていたのを私は思い出した。

「哀れなやつらだ！　もう、一人として生きてはいまい。太陽の光には耐えられないだろうからな」

　この事件の終わりは、人類を襲った大いなる脅威の終わりでもある。科学は考えるが、実践するところまでには行けない。実際に、我々は自分たちで見つけたことを、我々自身に対してさえ、充分に説明できなかったのだ。

　その後、オカルティズムの本を調べては失望していたが、ある古い雑誌にこの事件の手掛かりを見つけるころができた。その記事は、この手記のはじめに書いた、我々が二人とも忘れかけていた会話を思い出させた。

なんらかの奇妙な理由で、死の象徴として蛆虫を崇拝する異教は、谷底にその本拠地を定める。巨大な墓所を聖地とし、自分たちが願ったことが形をもって実現するよう、祈りに熱狂し、一点に集中する。死を象徴するものは、あらゆるものの中でもっとも大きな力を持つ——蛆虫や腐敗菌もそのうちに入るということだろうか。おそらく、この信仰は死を現実的に理解することに根本があり、一つのことに集中するのも、感情を排して理解するためなのだろう。

それにしても、集中することで思念を放射し、自分たちのいる場所の周辺に影響を与えられるようになるとは。彼らが力を得ると、さらにその思念が強くなっていき、広く拡散して日光を遮断するまでに至る。おそらく彼らは信徒を増やして、我々が屈服しかけるほどに、思念の力を強めていくのだろう。そして、彼らは自分たちが支配する土地を、想像で創った精霊に守らせるために、さらに思念の力を求めていくのにちがいない。森で聞いたあの唸りもその一つなのだろう。

破壊を終えた今、私はこの手記のはじめに取り上げた本から、もう一度引用しておきたい。「もし、自らの想像力で創ったものを滅ぼすのであれば、その存在を信じないでいるほかに手段はない」蛆虫の信徒の崇拝の対象だった墓石の山は、彼らを結びつける装置であった。それは破壊され、彼らも炎の中で滅び、恐怖を再びもたらすものは消え去った。

我々はこのようにしか説明できないし、このように信じてもいる。だが、フレッドも私も、これをもって科学的な議論に臨もうとは思わない。自分たちの日常生活を中断させた禍々しい経験を、できるだけ早く忘れたいだけだ。

見返りはあったか？　邪悪なものと闘い、滅ぼしたこと自体が見返りだ。そして世界の善意や豊かさをあらためて知り、満足している。喜びと感謝あるのみだ。世間ではそうでもないだろう、というのか？　フレッドも私も、中身のない称賛に有頂天になるたちではない。これからも生きて仕事をし、あの経験を日常の雑事でもって忘れたいのだ。心ならずも、緊急の必要ゆえに、二人で恐怖に足を踏み込んだのだから。もうそろそろ、以前の生活に戻ってもいい頃だろう……。

だが、まったく忘れることはできない。今朝も散歩に出て、平原のくぼみに野生の獣が死んでいるのを見つけた。その死骸の中には他の生命体が棲みつき、腐敗を招いていたのだ。

note◆作者ミール・プラウトについては、〈ウィアード・テイルズ〉一九三三年十月号の本作を皮切りに、三九年五月号の"Witch's Hair"まで四作の短篇が掲載されたこと以外、わかっていない。だが、この一作を読むかぎり、熱心なラヴクラフトのファンであることがうかがえる。ロバート・R・プライスは本作をアンソロジーTALES OF THE LOVECRAFT MYTHOS (Del Rey, 2002) に収録したさいに、掲載時に読んだラヴクラフトがクラーク・アシュトン・スミスに宛てた書簡（三三年十月三日付）で、本作の感想を述べている箇所を引用している。「素朴だが独自の美学を持つ新人」であり、「邪悪な雰囲気をとらえる感覚が優れている」と、彼は気に入っていたようだ。

ブックガイド〈コスミック・ホラー〉の連鎖

●文＝牧原勝志

〈コスミック・ホラー〉はラヴクラフトの評論「文学と超自然的恐怖」で定義づけられた。だが、彼の作品以前にも、宇宙的恐怖《コスミック・ホラー》を描いた作品はあった……と認識を新たにさせてくれるアンソロジーが、アメリカでもう二十年近く昔に出版されていた。ダグラス・シン編の**THE COLOUR OUT OF SPACE**（New York Review Books, 2002）である。副題が「ラヴクラフト、ブラックウッド、マッケン、ポオ他、怪奇の巨匠たちの宇宙的恐怖の物語」。

　収録作品は次の十二篇。

エドガー・アラン・ポオ「瓶のなかの手記」
ブラム・ストーカー「牝猫」
アンブローズ・ビアス「自動チェス人形」、「カーコサのある住人」、「怪物」
R・W・チェインバーズ「評判を回復する者」
M・P・シール「音のする家」
アーサー・マッケン「白魔」
アルジャーノン・ブラックウッド「柳」
ヘンリー・ジェイムズ「なつかしい街角」
ウォルター・デ・ラ・メア「シートンのおばさん」
H・P・ラヴクラフト「異次元の色彩」

　作家名を見ておわかりいただけるように、みな古典で、邦訳が比較的に入手しやすく、また「文学と超自然的恐怖」で紹介された作家ばかり。長篇のみの紹介だったストーカーとジェイムズの短篇が選ばれ、ビアスは「怪物」のみの紹介だったところに追加、チェインバーズはやはり『黄衣の王』の中から。選ばれた作品は〈コスミック・ホラー〉というテーマに対しては色調の濃淡があるようだが、編者がよくあの評論を読んでいることがうかがえる。ラヴクラフトの作に〈クトゥルー神話〉を選んでいないところからも、さらに。編者が〈コスミック・ホラー〉の定義をどう解釈しているのか、読み解きを試みるのも面白いだろう。

　ただ、この本で残念なのは、ラヴクラフトが称賛しているギ・ド・モーパッサンの「オルラ」が選ばれていないことだ。身近に潜む見えない何かが、じわじわと人間の世界を侵蝕していく物語で、事実なのか主人公の妄想なのかわからないところがなんとも恐ろしい。事実と解釈すれば、侵略テーマSFになりそうな作品。こちらは『モーパッサン短篇集3』（青柳瑞穂訳　新潮文庫　二〇〇六）などで読むことができる。

「オルラ」原書（Liblio,2013）

　侵略といえば、超常現象研究家ジョン・A・キールのノンフィクション（？）『**プロフェシー**』（南山宏訳　ヴィレッジブックス　二〇〇二）もまた〈コスミック・ホラー〉を感じさせる一冊だ。黒ずくめのスーツを着た、東洋人のような風貌の男たちと、蛾のような有翼の怪物「モスマン」が、一九六七年のウェストヴァージニアを惑乱と恐怖に陥れた。正体不明の敵対者の妨害に屈せず、キールは取材を続ける。なお同書は一九八四年に『モスマンの黙示』（植松靖夫訳　国書刊行会）として出版されたものの、改訂版原書に基づく新訳。リチャード・ギア主演の同題映画の原作でもある。

『プロフェシー』の黒衣の男が、他の時代にアメリカの他の場所に出現する物語「闇に輝くもの」と「Acid Void in New Fungi City」を収録した、朝松健の『アシッド・ヴォイド』（アトリエサード　二〇一七）も、見事な〈コスミック・ホラー〉と〈クトゥルー神話〉の短篇集だ。〈クトゥルー神話〉だから〈コスミック・ホラー〉だ、とは断言できない現在、作者は未知の恐怖を正面から描いている。こと、ウィリアム・S・バロウズをモデルにした主人公が登場する「Acid…」は、作者の短篇の新たな代表作と言えるだろう。

バロウズと共に〈ポストモダン文学〉の貢献者の一人として数えられるというJ・L・ボルヘスだが、肩肘張って読むことはない。特に『伝奇集』（鼓直訳　岩波文庫　一九九三）所収の連作「八岐の園」は、文字の力で未知の領域に引き込まれ、読み進むうちに自分の足元さえ不確かになり、次第に現実を疑いたくなってくる仕掛けを味わう物語。ここにも宇宙的恐怖があると、お気づきいただけることだろう。

【編集部より】

第十一号「憑霊の館」で、掲載のウィリアム・F・ハーヴェイ「アンカーダイン家の礼拝室」を本邦初訳として紹介しましたが、同作は荒俣宏編『怪奇小説大山脈2』（東京創元社　二〇一四）所収の「アンカーダイン家の信徒席」（野村芳夫訳）が先の翻訳となります。関係者の皆様に、この場をもちまして、深くお詫び申し上げます。

同作の掲載は、掲載候補作を探していた訳者の提案を受けたものですが、編集部、訳者ともにリサーチを充分にできなかったことから、近年に邦訳されたものを掲載してしまいました。猛省のうえ、今後は再発を防ぐよう細心の注意を払ってまいります。

本号より、掲載候補作、とくに著作権の切れている作品につきましては、充分な調査を心がけております。

今後、「古典新訳」コーナーを含め、既訳あるものを新訳、再録などする場合がありましたら、そのときは過去のテキストについて、資料的な意味も含めて、詳細に明記するようにいたします。

今後も、怪奇幻想の傑作を紹介していく所存です。皆様のご寛恕と、ご支援をあらためてお願いいたします。（マ）

〈マインツ詩篇〉号の航海

◉ジャン・レイ
訳／植草昌実

ベルギーの幻想文学を代表する小説家の一人、ジャン・レイの本誌初登場です。かの国は美術では、中世のヒエロニムス・ボスを筆頭に、ブリューゲル（父）、ロップス、二十世紀ではアンソール、デルヴォー、マグリットといった幻視者たちが数多く登場。文学でも『マルペルチュイ』や『ウィスキー奇譚集』などの訳書のあるこのレイをはじめ、『黒い玉』のトーマス・オーウェンや、ジェラール・プレヴォー、ミシェル・ド・ゲルドロードら「ベルギー幻想派」と呼ばれる小説家たちを輩出しています。

本作は、『幽霊の書』のあとがきで訳者・秋山和夫氏が取り上げた、レイの代表作のひとつです。未知の海域の底知れぬ恐怖をお楽しみください。

"Le Psautier de Mayence" per Jean Ray, 1930

死を迎えようとしている者は、飾りたてた言葉を使わないものだ。むしろ自分の生涯を忙《せわ》しないまでに要約し、おそろしく簡潔にしようとする。

だが、グリムズビーを出航したトロール船〈ノース・ケイパー〉号の船首楼に横たわり、最期の時を待っているバリスターという男は違っていた。

私たちは命とともに流れ出ていこうとする彼の血を止めようと、むなしい努力を続けていた。熱はない。話しぶりは早口だが落ち着いている。自分の血に染まった包帯など目にも留めていないようだ。

〈ノース・ケイパー〉号の通信士ラインズは、彼の言葉を懸命に書き留めていた。

ラインズは勤務以外の時間をそっくり、どれを取っても長続きしそうにない文学雑誌のあれこれに寄稿するため、小説や評論を書くのに充てていた。その手の雑誌がパタノスター街で創刊されたら、いちばん目立つところに彼の名が載ることだろう。その彼も、瀕死の重傷を負った仲間の最期の言葉を聞くことになり、驚きを隠せないでいた。聞いたままを書いて発表しようものなら、文学者ラインズは栄光を見ぬまま悪評を負わざるをえまい。だが、その内容は、〈ノース・ケイパー〉号の他の乗組員四人、ベンジャミン・コールモン船長、忠実無比のジョン・コープランド一等航海士、エフレイム・ローズ機関長、そして通信士アーチボルド・ラインズが、先にしていた証言と一致した。

バリスターが語ったのは、このようなことだった。


その教師に会ったのは、酒場の〈メリー・ハート〉で、二言三言話しただけでいきなり仕事に引き込まれた。

〈メリー・ハート〉は平船乗りのたまり場で、船乗りはあまり来ない店だ。そのおんぼろな店構えは、リヴァプールの荷揚げ場の、川から出入りする艀がつながれているあたりの水面に、いつも映っていた。

教師が見せたのは、小ぶりなスクーナー船の、よくできた設計図だった。

「ほとんどヨットだな」俺は言った。「風が荒れても、こいつなら風に逆らって航行できそうだし、後部甲板が広いから、向かい風でも操舵しやすいだろう」

「補助エンジンもあるしな」やつは言った。

あれ、と思ったよ。こういう船はだいたい、帆で走るものだからな。

「グラスゴーのハレット&ハレット造船所が、一九〇九年に造ったやつだな」俺は言った。「艤装も申し分ない。六十トン、乗組員は六人、大西洋横断の定期客船よりも安全に航行できるだろう」

やつは満足げな顔をすると、いちばん値の張る酒を二杯、自分のと俺のとを頼んだ。

「でも、なんでまた名前を変えるんだい？〈牝鸚鵡《ヘンパロット》〉も悪くないと思うが」と訊いてみた。「俺は鸚鵡は好きだね」

やつはちょっと口ごもった。

「まあ、なんというか……思い入れというか、いや、それよりも感謝だな」

「それで、新しい名が〈マインツ詩篇〉か……変わっちゃいるが、そう呼ばれる船は世界にこれ一隻だろう」

酒のせいで、やつの口も少し軽くなってきた。

「世界に一隻だからって名付けたんじゃない。ちょうど一年前、大叔父が死んで、遺したのはトランクいっぱいの古本だけだった」

「それで?」

「まあ聞け。さして興味もなく見ていたら、その中の一冊が目を惹いた。揺籃印刷本《インクナブラム》だ……」(インクナブラム：ゆりかごの意)

「何だって?」

「揺籃印刷本《インクナブラム》というのは」やつの口調が少しばかり得意げになった。「活版印刷機が発明されて間もない頃に作られた本のことだ。フストとシェーファーの紋章じみた印を見つけたときは、心底驚いたよ。あんたにはわからないだろうな。フストとシェーファーは、活版印刷を発明したグーテンベルクの仲間だったんだ。手にした本がまさか、十五世紀の終わりに出版された、かの有名な稀覯本、世界に数えるほどしかない『マインツ詩篇』だったとはな」

俺はわかったふりをして、敬服しました、とばかりに、やつに目を向けた。

「珍しいだけじゃないんだよ、ミスター・バリスター」やつは続けた。「『マインツ詩篇』には途方もない値がつくんだ」

「へえ!」俺はようやく、本当に興味を持つことができた。

「そうとも、〈牝鸚鵡《ヘンパロット》〉号を買い、行きたいところに船旅をするのに必要な六人の乗組員を雇って、まだお釣りがくるだけの金になったんだ。このスクーナーに船らしくない名をつけたわけがわかっただろう」

もちろん、もうすっかりわかっていたから、やつの心意気を誉めてやろうと思った。

「なるほど、それなら理屈が通る。あんたに本の形でひと財産残した伯父貴にちなんで、ってわけだ」

だが、やつはひどく耳障りな声で大笑いしやがった。教育を受けたやつが、こんな下卑《げび》た笑い方をするとは思いもしなかった。

「これに乗ってグラスゴーを出る。ミンチ海峡の北から、ラス岬に向かうんだ」

「あのあたりは難所だ」俺は思わず口を挟んだ。

「そこを知ってるから、あんたに乗ってもらいたいのさ、ミスター・バリスター」と、やつは答えた。

船乗りを誉めるには、お前はどの水域が危ないかよく知っている、というのが一番だ。そこがミンチ海峡であってもね。俺は海の男の誇りに胸を張った。

「嘘じゃない。俺もチキンとティンパン・ヘッドのあいだあたりで死にかけたことがあるからな」

「ラス岬の南に」やつは続けた。「肝の据わった船乗りでも知るやつの少ない、地図にも載らない小さな湾がある。ビッグ・トゥーと呼ばれているが」

これには驚いた。

「あんた、ビッグ・トゥーを知ってるのか? そう聞いただけであんたに頭を下げるやつらもいるが、口にしたばかりに刺されても文句は言えないぜ」

やつは聞き流すだけだった。

「どうやって入るつもりだ?」

「ビッグ・トゥーにこの船を入れるんだ」

やつは海図の上の真西を指さした。

「おいおい、そのあたりは通れないぜ」俺は言った。「尖った暗礁だらけで、難所なんて生やさしいもんじゃない。救難信号が見えても素通りするほかないようなあたりだ」

「まさに、あんたの言うとおりだ」やつは答えた。

「いくら積まれたところで、ごめんだね」

「おや、私の計画を誤解しているようだね、ミスター・バリスター。この航海の目的は科学的なもので、ただ妬み深い競争相手に成果を横取りされたくないだけなんだ。それも、あんたが気にしないで済むだけの報酬は出す」

そのあとはしばらく、お互い黙ってただ飲んでいた。それから、乗組員について相談しはじめたが、話はなんだか妙なほうに進んでいった。

「私は船乗りではない」と、やつはぶっきらぼうに言った。「だから、数に入れないでくれ。はっきりさせておこう。私は教師だ」

「学があるのは大事なことだ」俺は答えた。「この俺だって、まるで学校に行かなかったわけじゃない。だが、学校の先生とは見上げた仕事だ」

「ありがとう。ヨークシャーの学校だったよ」

ちょっとからかってやりたくなった。

「ヨークシャーの学校というと、ディケンズの『ニコラス・ニクルビー』に出てくる、寄宿学校のスクィアズ（同作の登場人物。寄宿する少年たちを虐待する学校経営者）を思い出すな。あんたにはあの人でなしみたいなお稚児趣味はなさそうだ。だが、待てよ……ちょっと考えさせてくれ」

やつの小柄だががっしりした体つきや、抜け目なさそうな目や、こざっぱりした服に、俺はしばし目を走らせた。

「いや、むしろ『互いの友』のヘッドストーン（同作の登場人物。教え子の姉に恋したばかりに殺人を企ててしまう教師）かな」と言ってやった。

「くだらないことを」やつは冷たく笑った。「あんたの戯れ言を聞きに来たんじゃない。文学の話は引っ込めておけ。私がここに探しにきたのは、小説の愛読者じゃなくて、船乗りだ。本のことなら自分で足りる」

「悪かった」ちょっとやりすぎたようだ。「本が好きなんだ。あんたと同じように、俺も学校に通ってた頃があるからね。卒業証書ももらってるよ」

「たいしたものだ」やつは笑いをこらえているように見えた。

「子供の頃に綱や獣脂を盗んだとか、船長にこき使われて樽を六十個も運んだとかいう教育を受けてきたなんて言うつもりもないね」

やつの態度がやわらいだ。

「あんたを馬鹿にする気はなかったんだ」なだめようとするのが口調でわかった。「あんたが教育を受けていることは話し方でわかる。数学、地理、それに水路学は、学校で勉強するものとは違う。天上界の仕組みの要素だ。ディケンズの引用よりは遥かに重要だ。バリスター、あんたはそれをちゃんとわかっている」

やつは楽しげに声をあげて笑った。

「あんたのウィスキーの好みがどうあれ、ミスター・バリスター、たいした問題じゃない」

これは弱いところを突かれた。

俺は笑い返した。テーブルに新しいボトルが運ばれ、わだかまりはパイプの煙のように四散した。

「じゃあ、誰を乗せるか考えよう。ターニップってやつがいる。名前こそ蕪野郎《ターニップ》だが、まっすぐなやつで、腕もいい。難といえば、つい最近刑務所から出てきたばかりなんだが、気になるか？」

「いいや、まったくならないね」

「そいつぁいいや。船に乗ってラムを飲んでいれば幸せなやつだ、雇うのに高くはつかない。ラムだって、高いのは口にあわないときた。質より量なんだってさ。それから、フランドル人のスティーヴンスがすぐそこにいる。ほとんど口をきかないが、陶器のパイプの吸い口を噛み折るよりも簡単に、係留用の鎖を引きちぎるやつだ」

「前科は？」

「さあ、知らないな」

「まあ、訊けばいいか。なんて名前だって？」

「スティーヴンス」

「スティーヴンスか……高くつく男か？」

「まさか。ベーコンとビスケットを腹一杯食っていさえすれば文句は言わない。もし頼めるなら、スグリのジャムを買ってやってくれ」

「やつが食いたいんなら半トンでも積むさ」

「そうすれば忠実無比の僕《しもべ》として、あんたに仕えるさ。それから、ウォーカーも腕利きだが、やつの顔を見ても驚かないでくれ」

「それはいったい、なんの冗談だ？」

「ふざけちゃいないさ。顔の片方が、耳がそっくりと鼻の半分、顎の片っ端がなくなってて、マダム・タッソーだって蠟人形のモデルにしたがらないだろうが、だらしないイタリア人の水夫どもだって、やつにひとにらみされたらわき目もふらずに働くぜ」

「ほかに、腕の立つ船乗りは？」

「選り抜きのが二人。ジェルウィンとフライヤー・タックだ」

「ディケンズの次はウォルター・スコットか！」

「言いたかないが、あんたはきっとそう言うと思ってた。どうしてそんな風に呼ばれてるのかは知らないが、タックは料理人で、海で採れるものならなんだって旨い料理に仕上げる」

「それは素敵だね、ミスター・バリスター、あんたみたいな、かくも教養ある上品な船乗りに出会えるとは、言葉も出てこない」

「やつとジェルウィンはいつも一緒なんだ。片方に会ったらもう片方にも会うし、一人を雇ったら二人雇うことになる。なぜかは知らない」

俺はさも秘密めかすように、やつに顔を寄せて小声で言った。

「ジェルウィンはどこかの王家の世継ぎで、タックは苦労を共にする家来だなんて噂を聞いたことがあるがね」

「で、その謎めいた二人を船に乗せるとなると、いくらかかる？」

「払った金のぶんだけ価値がある。若君は自動車にながらく乗っていたらしく、機械に強いから、船のエンジンを任せられる」

そのとき、ちょっとした出来事が起きた。俺は後になって、不安まじりにそれを思い出すことになる。

強い夜風にあおられて、哀れなやつが酒場に駆け込んできた。痩せこけた、おまけにずぶ濡れの道化師といった見てくれは、海と港の不運を一人で背負っているようだった。

そいつはジンを一杯頼むと、がっつくようにグラスを口元に運びかけた。が、すぐにグラスが落ちて割れる音がした。男は両手をだらりと下げたまま、言葉にできない恐怖の色を浮かべて、教師をじっと見ていたが、釣り銭も受け取らずに雨風の中に飛び出していった。教師がこの出来事に気づいたかどうかは知らないが、たぶん気づいていなかったと思う。あの哀れな男が、ジンのグラスを床に落とし、釣り銭に目もくれず、温かく居心地のいい酒場から寒い雨の中に飛び出していくほどに怖れたのは何なのか、俺には想像もつかなかった。


うららかな春の海を航行して何日目か、ミンチ海峡は両腕を広げて兄弟を迎えるように、船の前に広がった。

激しい海流は水面の下に隠れるように走っていたが、苦しみもがく蛇の群のように、緑色の筋を引いて流れていくのが、甲板からでも見て取れた。

このあたり特有の南東の風が、二百マイルの彼方から、アイルランドの早咲きのライラックの香りを運びながら、補助エンジンを頼りにビッグ・トゥー湾に向かう船の手助けをしてくれた。

だが、歌の調子が変わるように、海は一変した。

渦潮は汽笛のような音を立て、海面に穴を穿った。それを避けて航行するのは困難を極めた。大西洋の深みから、くすんだ緑に変色した沈没船の破片が飛び上がり、船首斜檣《バウスプリット》の斜檣支索《ボブスティ》をかすめて岩礁に衝突し、朽ち木のかけらになって砕け散った。

〈マインツ詩篇〉号は、巨大な剃刀《かみそり》のような岩礁に接触し、マストを折りかねない危険に十回は見舞われた。だが幸運にも、この美しい帆船は、海の貴婦人ならではの優雅さで危険な海域をすり抜けた。海が静まったわずかな隙に、エンジンを全開させてビッグ・トゥー湾の狭い水道を通過するや、後を追ってくるかのように潮が轟き、緑の大波が船に追いすがってきた。

「とんでもねえ波だ」俺は言った。「ビッグ・トゥーに先客がいたら、この大波のことを話してやらねばな。そいつらに聞く気がないようだったら、銃をぶっぱなしてやろう」だが、先客はいたものの船乗りならぬ現地人で、こんな大波は慣れっこだろうから、話したところで無駄というものだった。


それからの一週間、湾に停泊していたが、海のおとなしいことといったら家鴨《あひる》の池みたいなものだった。楽しきかな人生。

ヨットに積み込んだ食糧と水の量ときたら、王侯貴族の船さながらだった。ボートでもすぐ、泳いだっていけるところに、赤い砂浜があって、そこから上陸するとすぐに、きれいな冷たい水の湧くところがあった。

ターニップは大鮃《おひょう》を釣り上げた。スティーヴンスは内陸の荒れ地にまで踏み込み、風向きのいいときには船の上からでもやつが猟銃を撃つのが聞こえた。スティーヴンスはよく鶉《うずら》や雷鳥《らいちょう》、時には足の大きな野兎を捕ってきたが、ことに兎は旨いので、俺たちは狩りの成果を楽しみにしていた。

教師は姿を見せなかった。

だが、乗組員たちは誰も気にしなかった。六週間分の給料は前払いしてもらっていたし、ターニップときたら、ラムが尽きるまで船に乗っている、と喜ぶほどだった。

ある朝、その安泰は破られた。

スティーヴンスが樽に清水を汲んで運んでいたとき、頭の上で甲高い音が響くや、すぐそばで岩が粉々に砕け散った。やつの落ち着きようときたらたいしたもので、慌てもせずに湾の浅瀬に踏み込むと、岩の割れ目から青い煙が上がっているのを確かめ、さらに狙い撃って海面を叩く銃弾を気にもとめず、何事もなかったように船まで戻ってきた。そして、乗組員たちがいる船首楼に来ると、こう言った。「誰かが俺たちを撃ってくる」

三度続けて発射された銃弾が船殻《せんかく》に当たる音がして、スティーヴンスは言葉を切った。俺はライフルを手に甲板に出た。銃弾が風を切る音がしたので、身をかがめるや、木片が宙を舞い、鉛の弾丸が帆桁の歯車に当たって、かんと音を立てた。

俺はライフルを構え、スティーヴンスが指した裂け目を狙った。火薬の煙が漂い出すのが見えた。だが、にわかに銃声は止み、何かを怖れたかのような叫び声に取って代わった。

何かが赤い砂の浜辺に重たげな音をたてて落ちた。俺は震え上がった。三百フィートの高さの断崖の上から、男が落ちてきた。落ちた勢いで半ば砂に埋もれていたが、その革の服はラス岬の海難救助船の船員が着ているものだった。

スティーヴンスが肩に手を置くまで、俺はその命のうせた体から目が離せなかった。

「もう一人落ちる」やつは言った。

おかしくも不格好なものが音を立てて落ちてきた。高い空を飛んでいるところで散弾をくらった大きな鳥のように、重力にとらわれ風に裏切られて、生き物の尊厳を失って、ぶざまに墜落してくる。

二人目は、くぐもった鈍い音とともに砂の上に落ちた。悪党面が震えたかと思うと、口から血泡を噴いた。

「また一人」スティーヴンスがつぶやいた。

はるか上から、叫び声が聞こえた。見上げると、空に向かってもがく男の姿が、見えないものと闘っているように見えた。絶望的な抵抗の末に、男はカタパルトから発射されるように、崖から落ちた。ゆっくりと錐揉み回転しながら、先の二人のそばに叩きつけられるまで、男の悲鳴は響き続けていた。

俺たちはただ呆然と立ち尽くしていた。

「この者たちが我々を殺そうとしたのは事実だ」ジェルウィン

が言った。「哀れな死に様だが、それでも一矢報いなければ治まらない。ミスター・バリスター、ライフルを貸してくれたまえ。フライヤー・タックよ、近う！」

料理人の剃り上げた頭が、甲板にひょっこり現れた。

「タックの忠実なること、猟犬の如し」若君とはいえ、その言い方はないだろう、と思ったね。「その能力は猟犬の群を遙かにしのぐ。彼は遠い獲物の居場所を鼻で知ることができる。まさに異能だ。おいタック、あのならず者どもをどう思うね」

フライヤー・タックはずんぐりした巨体を甲板に引っぱり上げると、よたよたした足取りで手すりに歩み寄った。

そして三人の無惨な死体をじっと検分すると、ひどく驚いた様子を見せた。顔から血の気が失せていた。

「タックよ」ジェルウィンの笑みも引き攣っていた。「これまでもっと悲惨なものを見てきたお前がどうしたのだ、新米のメイドのように青い顔をして」

「いえいえ、違います」フライヤー・タックは間延びした口調で答えた。「あちらに、なにやら怖ろしげなものが潜んでおります……ほら、あそこに……」

その声が叫びに変わった。「お撃ちなさい、若様！　今すぐに！」

ジェルウィンは怒りのこもった目を料理人に向けた。

「そう呼んではならぬと言ったではないか！」

フライヤー・タックは答えなかった。ただかぶりを振り、つぶやいた。

「もう遅い。行ってしまった」

「何が行っちまったんだ？」俺は尋ねた。

「そう、あの踏み込んではならないところにいたものが」何を言っているのか、わからない。

「それは何なんだ？」

タックはずる賢そうな目で俺を見た。

「わかりません。何であったとしても、もう行ってしまったのだし」

俺は尋ねるのをやめた。崖の上から甲高い笛の音が二度響いて、影が動くのが見えた。

ジェルウィンがライフルを構えた。俺は銃身を押しのけた。

「自分が何をしようとしているか、わかってるのか？」

俺たちが知らないでいた道をたどって、崖から浜辺に降りてきたのは、教師だった。

船尾の小ぎれいな船室は教師の部屋で、隣の部屋には寝台が二つあって、俺はそこで寝起きしていた。

船に帰るとすぐに、教師は自分の部屋に閉じこもって、本の山を相手にしはじめた。一日に一、二度は上甲板に出て、六分儀を手に、太陽を基に慎重に船の位置を測っていた。

向かうは北西だ。

「行き先はアイスランドだな」俺はジェルウィンに言った。

ジェルウィンは熱心に海図を見ると、航路をたどった。

「いや、船はグリーンランドに向かっている」

「そうか。だが、たいした違いじゃないな」

これにはジェルウィンも異論はないようだった。

晴れた朝、ロス山脈から昇る日を背に受けて、船はビッグ・トゥー湾を出航した。

その日は平たい顔をした男たちを乗せたヘブリディーズ諸島の船とすれ違い、悪態をつきあった。夕暮れには二本のマストいっぱいに風を受けた縦帆船《ケッチ》が、水平線を走るように見えた。

翌朝は上げ潮だった。波と苦闘するデンマークの汽船が右舷に見えた。船は煙に包まれて、その名は読めなかった。

その後は、船を一隻も見なくなった。

それから三日して、二筋の煙が南に向かって流れるのを見た。イギリス海軍の連絡艇だ、とウォーカーが言った。

その日は、俺たちの前に鯱《しゃち》が現れ、身が震えるほどの低い鳴き声を響かせた。甲板から生きているものを見たのは、それが最後になった。

毎晩、俺は教師の船室に呼ばれては、酒を飲んだ。

だが、自分は飲まなかった。やつはもう〈メリー・ハート〉で出会ったときの多弁な飲み仲間ではなかったが、気前のよさは変わらず、俺のグラスに酒を絶やさず、自分は本を読み続けていた。

それからの何日かのことは、よく覚えてはいない。変化のない毎日だったが、乗組員たちがみな、この航海が妙だと気づいたのは、たぶんある夜の出来事がきっかけだろう。

俺たちはその晩、いっせいにひどい吐き気に襲われた。毒を盛られた、とターニップが騒ぐほどだった。

俺はまず、やつを一喝して黙らせた。

吐き気はすぐにおさまり、さらに急な強風で、俺たちは船の操作に懸命にならざるを得なくなり、騒ぎのことは忘れてしまった。

そして、航海は八日目の朝を迎えた。

乗組員はみな沈んだ、心配げな顔をしていた。

こういう顔には見覚えがある。船乗りがこういう顔をするときは、悪い兆候だ。

こういうとき人というものは、不安と敵意を共有し、恐怖や嫌悪で団結する。邪悪な力が彼らを包み、船の空気を悪くする。最初に口を切ったのはジェルウィンだった。

「ミスター・バリスター、あなたとお話ししたい。船長としてよりも、友として、同じ船の仲間として」

「おいおい、ずいぶん立派な前置きだな」俺は笑った。

「話すならまず、友達のあんたにだと、俺も思った」ウォーカーの崩れた顔がさらにゆがんだ。

「早く話してくれ」俺は言った。

「なにかがおかしいのだ」と。ジェルウィン。「ところが、私たちの誰一人として、どこがどうおかしいのか、言葉にできない」

俺は自分を囲んだ暗い目を見渡すと、ジェルウィンに手を差し伸べた。

「あんたの言うとおりだ。俺もおかしいと思っていた」

暗い顔がやや明るくなった。船長が仲間だとわかったからだろう。

「海を見たまえ、ミスター・バリスター」

「ああ、見ているとも」俺は甲板から海面を見下ろした。

そう、俺は見ていた！

二十年も船の上で暮らしてきた俺でも、海のこんなにおかしな様子を見たことがなかった。

水には妙な色の筋が走り、急に、それも大きな泡を立てていた。せわしなく押し寄せる波は笑い声に似た音で、耳にしたらとても落ち着いてはいられない。

「もう、鳥の一羽も船についてこなくなっています」と、フライヤー・タックが言った。

その言葉にまちがいはなかった。

「ゆうべ」低い、ゆっくりした口調で、タックは話しはじめた。「物置に棲み着いていた鼠どもが、急に甲板に駆けのぼったかと思う間もなく、舷側から海に飛び込みました。あんなのこれまでに見たことがありません」

口々に同意する船乗りたちの声が暗く響いた。

「俺もこのあたりを航行したことがある」ウォーカーが言った。「時季も今頃だ。空はクロガモでいっぱいだったし、ネズミイルカの群が朝から晩まで船を追いかけてきたもんだった。今はどうだ？」

「ミスター・バリスター、昨夜は空を見たかね？」ジェルウィンが落ち着いた口調で尋ねた。

「いや、見なかった」恥ずかしながら、俺は認めた。例によって教師を相手に酒をしたたかに飲み、頭痛がするほど酔って、甲板に上がらなかったのだ。

「あの悪魔め、俺たちをどこに連れていく気なんだ？」ターニップがわめいた。

「そう、まさに悪魔だ」無口なスティーヴンスが言葉を継いだ。

誰もが思うところを口にした。

俺はここで腹をくくった。

「ジェルウィン、聞いてくれ。俺が船長なのはまちがいないが、この船ではあんたがいちばんのもの知りだし、ただの船乗りじゃないこともわかってる」

ジェルウィンは悲しげに笑った。

「そんなことはない」

「何が起きているか、俺たちよりもいくらかはわかってるんじゃないのか」俺は尋ねた。

「わからない」ジェルウィンは率直に答えた。「私よりフライヤー・タックのほうがよく知っていることだろう……こういう不思議な現象のことは。前に話したように、彼は言葉では説明できないようなものごとを感じ取ることができる。私たちよりひとつ多く、感覚を……そう、危険を察知する感覚を持っているかのように。話しなさい、タック！」

「私もほとんど、いや、まるきりわからないんです」タックは小声で言った。「ただ、何かがこの船を取り巻いているのがわかるくらいなものです。とても悪いもの、死よりも悪いものが！」

ぎょっとして、俺たちは互いに顔を見合わせた。

「あの教師さんは」フライヤー・タックは慎重に言葉を選んで

いるようだった。「そのものと無縁ではありません」

「ジェルウィン」俺は言った。「俺にはどうにも度胸がないが、それでも教師と会って話さなくちゃならないようだな」

「正しい選択だな」

そう言うと、ジェルウィンは船室に降りていった。教師の部屋のドアをノックする音が何度も聞こえ、とうとうドアを開いたようだった。

しばらく、静かな時間が過ぎていった。

甲板に戻ってきたとき、ジェルウィンの顔は青ざめていた。

「いない。船じゅうを捜そう。長時間隠れていられるところはないはずだ」

俺たちは船内のいたるところを、しらみ潰しに捜しては、ことあるごとに不安な顔を見合わせた。教師は消えていた。


日没後、ジェルウィンが甲板に来るよう身振りで示した。甲板で肩を並べたとき、やつは上を指さした。

俺は足から力が抜け、膝から落ちた。

荒れる海の上に、見たこともない空が広がっていた。目になじんだ星座がひとつもない。知らない星が、見慣れない幾何学模様を描いて、黒い虚空にぼんやりと光っている。

「何だ、これは!」俺は叫んだ。「俺たちはいったい、どこにいるんだ?」

重たげな雲が空を横切った。


「よかった」ジェルウィンは落ち着いた口調で言った。「他の連中がこの空を見たら正気を失うだろう……どこにいるか、知る手だてはない。私も役には立たないだろうが、聞いてくれないか、ミスター・バリスター。考えるに……」

俺は頭を抱え、つぶやいた。

「羅針盤もこの二日ばかり、おかしな方角を指していた」

「知っている」ジェルウィンが言う。

「じゃあ、ここはどこだ? 俺たちはどこにいるんだ?」

「落ち着きたまえ、ミスター・バリスター」やつの口調は皮肉さえ帯びていた。「きみが船長だということを忘れるな。私もここがどこかはわからない。ただ、自分が想像したことを理論立てて、仮説として話すことはできる」

「聞いてもいいが」俺は答えた。「魔女や悪魔が出てきて、結局はわからないままで終わるような話じゃないだろうな」

「私たちは今、自分たちの世界とは別のところにいる。きみにも数学の知識があるから、わかってもらえることだろう。私たちは三次元の世界からさまよい出て、未知のN次元に入り込んでしまった。

想像を超えた魔法か信じがたい科学によって、火星か木星、あるいはアルデバランに転移した。だから、星座も地球で見るものとは違って見える」

「しかし、太陽は……」

「おそらく、偶然にも非常によく似た恒星なのだろう。もっとも、これも仮説にすぎない。それに、どんな世界にいようと、私たちが死ぬことに変わりはないのだから、落ち着いていたほうがいい」

「死ぬだと？」俺は言った。「自分の命くらい守れるさ」

「何から？」ジェルウィンは皮肉っぽい口調で答えた。

フライヤー・タックが言っていた、死ぬより悪いことがあるのも事実だろう。危機にあるときには、どのような意見でも聞き流すわけにはいかない。

俺は、さっきの仮説とやらに話を戻した。

「ところで、そのN次元というのは？」

「神のご加護があろうと」やつは緊張しているようだった。「私の仮説が何の役に立つというのか。我々の三次元の外にある世界の実在を示す証拠もないのに。

面だけの世界である二次元も、線の世界である一次元も、三次元に生きている者には認識しようがない。ミスター・バリスター、ここで超幾何学の授業をしようとは思わないが、ひとつだけ確かなことがある。我々がいるのとは異なる世界がある。たとえば夢で見る世界や、ひとつの平面に連続している過去と現在と未来のように、あるいは原子や電子の極小世界や、反対に神秘の生命に満ちた極大世界のように……」

彼のしぐさには疲労が見てとれた。

「あの謎めいた教師が、この地獄のような世界に我々を連れてきた目的は？　そして、彼はいかにして、そして何故、姿を消したのか？」

俺はいきなり、自分の額を叩いた。フライヤー・タックの見せた怖れと、〈メリー・ハート〉で見たずぶぬれの男の怖れを思い出したんだ。

俺はこの関連をジェルウィンに話した。やつはゆっくりとうなずいた。

「フライヤー・タックの予知能力を過大評価したくはないが、教師の姿をはじめて目にしたとき、彼は私に『あの男を見ると、巨大な怖ろしいものがその向こうに隠れている、途方もない大きさの壁を思い浮かべるのです』と言った。

私はそのことについては何の疑問も持たなかった。彼がそう感じた、というだけなのだから。常人の理解を超えた彼の知覚は、イメージを捉えはするものの、それが何を意味するかを分析する力はない。この航海で彼が覚えた不安はその前にもあった。船の名を聞くや、彼は取り乱し、そこには大きな悪意が潜んでいる、と言い出したのだ。今にして思えば、占星術でも名前は重要なものとされている。今や占星術は第四次元の科学と言えることを、ノードマンやルイスのような科学者たちは知っているし、驚くべきことに、この千年の知恵は放射性物質や超空間と並び称される、いわば科学の三つ子となっている」

ジェルウィンが、この世界を説明しようとするかのように、理屈を通して真剣に話すのを聞いているうちに、怖ろしいことがこの世界の奥底、暗幕のような水平線の向こうから近づいてくるというのに、俺は落ち着いてきた。

「どうすれば航行できる？」船長の立場などほとんど投げ出して、俺は尋ねた。

「風は右舷上手《うわて》回し、安定している」ジェルウィンは答えた。

「針路を変えるか?」

「まさか。風に乗っていこう。嵐の来る気配もなし、すこし縮帆したほうがいいほどだ」

「ウォーカーに舵を取ってもらおう」俺はつぶやいた。「あいつが波間を見ているだけで安心だ。だが、この先、暗礁にぶち当たるようなことになったら……」

「それこそ、望むところではないかな」ジェルウィンが答えた。

さすがに同意はできなかった。

危険が船長の権限を強くするものなら、この不可解な事態では、ジェルウィンのほうが俺より船長らしかったことだろう。

その夜、船首楼からは人気がなくなり、皆は狭い船長室に集まった。ジェルウィンは籠編みのラムの大瓶を二つもおごり、俺たちは図抜けてでかいボウルをラム・パンチでなみなみと満たした。

ターニップはすぐに気分がほぐれ、猫二匹と若い女とイプスウィッチにある家の長い長い話の、とくに受けるおなじみのところを語ってくれた。

スティーヴンスはハード・ビスケットとコンビーフで、びっくりするほど旨いサンドウィッチを作ってくれた。

煙草の煙が、天井から下がって揺れもしないランプを包みこんだ。

座の雰囲気は陽気で心地よくなった。俺はラム・パンチの酔いのおかげで、さっきジェルウィンから聞いたおとぎ話も、今は笑って受け止めることができた。

ウォーカーは温かいラム・パンチを魔法瓶に詰めると、俺たちにおやすみと言って、舵を取りに行った。

俺の時計がゆっくり九回鳴った。

船の動きで、海が荒れはじめているのがわかった。

「帆の予備に余裕はない」ジェルウィンの一言に俺はうなずいた。

ターニップは呂律の回らない口で話し続け、スティーヴンスはそれを聞きながら、石臼さながらの驚くべき歯で固いビスケットを噛み砕いていた。

俺はグラスを空け、フライヤー・タックに注いでくれるようにと渡した。その顔がひどく取り乱した様子なのに俺は気づいた。やつの手はジェルウィンの手を固く握りしめ、二人して耳を澄ましているようだった。

「どうした……」俺は話しかけた。

突然、頭上から呪いの言葉が響き、裸足で甲板室に向かって走る足音が聞こえたかと思うと、ぞっとするような悲鳴が続いた。

俺たちは顔を見合わせた。ヨーデルのような甲高い声が、遠くから聞こえてきた。

俺たちは暗い通路を押し合いへし合いして甲板に駆けだした。

甲板はしんとしていた。帆は風を受けて楽しげに音をたて、舵のそばにはランタンが明るく灯り、脇の魔法瓶のずんぐりした影を伸ばしている。

だが、人影はない。

「ウォーカー! どこにいる?」俺たちは必死に叫んだ。

水平線が夜霧にかすむ彼方から、あの奇怪なヨーデルが、答えるように響いてきた。

ウォーカーは、夜の底なしの静寂に呑み込まれてしまったかのように、姿を消していた。

葬儀のような黒い夜が、熱帯の草原の短い黄昏時のように紫に変わり、そして禍々しい夜明けが来た。

眠れない夜を過ごした俺たちは、三角波の立つ海面を見ていた。船はその船首斜檣《バウスプリット》で白く泡立つ波頭を切り裂くように進んだ。

前檣横帆《クロスジャック》には大きな穴が空いていたので、スティーヴンスが交換しようと予備の帆を備品保管庫から出し、フライヤー・タックは道具を用意していた。

全員が指示される前に、機械のように無言で的確な行動についた。そのあいだ、俺は舵輪に向かって「どうすればいい？」とつぶやき続けていた。

誰の指示も受けずにターニップが大檣《メーンマスト》を登るのが目に入った。帆桁《ヤード》（横帆を張るためマストに取り付けられた円材）に向かって上るその姿が、帆の陰に隠れた。

突然、ターニップが叫び声をあげた。

「みんな！　すぐに来い！　檣《マスト》に登ってるやつがいるぞ！」

上空で争う音のあと、苦痛の叫びとともに、何かが回転しながら空に飛び上がり、船から遥かに離れた海面に落ちていった。

「ちくしょう！」ジェルウィンが悪態をつきながら大檣《メーンマスト》に駆け寄り、フライヤー・タックが続いた。

スティーヴンスと俺は、船にたった一艘だけ装備された救命ボートに向かった。フランドル男の頑強な腕に押し出されたボートは海面に浮かんだが、俺たちは怖れと驚きで足がすくみ、甲板から飛び移ることができなかった。灰色に光る、はっきり見えない草のようなものがボートを包み込み、係留していた鎖を断ち切ると、何かわからない力が船を左舷側に傾けてきて、波が甲板に襲いかかり、ドアを開けたままの備品保管庫に流れ込んだ。

救命ボートは跡も残さず海面から消えた。

ジェルウィンとタックが大檣《メーンマスト》から下りてきた。

二人とも、何も見なかったと言った。

ジェルウィンはぼろ布を取ると、震えながら手を拭った。まだ温かい血が索具《リギング》と帆に飛び散っていたのだそうだ。

言葉に詰まりながら、俺は死んだ仲間のために祈り、この奇怪な海を呪った。

上甲板に上がった頃にはすっかり夜も更け、俺はジェルウィンと舵輪の前にいた。

泣き出した俺の肩を、ジェルウィンは優しく叩いてくれた。俺は少し落ち着き、パイプに火を点けた。

俺たちは黙っていた。ジェルウィンは舵輪に手をかけたまま眠ってしまいそうだった。俺は真っ暗な夜の海を見ていた。

舷側の手すりから乗り出したとき、この世のものとは思えない何かが見えた。俺は言葉も出せないほどの驚きで、棒立ちになった。

「おい、ジェルウィン、こんなの見たことがあるか。それともこれは、俺の目の錯覚か？」

「錯覚ではない」やつの声は穏やかだった。「しかし、神に誓って、他の乗組員に話さないように。彼らはみな、あと一歩で正気を失うところだからな」

舷側に目を戻すのは努力のいることだった。

ジェルウィンは隣についていてくれた。

甲板から見下ろすと、海面下はどこまでも、血のように赤く燃え上がっていた。その光は竜骨を下から照らし、帆や索具を染めていた。

船はまるでドルーリー・レーン劇場の舞台にあって、波に見立てた花火の中に浮かんでいるようだった。

「夜光虫か?」俺は言ってみた。

「あれを」ジェルウィンが小声で言った。

海がガラスのように透明になった。

遙かな深みに、信じがたい形のものが沈んでいるのが見えた。巨大な塔やドームを具えた数々の館。ぎっしりと並ぶ家々に挟まれた、おそろしくまっすぐな無数の道。

ごった返す市街から見れば、この船は上空高く飛んでいるように見えることだろう。

「何か動いているようだな」俺は言った。

「いかにも」

不定形の生き物の群が激しく、無気味に蠢いているさまが見えた。

「下がって!」ジェルウィンが叫び、俺のズボンのベルトをつかんで荒っぽく引き戻した。

生き物の一体が、途方もない速さで船に向かって浮き上がってきた。たちどころにその巨体が視界を塞ぎ、海底の街を覆い隠した。インクが水の中に広がったかのように。

竜骨が大きな衝撃を受けた。深紅の光の中、三本の触手が海面から立ち上がった。どれもが大檣《メーンマスト》の三倍の高さまで伸び、激しくよじれうねっていた。左舷側に浮かんだ暗い影は顔なのか、琥珀色の液体をためたような二つの眼が、俺たちを見据えた。

これはほんの二秒ほどの出来事だった。大きなうねりが船を傾け、俺たちは舷側によろめいた。

「面舵一杯!」ジェルウィンが叫んだ。

ブームに張った索が音を立てて風を切った。大檣《メーンマスト》が折れんばかりにしなった。揚索《ハリヤード》がハープの弦のような音を立てて切れた。

あの怖ろしい光景はかすんでいった。海が泡だってきたからだ。右舷に奔馬のたてがみのような光が燃え上がるように走ったかと思うや、すぐに消えた。

「ウォーカー、ターニップ、なんて死に様だ」ジェルウィンがつぶやいた。

船首楼で鐘が鳴った。見張りの交代時間だ。

何事もなかったかのように朝が来た。空いちめん覆った分厚く黄ばんだ雲は、流れようともしない。風は冷たかった。

昼近くなって、弱い光が海霧越しにぽつりと見えたが、どうやら太陽らしかった。ジェルウィンは無駄だと言うだろうが、船の位置を定めよう、と俺は腹を括った。

海が荒れだした。俺は水平線を捉えようとしたが、空に届きそうな波に邪魔をされ続けた。

だが、どうにかうまくいった。だが、六分儀の鏡で太陽の光を追っていたとき、遙か上空から白く細長いものが下りてきて、光を遮った。

何かわからないが、俺に向かってくることだけは確かだった。そいつに弾き飛ばされた六分儀が頭に当たり、俺は倒れた。あとは叫び声と、もがき暴れる音が聞こえるばかりだった。


我に帰ると、甲板室で横になっていた。耳鳴りが鐘の音のようだ。ビッグ・ベンの荘厳な響きさながらに。叫び声も聞こえるが、遠くかすかだ。

立ち上がろうとしたところで、引き起こされた。戻ってきた力のかぎりに足をばたつかせ、大声をあげた。

「よかった！」ジェルウィンの声がした。「生きていたぞ！」

俺は鉛のように重い瞼《まぶた》を上げた。黄色い空を索具が縦横に仕切っている。ジェルウィンは呆然と立っていた。

「いったいぜんたい、何が起きたんだ？」やつが涙を流しているので、俺は訊かずにはいられなかった。

答えるかわりに、ジェルウィンは俺を船室に連れていった。

二つある寝台の片方に、ひどくゆがんだ体が横たえられていた。ようやく感覚が戻ってきた。その腫れ上がった顔はスティーヴンスだと気づき、俺は両手を胸に当てた。

ジェルウィンがラム入りのカップを渡してきた。

「こんなことになるとは」ジェルウィンが言った。

「こんなこと」どういうことかわからず、俺は呆けたように繰り返した。

ジェルウィンは白い布をスティーヴンスの顔にかけた。

「フライヤー・タックはどこだ？」

尋ねると、ジェルウィンは声を上げて泣き出した。

「皆と……同じだ……もう、会えはしない！」

涙に声を詰まらせながら、やつは自分が知っているだけのことを話した。

俺たち二人しか生き残らなかった事件は、あっという間に終わってしまったらしい。ジェルウィンが船倉で燃料の残りを確認していると、上から悲鳴を聞こえてきた。甲板に駆け上がると、スティーヴンスが銀色の泡の中で必死にもがいていた。だが、すぐにくずおれ、動かなくなった。フライヤー・タックの姿はなかった。帆を縫う道具が大檣《メーンマスト》の下に散らばっているだけだった。右舷の手摺りからは鮮血が滴っていた。そして、俺は甲板室に倒れていたのだという。ジェルウィンが知っているのも、これだけだった。

「スティーヴンスめ、甲板に出る前に知らせてくれればよかったものを」俺は言った。

「まったくだ！」ジェルウィンが悲痛な声で言った。「そうすれば、こんな折れた骨と潰れた内臓を入れた皮袋にならずに済んだというのに。ヘラクレス並みの強靭さで呼吸だけはしているが、もう他の者たち同様、死んでしまったようなものだ」

俺たちは航海を〈マインツ詩篇〉号の向かうままに任せた。ほとんど帆も広げず、意思を持つように、船は蛇行していった。

「これまで起きたことからすれば、船でいちばん危険なのは甲板ということになる」ジェルウィンは自分に言い聞かせるように言った。

夕方になっても、俺たちは船室から出なかった。

スティーヴンスの息遣いは苦しげで、聞くだに辛いものだった。その口から血泡が噴き出すたび、拭ってやらなくてはならなかった。

「寝ずについていてやる」俺は言った。

「私もだ」ジェルウィンが答えた。

換気したいところだが、丸窓は閉ざしたままにしておいた。船はかすかに横揺れしていた。

午前二時になる頃、疲れには勝てず、俺は悪夢交じりの眠りに沈みかけ、はっと目覚めた。

ジェルウィンには眠たげな様子もなかった。ただ、怯えた目で薄明るい天井を見上げていた。

「甲板を何かが歩いている」と、抑えた声で言った。俺はライフルをつかんだ。

「それも役には立つまい。ここにいたほうが安全だ。何かはじめそうな雲行きだぞ！」

甲板を行き交うせわしない足音がした。船員たちが配置につくかのように。

「おかしなものだ」ジェルウィンは笑った。「私たちは休暇で船旅に出た貴族のようだ。船のことは船員たちに任せておけばいい」

物音はたしかに、ジェルウィンが言うのに近くなっていく。舵輪の軋みが、向かい風に抗う苦闘のさまが聞こえる。

「おや、帆を広げたようだ！」

「たしかに」

船は激しく横に揺れたかと思うと、右舷側に傾いた。

「この風なら、右舷上手《うわて》回しだな」ジェルウィンは納得したように言った。「人を殺し血を吸うような冷血非道の人外《にんがい》だとしても、船乗りなのはたしかなようだ。去年造ったばかりの競技用ヨットを操る、イングランドきっての乗り手でも、この風にあえて逆らいはしないだろう。なぜまた、そんなことをするのか」

俺は身振りで、まるでわからない、と答えた。

ジェルウィンは自分で答えた。「目的地に向かうためだ。私たちを連れていく先があるようだな」

しばらく考えてから、俺は言った。「ということは、連中は魔物でも幽霊でもない、船乗りだ、ということか」

「いや、そこまで言えるかどうか」

「うまく言えないが、連中には実体があるようだし、そうすると俺たちと同じように、自然の原則に従っていることになるんじゃないか」

「私もそう考えている」ジェルウィンの声は落ち着いていた。

五時頃、やつらは次の行動に移り、またしても船はひどく横揺れした。ジェルウィンは丸窓を開けた。雲越しにすすけた朝日が見えた。

俺たちはこっそりと甲板に出た。何もなく、誰もいない。

船は止まっていた。

それから二日が静かに過ぎていった。

夜にやつらが船を操ることもなく、ただ船が北西に向かう速い海流に乗っている、とジェルウィンが気づいたくらいだった。

スティーヴンスにはまだ息があったが、かなり弱くなってきていた。

ジェルウィンは自前の救急箱を持ち出し、死にかけている男の様子を見ては薬を注射していた。俺たちはほとんど口をきかなかった。互いにものを考えるのをやめていたのだと思う。俺はといえば、ウィスキーをでかいグラスであおり、わざと頭をぼんやりさせていた。

そのとき、俺は酔ってあの教師に悪態をつき、あいつの面《つら》を見たら形を残さないまでに叩き潰してやる、と繰り返していたが、やつが本を船に持ち込んでいたことを、ふと思い出した。

ジェルウィンが飛び出し、俺を勢いよく揺すぶった。

「気をつけろ、船長は俺だからな」と、怒りもせずに俺は言った。

「わかりきったことを！　今、何と？　本と言ったか？」

「ああ、やつの部屋にある本だ。トランクにぎっしり詰め込んでいた。この目で見たから間違いない。ラテン語の本ばかりだ。あんな薬屋の符丁、俺にはわからんがな」

「ならば、私が読もう。だが、今までそれを言わなかったのは？」

「いつ言ったところで、変わりはないだろう？」俺はつぶやいた。

「いいか、俺は船長だ。だからあんたは……俺に……従うんだ」

「この酔いどれが！」ジェルウィンは吐き捨てると、教師の船室に入っていった。ドアを閉める音がした。

それからの何時間か、俺は動かずものも言わないスティーヴンスと二人だけでいた。

「俺は船長だぞ。俺より賢いやつがいてもだ……野郎、こともあろうに船長を……酔いどれだと……船の上ではだな、船長より偉いのは神様だけだ……なあ、そうだろう、スティーヴンス。船長を侮辱するやつはだな、船倉に閉じこめて……」

俺は眠った。

ジェルウィンがビスケットとコンビーフの食事をそそくさと済ませにきたとき、その顔は上気し、目は光を帯びていた。

「ミスター・バリスター」やつは言った。「教師から水晶の箱みたいなものの話を聞いたことはあったか？」

「いいや、あいつは言わなかった」言われたことを根に持って、まだ機嫌の悪い俺は、ぶっきらぼうに答えた。

「そうか、こんな事態になる前に、本のことを知ってさえいたら！」

「何かわかったのか？」俺は尋ねた。

「手がかりをいくつか見つけた……道が開けてきたんだ。それだけでは意味をなさないが、私の読みが合っていれば、あんたがどんな想像をしても追いつかないような、とんでもないことになる！」

　ジェルウィンは興奮していた。俺はやつからそれ以上聞き出すことができなかった。すぐに教師の部屋に戻っていったし、俺もついていかなかったからだ。

　夕暮れになるまで、ジェルウィンを目にすることはなかったが、出てきたところでほんの二、三分で、やつは黙ったままランプを持っていっただけだった。

　俺は翌朝遅くまで眠った。起きるとすぐに、教師の部屋に向かった。ジェルウィンはいなかった。

　痛いほどの不安に駆られ、俺はやつを呼んだ。答えはない。ジェルウィンの名を叫びながら、甲板の危険も忘れて、船じゅうを駆け回った。とうとう俺は倒れ、泣きながら神に呼びかけた。

　俺は呪われた船にとり残された。仲間はもう、死を待つばかりのスティーヴンスしかいない。

　こんな孤独は、生まれてはじめてだった。


　昼になるまえに、俺は教師の部屋に戻った。最初に目に入ったのは、壁にピンで留められた一枚の紙切れだった。ジェルウィンの置き手紙だ。

《バリスター船長、私は大檣《メーンマスト》の天辺に登ることにした。見つけられるものがあるはずだ。私は戻らないだろう。

　私が死に、船長を一人置いていくことを許してほしい。スティーヴンスももう助からないのは明らかだ。

　急いで船長に伝えなくてはならない。

　本をすべて焼き捨てよ。大檣《メーンマスト》から遠い、船尾よりの甲板で。船首や船尾、舷側には近づくな。本を焼けば、状況は変わるはずだ。あらゆるものから私はそれを確信している。

　本を焼き捨てよ。速やかに。船に火が移ることを怖れるな。それが船長を救うか。私には確信はない。だが、神の御意志が救いの道を示すかもしれない。バリスター船長、あなたに、そして我々全員に、神の御加護がありますように！

ジェルウィンこと………公爵[*]》

＊ここに書かれていた名前は、身分ある遺族を再び悲しませることのないよう、明かさないでおく。ジェルウィンは罪悪感を覚えており、自らの死をもって解放されようと考えていたことが、この書き置きからうかがえる。

　自分の部屋に戻ると、俺はこの予想もしなかった別れに身を震わせ、勇敢なる朋輩《とも》が俺を起こすのを躊躇した酩酊を恥じ、泣いた。スティーヴンスの息遣いは聞こえなかった。そのゆがんだ顔に身をかがめた。一度に二人も去ってしまった。

　機関室からガソリンの缶を二つ持ち出したとき、神の声が聞こえたような気がして、俺はしばしエンジンを見つめていたが、始動させ速度をめいっぱい上げた。

　船尾に戻ると、甲板に本を積み上げ、その上からガソリンをかけた。

点火すると、青い炎が高く燃え上がった。

するると、遠くから叫び声が聞こえた。俺の名を呼んでいる。声の主に気づいた俺は、驚きと怖れのあまり叫んだ。〈マインツ詩篇〉号の航跡をたどるように、百フィートほど向こうを泳いでいるのは、教師だった。

炎は音を立てて燃えていた。本は見る見るうちに灰になっていく。

教師は泳ぎながら悪態をつき、懇願していた。

「バリスター！　私はお前を金持ちに、世界中の富豪の全財産を集めたよりももっと裕福な金持ちにしてやるぞ！　それを断る愚か者なら、お前を殺し、お前の生まれた惑星にも苦しみをもたらしてやる！　王になりたくないか、バリスター？　畏れ敬われ、王国に君臨したくはないのか？　なりたくないというなら、豚ほどの知恵もないお前には、地獄のほうが居心地がよかろう。望みどおりにしてやるぞ！」

教師は必死に泳いでいるが、船との間は狭まらなかった。

突然、船が妙な動きをし、がたがた揺れた。水位が上がってくる。海の底に引き込まれようとしているのだ。

「聞け、バリスター！」教師が吼えた。

やつはどんどん近づいてきた。気味が悪いほど落ち着いた顔つきだが、目には凄まじい光に燃えていた。

そのとき、灰の山の中の、炎に反り返った羊皮紙の間に、輝くものが見えた。俺はジェルウィンの言葉を思い出した。水晶の箱を巧みにはめ込んだ本があると、あいつは言っていた。

「水晶の箱だ！」俺は叫んだ。

教師も聞きつけたようだ。正気の失せたような絶叫が響いた。

そのあと、俺は信じられないようなものを見た。やつは水面に両手を突き、爪を立てて上体を起こしていたのだ。

「それこそが知恵だ。あらゆる知恵の中でももっとも偉大なものなのだ。それを壊そうというのか、愚か者めが！」教師の声が轟いた。

船を取り囲む水平線から、甲高いヨーデルのような声が響きわたった。

大波が甲板を打った。

俺は消えかけた炎に踏み込み、俺は水晶の箱を踵で踏みつけた。足の下で砕ける感覚があり、俺は急に吐き気を覚えた。

空と海が閃光とともに混じり合い、どよめきが空気を震わせた。そして、俺は闇の中に落ちていった……。

気がついたら、ここにいた。話はこれで終わりだ。目が覚めたらこの船にいたんだ。俺はもうすぐ死ぬ。これは夢だったのか？悪い夢であってほしいね。

この地上で、あんたらに看取られて死ねる。俺は幸せだよ！

バリスターを見つけたのは、〈ノース・ケイパー〉号の見習い船員、ブリッグス少年だった。彼は厨房から林檎をひとつかすめ取って、索具の合間に隠れて食べていたところだった。そのとき、船からほんの数ヤード離れた海面を、ゆっくり泳いでくる彼を見つけたのだった。

このままではスクリューに巻き込まれる、と思ったブリッグスは声をかぎりに叫んだ。

船に引き上げられたとき、バリスターは意識不明の状態だった。水に慣れた頑健な者によくあるように、彼も無意識なまま泳いでいたのだ。

見渡すかぎり船はなく、難破した痕跡も見あたらなかった。が、ブリッグスは――彼の言葉によれば――ガラスのように透明な船が浮かび上がり、すぐに海に沈んでいくのを、〈ノース・ケイパー〉の甲板の明かりで見た、と言った。だが、それを聞いたコールモン船長は、くだらない嘘をつくな、と言ってブリッグスをはり倒しただけだった。

私たちはウィスキーを少し、バリスターに飲ませてみた。機関長のローズが自分の寝台に彼を寝かせ、毛布を掛けて温めた。

バリスターは意識を取り戻したようだったが、すぐに深い眠りに落ちた。私たちは、どんな事故が起きたのか聞き出すために、彼の目覚めを待っていた。

以上は私、〈ノース・ケイパー〉号の一等航海士ジョン・コープランドが記録したものである。そして、船員のジョークスと私は、その夜に怪異に遭遇した。

その夜、〈ノース・ケイパー〉号は黄経二二度西、黄緯六〇度北に針路を取っていた。

私は操舵室にいて、このまま朝まで舵を操るつもりでいた。というのも、北西の水平線に浮氷がかなりの長さで流れているのが、月明かりで見えたからだ。

ジョークスは手にランプを持って甲板にいたが、それというのもただでさえ痛い虫歯が温かい船首楼にいるとさらにひどく痛むというので、私の隣でパイプを吹かしていたのである。

つきあってくれる相手がいるというのは、ひどく単調な終夜番にはありがたいことだ。

ここで書いておきたいのは、〈ノース・ケイパー〉号は最新型のトロール漁船ではないが、頑丈な良い船であり、無線も搭載していることだ。

これまで五十年を海で働いてきた〈ノース・ケイパー〉号は、帆走するだけでなく蒸気エンジンも具えていた。船室は今どきのトロール漁船にあるような、小型のコテージもどきのものではなかった。船尾に据えられた舵輪室は、海も風も見据え、飛沫《しぶき》さえ見逃さなかった。

このように記述したのも、私たちが目撃した理解しがたい光景が、窓などのガラス越しではなく、甲板から直接見たものであることを知ってもらいたいからである。説明しておかなければ、漁船でよく語られるほら話だと思われかねない。

夜空は雲に覆われ、月は見えなかった。光といえば、雲の薄明かりと波のきらめきばかりだったが、それでもものを見るのには充分だった。

十時を回ったころだった。船員たちの多くは眠っていた。

歯痛に悩むジョークスは、小声でぼやいたり、悪態をついたりしていた。構えている羅針盤の明かりで、彼の緊張した顔が暗がりの中に見てとれた。

突然、その顔に浮かぶ痛みが、驚きに、そして心底からの恐怖に取って代わった。

彼の口からパイプが落ちた。そのさまがおかしくて、私は笑いをこらえていた。だが、彼は私に向かって、右舷の明かりのあるあたりを指さして見せた。

その指先を見たとき、私の口からもパイプが落ちた。明かりの数インチ下の横静索を、濡れた一対の手が闇から現れ、つかんでいたのだ。

すぐに手は離れ、暗い影が甲板に飛び移った。ジョークスはすぐそちらに羅針盤の明かりを向けた。そこに浮かんだのが、黒く長いコートから海水を滴らせた牧師そのままの姿だったので、私たちは声も出せないほどに驚いた。その男は、小さな顔に光る燃える石炭のように赤い眼で、私たちを見据えた。

ジョークスはナイフを抜いたが、一瞬遅れた。その亡霊のようなものは飛びかかると、彼を一打で倒した。羅針盤の明かりが消えた。そのすぐあとに、船首楼から甲高い叫び声が聞こえてきた。バリスターについていたブリッグスの声だ。

「殺される！　助けてくれ！」

船乗り同士の喧嘩が絶えないので、私はいつも拳銃を持つことにしていた。頼りになる武器で、日頃から射撃の練習もしている。私は撃鉄を起こした。

船上は混乱にどよめいていた。

一連の出来事の後、一陣の風が雲を吹き払い、月光が舞台の照明のように船を照らしだした。

ブリッグスの悲鳴についで、船長の怒号が聞こえたあと、私の右手にひそかな足音がすると、牧師が舷側から海に飛び込むのが見えた。

波間に牧師の小さな頭が見えた。私は慎重に狙い、拳銃を撃った。牧師は奇怪な悲鳴をあげると、その体は波に運ばれて船縁に戻ってきた。

我に返ったジョークスがそばに来ていた。少々ぼうっとしているようだったが、その手には長い鉄の鉤があった。死体は波に弄ばれ、船にぶつかり続けていた。ジョークスは服を鉤にかけて引き上げると、いともたやすく引き上げた。

甲板に投げ出されたのは、濡れているばかりで形のはっきりしない塊だった。ジョークスは、羽毛ほどにもない軽さだ、と言った。コールモン船長がランタンを片手に、船首楼から来た。

「何者かが遭難者を殺そうとした」船長は言った。

「その者ならここに捕らえました。海から上がってきて……」

「気は確かか、コープランド！」

「ご覧ください、船長。私はこいつを銃で撃って……」

私たちは死体を見下ろし、顔を上げて、正気をなくしたような奇声をあげた。

服の中はからっぽで、蠟でつくった両手首と首がつけてあった。私の銃弾は、かつらを射抜いて鼻から出ていったようだった。

バリスターが語ったことはすでに先に挙げた。一連の怪事の翌朝、彼は目を覚ました。彼は落ち着いた口調で話したが、その様子には安心が見てとれた。

私たちは彼の回復に尽力した。彼の肩には、刃物で刺されたような傷が二つあり、そこからの出血が止まらないのを心配していたが、他には怪我はなかった。

ひととおり語ったあと、彼は短い間、昏睡状態におちいった。目覚めてから、肩の傷はなぜついたのかを尋ねた。そのとき一緒にいたのはブリッグスだけだった。尋ねられた少年は喜んで、黒い服の男が船首楼に侵入して彼を刺した、と言った。そして、撃たれた黒い服の男の無気味な遺留物を見せた。

ひと目見て、バリスターは恐怖のあまり叫んだ。「教師だ！　教師だ！」と。

それから彼は高熱を出し、快方に向かうことなく、ガルウェイの海事病院に移された六日後に、キリストの絵姿に接吻して事切れたという。

奇怪な人形はリーマンズ牧師に調べてもらうことにした。牧師は人望深く、各地を布教し、未開の地や海にも造詣の深いことで知られている。

私がその人形を持参したとき、牧師は長い時間をかけてそれを検分した。

「この中には何が入っていたんでしょうか」アーチー・レインズが尋ねた。

「何か、生きているものだったことはたしかだ」

「そう、たしかに生きて動いていました」ジョークスが殴られて腫れの残る赤い首を撫でながらうめいた。

リーマンズ牧師は犬のように遺留物のにおいを嗅ぎ、顔をしかめて押しやった。

「思ったとおりだ」

私たちもにおいを嗅いでみた。

「蟻酸のようなにおいだな」私は言った。

「燐のにおいもする」と、ラインズ。

コールモン船長はしばらく考え、声を出す前に唇を震わせた。

「蛸のにおいに似ているな」

牧師は船長に目を向けた。

「斯《その》天地および其衆群悉《ことごと》く成《なり》ぬ第七日《なぬかめ》に神邪《よこしま》なる獣を海より呼び出しぬ。だが、こんなことを公言しては、私は異端審問にかけられてしまうだろう」

「でも……」ラインズは続けようとした。

「『無智の言詞《ことば》もて道を暗かしむる此者《このもの》は誰ぞや』（旧約聖書ヨブ記第三十八章二）

聖句を聞いた私たちは、一礼したのち、その意味を知ろうとしたが、結局はあきらめた。

【note】

ベルギーの小説家ジャン・レイ（レーの表記あり）は、本誌では初めての掲載になるので、ここで詳しく紹介しておきたい。

ジャン・レイの本名は本名はジャン・レーモン・マリ・ド・クレーメル。一八八七年、ベルギーのヘントに生まれた。小説家になる前は船員として禁酒法下のアメリカに酒の密輸をし、上陸後はサーカスの猛獣使いなど職を転々としたという説があるが、おそらく創作だろう。

ヘント市の職員を経て新聞の編集委員となり、さらに一九二五年には創作集『ウィスキー奇譚集』を上梓。翌二六年に横領罪で懲役を科せられ、二九年には出所できたが、それまでに獄中で書いたのが「〈マインツ詩篇〉号の航海」や「闇の路地」などの怪奇幻想小説で、以降の彼の作風の一つとなる。その後、多くのペンネームを用いて大量の怪奇、幻想、探偵小説を書いた。中でも、少年向けのSF探偵小説《ハリー・ディクソン》シリーズは百五十作を超え、うち数作だが邦訳もされている。

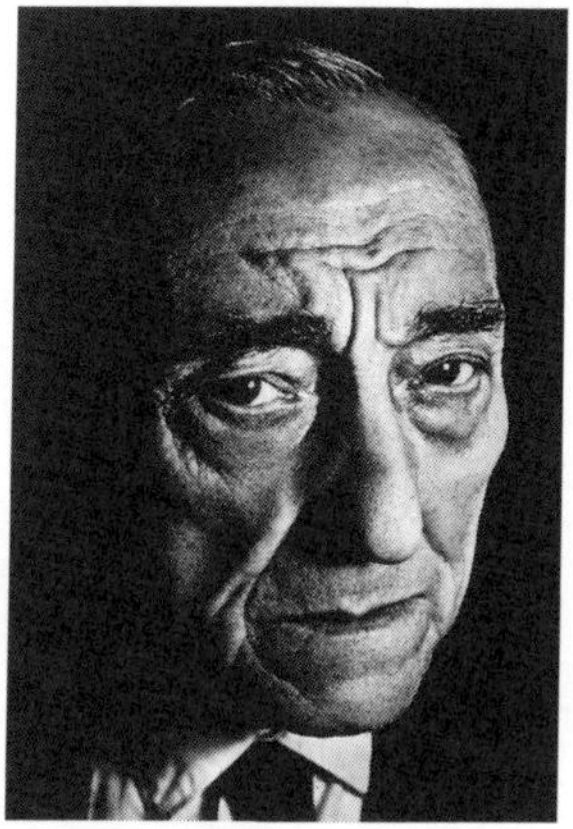

ジャン・レイ（Wikipediaより）

晩年はジョン・フランダース名義でコミックの原作を手がけたが、レイモン・クノーらにより創作が再評価された。一九六四年に死去。ジンによる中毒死と書いている資料があるが、真偽のほどはわからない。

「〈マインツ詩篇〉号の航海・他」原書（Alma, 2016）

「〈マインツ詩篇〉号の航海」は〈Le Bien Public〉一九三〇年五月六日号に掲載された。異界への航海の顛末を、船長の話し言葉で鮮やかに描いている。中盤で語られる異界の科学的な解釈も興味深い。W・H・ホジスン『幽霊海賊』（一九〇九）を意識したような箇所もあるが、英語も使いこなしたレイがこれを読んで触発されたとしても不思議はないだろう。

翻訳は、ローウェル・ブレアの英訳によるGHOULS IN MY GRAVE（Berkley, 1965）をテキストとし、フランス語原文と照合して二、三の省略箇所を補った。

（訳者）

【ジャン・レイ邦訳書リスト】

『マルペルチュイ』Malpertus（1943）
篠田知和基訳　月刊ペン社　一九七九

『新カンタベリー物語』Les Derniers Contes De Canterbury（1944）
篠田知和基訳　東京創元社　一九八六

『幽霊の書』Le Livre Des Fantomes（1947）
秋山和夫訳　国書刊行会　一九七九

『ゴルフ奇譚集』Les Contes Noirs Du Golf（1964）
秋山和夫訳　白水社　一九八五

『ウイスキー奇譚集』Les Contes du Whisky（1925）
榊原晃三訳　白水社　一九八九

《ハリー・ディクソン》シリーズ
＊いずれも榊原晃三訳、岩波少年文庫
『怪盗クモ団』一九八六
『地下の怪寺院』一九八七
『悪魔のベッド』一九八七

〈一休どくろ譚〉

魔《ま》仏《ぶつ》来《らい》迎《ごう》

◉朝松健

大徳寺の住持、養叟宗頤は、公儀から預かりものをして以来、ひとり懊悩していた。かつて修行を共にした一休の元に、助力を乞う使いが来る。大徳寺を訪れた彼が見たのは、鎖で幾重にも巻かれた鉛の匣。六代将軍足利義教の遺品だというが、いったい何を収めているのか。その封印が破られるという……今夜、節分の夜に！

かつて遭遇したことのない、大いなる敵と対峙する一休。作者会心の一作をどうぞ！（編）

一

宝徳三年（一四五一）如月《きさらぎ》は節分の日の宵のことである。

一休は売扇庵を出て大徳寺に赴いた。

前月末に兄弟子の養叟宗頤《ようそうそうい》が使いを寄越し、

「節分の日に大徳寺に参れ。お前の意見を聞きたい」

といってきたので、それに応じて向かったのである。

「本当はあんな俗物のツラなど見たくはないのだがね。師走に米代を借りた弱みだ。仕方ない、行ってくるよ」

一休は森《しん》にそんなことを言い置いた。

その言葉にはいつものように、繊細な心を隠すための照れと、一休お得意の韜晦《とうかい》が入り混じっていたが、兄弟子への怒りや露悪は微塵もなかった。

それどころか、一休は使いの平僧がふと洩らした言葉に反応して、節分の日になるのを今や遅しと待ち続けていたのだった。

平僧はこう言ったのである。

「ご公儀に呼ばれて室町第《むろまちだい》に行かれ、何やら持ってお帰りになられてより、ご住持はいたくご憔悴のご様子。時折、溜息をつかれては、『こんな時、一休なら如何いたしたであろう』などと独りごちてばかりでございます」

養叟宗頤は自分の知識をひけらかし、他人を見下す厭な奴だ。そんなこと、一休は百も知っている。ただ修行にも勉強にも優れて熱心で、一休のように風狂の虫が騒げば旅に出て何年も戻らない人間とは違う。だから、一休も修行した江州堅田《ごうしゅうかたた》の祥瑞庵《しょうずいあん》の住職になれたのだ。それを一休は誰より知っていた。

その一方で祥瑞庵の財産を勝手に持ち出し、各界の実力者への賄賂として使ったので、大徳寺の住職になれたと世間で噂されているのも、とっくに一休の耳に入っていた。一休が養叟宗頤を俗物と決めつけたのも、「あいつならやりかねん」と思ったからである。

さらに養叟宗頤が若い頃から一休を軽蔑し、同時に、今は亡き後小松《ごこまつ》上皇の落胤であることに嫉妬して、事あるごとに、こちらに非難がましく対するのが面倒くさいので、一休は極力、大徳寺に近づこうとしなかったのだった。

だが――。

同時に、そんな養叟だからこそ、人の耳のある場所で「こんな時、一休なら」というような弱音とも聞こえる言葉を吐くことなど滅多にないのも、十分知っていた。

（これは余程の難儀が起こったようだ）

そう考えると京の北、紫野に位置する大徳寺に向かう足も自然、急いだものになっていった。

折しも立春の前日、節分である。

破れ墨染の袖を揺らす微風は近づく春の温もりのなかに、まだ氷の刃のような冷たさを帯び、空には灰汁《あく》にも似た鈍色《にびいろ》の雲が低く垂れ込めていた。

二

大徳寺に到着した一休はすぐに本坊の客間に案内された。公家や守護といった賓客が住持と内密な話を交わすのに使われる離れの一室である。

（こんな場所にわしを通すとは）

一休は眉をひそめた。

（いよいよもって大変な用らしい）

そんなことを思っていると、廊下の向こうから足音がする。養叟だけではないようだ。誰かを従えているらしい。だが、どんな者を従えているのだろう。二人の足音に、ジャラジャラガラガラ、と鎖を引くような音が重なって響いていた。

ほどなく足音と鎖の音は止まり、唐紙の向こうから養叟の気取った咳払いが発せられた。

鎖を板床に置く音がした。一息置いて唐紙が開かれた。正座した平僧が「ご住持にございます」と告げるのを待って、養叟は部屋の中に進み入った。

（用があるならさっさと入ればよいものを。相変わらず勿体ぶった奴だな）

げんなりした一休の前に養叟は静かに坐って咳払いをした。それが合図だったようで、後から従ってきた平僧がこちらに一礼すると、奇妙な匣《はこ》を恭《うやうや》しく掲げて入室した。匣は縦一尺に横八寸ほどか。大事そうに掲げてきたので、白木か桐製かと思ったが、そうではない。銀燭に鈍く反射する金属製だった。

（鉛で出来ておるのか）

色と質感から、一休はそう推測した。

鉛の匣というだけでも異様なのに、それに加えて、匣は細いが頑丈そうな鎖で幾重にも巻かれている。

（ジャラジャラと喧《やかま》しい音がしたのは鎖が触れ合っていたのか）

と一休は納得した。

（それにしても虎や熊を繋ぐのでもあるまいし。たかが鉛の匣一つ、どうして厳重に鎖を巻く必要がある？）

平僧は匣をそっと一休の前に据え置いた。その手が細かく震えている。平僧はこの匣に怯えているように感じられた。

匣を置いた平僧は養叟と一休に頭を下げると、部屋を辞した。その様子が、まるで逃げるように見えて、一休は笑いを噛み殺した。

「それでご用の向きは？」

「実は――」

一休と養叟は同時に言ってから慌てて口を噤んだ。少し間を置く。養叟宗頤という男はこんなふうに話を切り出す人物ではない。普段は鷹揚に時候の挨拶などして、一休に皮肉のひとつも投げてから、おもむろに本題に入るのが常なのだ。

（これは、いよいよもって大変な用事のようだな）

と思いつつ、一休は改めて口を開いた。

「お久しゅうござる。法兄にはお変わりないご様子、大慶至極に存じます。昨年師走には厚かましい無心にも関わらず米代を売扇庵にお届けくださいまして誠に……」

　養叟はそこで一休の挨拶を遮った。

「米代など、どうでもいい」

　苛立っているのか、焦っているのか、その秀でた額の真中に癇性な青筋が浮き上がった。

「……」

　養叟は続けた。

「今日来てもらったのは、お前の経験と知恵を貸してほしいからだ」

「わたしの経験と知恵……でございますか？　さてはて、経験ならば豊富かもしれませんが、知恵となりますと、法兄の足元にも及びませんが」

「いや、お前しかおらぬ」

　養叟はきっぱりと断じた。

　その思いつめたような表情と、背中に刃を突きつけられた者のような雰囲気に、一休は苦笑を拭うと、膝の前におかれた鉛の匣を示した。

「こちらの匣にまつわる話でございますな？」

「そうだ」

「しかも、ことはご公儀の大事に関わると？」

　探りを入れた一休の問いに養叟は目を剥いた。

「お、お主、どうしてそれを？」

「匣に浅く彫られた家紋は〝足利二つ引〟、まごうかたなきご公儀の家紋でございましょう」

　一休に指摘されて養叟は鉛の匣に目をやった。小さく、うなずく。どうやら指摘されて初めて気づいたようだった。

「まずは、この匣が何なのか、そして、匣の中には何が納まっておるか。その辺りから順を追ってお聞かせ下さいませ」

　一休に促された養叟は少し沈黙した。この期に及んでも、まだ匣の素性を話すべきか否か迷っている様子だ。そうして暫し考えてから養叟は思い切ったように言った。

「実は、この匣は、六代様ゆかりの品。いわば〝遺品〟とも呼ぶべき品なのだ」

　六代様とは六代将軍足利義教《よしのり》のことである。義教は三代義満の子の一人で、四人いた候補の中から神籤《くじ》で選ばれた。それを当てこすって「籤公方《くじくぼう》」などと陰口を叩く公家もいたが、義教に知られるや、その公家は生皮を剥がれて処刑された。だが、それは「恐怖時代」のほんの始まりに過ぎなかった。

　義教は幕府権力の絶対化を企図し、逆らう者には拷問と死で報い、諫言《かんげん》する者は僧侶・貴族・守護の別なく処刑した。さらに従う者にさえ過度の委縮と忖度を強いたのだった。

　この暴虐に、遂に帝《みかど》は匙を投げ、五山はじめとする仏教界も沈黙し、公家は争って義教の歓心を買おうとしはじめた。そして守護大名は次は自分の番かと疑心暗鬼に陥ったのである。

　かくして永遠に続くかと思われた恐怖時代だったが、嘉吉《かきつ》元年、播磨《はりま》の守護赤松満佑《みつすけ》が義教を招いた自邸で将軍暗殺の挙に出た。六代将軍は首を刎ねられ、将軍に同行した幕閣の多くも斬殺されたのであった。これが後代「嘉吉の乱」と呼ばれる大事件である。

嘉吉の乱から十年、元号は宝徳と改まり、将軍も八代義政と代替わりしたが、世情は義教治世の頃に比べて、より一層混沌としていた。守護大名の間でも、関東でも、大名家の内部でも、小競り合いがいたる所で起こり続けて、いつ大乱が起こってもおかしくないような不穏な空気が漲っていた。

「義教公の遺品とはまた、厄介な。そんなもの、誰の手にも余る事は寺の小僧でも分かるでしょうに」

養叟の説明に、一休は思わず腕を組んだ。

「好きで引き受けたのではない。幕府の重役に押しつけられたのだ」

「ほう。どこのどいつですかな、その糞タワケは?」

「………」

養叟は一瞬言葉を呑んだが、僧衣の膝をギュッと握って呟いた。

「山名持豊《もちとよ》という糞タワケだ」

まるで口に入った蛾を吐き出すかのごとき養叟の口ぶりに一休は思わずうすら笑いを浮かべかけたが、慌てて笑いを拭って、

「ふん、また山名か。近頃、山名と細川の名が出る時は大抵、不愉快な事が起こりおるな」

一休は横を向いて吐き捨てたが、すぐに養叟に向き直り、

「……まあいいわさ。で、山名は何と言ってきたのです? 義教公の遺品を始末した代償に、何をくれると?」

「大徳寺の格上げだ。……五山の一つに戻してやってもいいと」

五山とは幕府に保護された寺院である。足利尊氏が定めてから幾多の変遷があり、現在は天竜寺・相国寺・建仁寺・東福寺・万寿寺の五山となっている。大徳寺は後醍醐天皇が定めた五山の一つだったが、南朝の没落と共に五山から外された。それ以来、五山復帰は大徳寺の悲願となっていたのである。

「ううむ。奴め、弱い所を突いてきおったな。五山は公方様が決めること、たかが山名一人にそんな権限があるとも思えんが。……そんなことを持ち出すからには、この匣の中身は、五山のいずれの手にも余るモノなのでしょうな」

「左様」

養叟は強張った顔を縦に振った。

「で、中身は? なんでございますかな?」

一休が尋ねれば、答えるより先に養叟の方頬が激しく痙攣した。これはそこらにある代物ではないな。そう思って眉間に皺を刻んだ一休に、養叟は言った。

「匣の中身は……まぶつだ」

その瞬間、銀燭の炎がスウッと細まった。匣に巻いた鎖が激しく鳴った。締め切った奥の間に冷たい風が走った。一休の目の前を蜘蛛の巣のような薄い影が横切った。逃げねば。一休の胸でそんな思いが閃いた。早く逃げねば。これ以上この場にいては危険だ。早く逃げろ、一休宗純。早く逃げるのだ。危険を訴える思いが募るにつれて、匣を縛《いまし》めた鎖の触合う音が大きく響く。じゃら、じゃらじゃら、じゃら、じゃら……。耳障りな金属音が戦慄を呼んだ。一休は背に氷柱《つらら》を押しつけられたような寒気を覚えた。

だが――。

一休は逃げることも、恐怖の叫びを上げることも、戦慄に震え

ることもなかった。大きく息を吸い、音を立てて息を吐いた。静かに合掌する。臍下丹田に〝気〟を凝《こご》める。合掌したまま一休は口の中で心経《しんぎょう》を唱えた。

七度唱えた時、異常は起こった時と同じように、唐突に止んだ。

合掌を解くと、一休は兄弟子に目を遣った。

養叟は目をつぶらえ、一休と同じように合掌していた。

一休の視線を感じたか、養叟は静かに瞼を開いた。

「今のはなんじゃ、養叟？」

と一休は尋ねた。

とうに兄弟子に対する礼儀など吹き飛んでいたが、そんな些事には構っていられない。匣に封じ込まれたものの正体と、たった今の異常の理由、さらにそれらと六代将軍義教との関係が知りたかった。

「六代様が未だ義宣《よしのぶ》と名乗っておられた頃、お主は六代様にお目見えしたそうだな」

と養叟は尋ねた。

「いや。わしが遭うた時には、六代はとうに義教になっておった。青蓮院《しょうれんいん》義円《ぎえん》でも義宣でもなく、義教にな」

すでに一休は先々代の公方も呼び捨てである。もとより権威を憎み、権力に唾する一休だったが、売扇庵に住むようになってから、その傾向は一層進んでいる。

だが、そんな一休の傍若無人を咎《とが》めることなく養叟は言った。

「されど、その頃には既に六代様は自らを魔仏《まぶつ》と――」

「魔仏……」

まぶつと口の端に上らせた瞬間、二人は反射的に鉛の匣に目を向けた。鎖は鳴らない。どうやら一休と養叟が心経を唱えたお陰で一時的に大人しくなったらしい。

緊張を解いて一休は言った。

「確かに彼奴《きゃつ》――義教は当時、魔界の仏、すなわち魔仏と名乗っていたようだが。わしの前ではそんなことは言わなんだな」

「では、どうやって六代様が魔仏と変生《へんしょう》したのかも、お主は知らんのだな」

「そんなもの、知らん。あの時、わしは朝廷より奪われた神宝、天地を創造したと言う天《あめ》の瓊矛《ぬほこ》を取り戻すのに忙しかったんだ。義教が天台座主《ざす》になろうが、将軍になろうが、そんなものに関わる暇はなかったよ」

と言ってから一休はハッとして、

「いや。待てよ」

「何かあったのか？」

「天の瓊矛を朝廷に戻した直後のことだった。父君様が……」

〝父君様〟とは今は亡き後小松上皇のことである。

「上皇陛下が何か申されたか？」

「うむ。足利義教は危険な男だと。奴は神と仏と魔王を統合した存在《もの》にならんとしておったと、そう教えて下さった」

「それを上皇陛下は何と呼ばれておられた」

「……魔仏、と」

口に出すや否や、鎖が鳴った。一休と養叟は素早く合掌した。

二人で心経を三度唱えた。今度は妖気が漂う前に、異常は封じられた。

一休は探りを入れるような口調で尋ねた。

「その鉛の匣は何だ？」

「ここには赤松満佑が六代様を弑《しい》し奉った真の理由が入っておる」

「回りくどい。どういう意味じゃ？」

「お主の邪魔で魔仏に解脱しそびれた六代様はその後、神宝なしで魔仏となる儀式を重ねられたらしい。地獄の鬼も目を背ける、あの残虐な行ないの数々こそ、そのための儀式であったというのだ」

「なんだと。生きながら皮を剥いだり女子供を油で釜茹でにしたり手足の筋を切って山犬の餌にするような真似が、すべて儀式であったと言うのか」

「そうだ。そして、六代様は魔仏に変生せんとした。赤松満佑はそれを察知して、六代様を自邸に招き、弑し、御首級《おんくび》を槍穂に突き刺して播磨国まで持ち帰った。一見行きすぎに見えるその行為は、赤松なりの邪気祓いの儀式だったのだ。……だが、赤松満佑が六代様を襲った時はすでに何もかも手遅れだった。六代様は魔仏と化すための最終儀式を終えられていたのだ」

「最終儀式とは？」

「六代様の御心に埋もれた欲望・邪悪・悪心をその御心や肉身より切り離し、純粋な魔的意識だけの存在となる儀式だ」

「では……その鉛の匣に封じられているのは足利義教の身と心から切り離された欲望や悪心や心の闇……純粋な邪悪だというのか？」

「そうだ。純粋悪そのものだ。……山名持豊殿は赤松満佑征伐の折、これを手に入れられたと申された」

「けっ、いよいよもって山名は糞タワケだ。赤松が京から運び出してくれた邪悪をわざわざ播磨から京に戻しおるとはな」

「そのことに関しては私も同感だ」

養叟は薄く笑った。

「で？　わしに何をせよと言うんだ？」

一休は舌打ち混じりに問うた。

「六代様が封じた純粋悪――この匣の中身を葬ってほしい」

「いつまで？」

「今夜。明日の夜明けが期限だ。それを過ぎれば手遅れとなる」

「な、なんだと。誰がそんなことを決めた!?」

一休が食ってかかると養叟は理知的な瞳を伏せて答えた。

「赤松満佑だ」

「とっくに死んでおるだろうが」

「赤松が、山名様の夢に何度も現われて、こう申したそうだ。――魔仏は嘉吉の乱より十年目、つまり今年の節分にこの鉛の匣から解放される。それを現世で防げるのは一休禅師ただ一人。禅師はかつて魔仏と対峙しておられるので必ずや魔仏の覚醒と解放を防げるであろう、と」

「そんなもの、タダの夢じゃろうが。山名持豊は悪い物を食って、食あたりで悪夢を見たんだ」

「山名様は何人もの密教僧や陰陽師や行者に調べさせた。結論は、夢で赤松の言った通りだということだ。節分の日には陰陽の気が最も不安定にゆらぐという。その日こそ、魔仏は鉛の匣を破っ

て　この世に解放される」

「下らんよ。密教だの陰陽の術だの、そんなものは迷信だ。わしら臨済の僧は耳を傾ける必要など……」

「先程の異常はお主も味わった筈だが」

養叟が静かに言った。一休は沈黙した。確かに先程体験した異常事は夢でも幻覚でもない。明晰な意識のもとで彼自身が味わった怪異ではないか。

「それで……」

一休は口の周囲に浮かんできた生ぬるい汗を拭きながら尋ねた。

「どうすればいいんだ？」

「この部屋で魔仏の復活を迎え討とう。お主と私で」

「いいや」

一休は首を横に振った。

「わしら二人でやるのは賛成だが、場所はここじゃないほうが良い」

「では何処で？」

「大徳寺で最も霊的に清浄な場所だ」

「それは？」

養叟の問いに一休は意を決した口調で答えた。

「大徳寺伽藍《がらん》の中心にあって霊的に清浄な場所と申せば御仏のおわす所しかない。……仏殿じゃ」

三

一休と養叟は本坊離れから仏殿へと席を移した。

二人の後に鉛の匣を携えた平僧が従った。先程と同じ若い僧である。「口が堅く信頼できるのだ」と養叟は問われてもいないのに教えてくれた。

三人は一度、本坊から外に出た。節分の夜の空気は氷のように冷たく、時折吹く風が身を切らんばかりだ。

一休は圧迫されるような気配を覚えて、ふと天を仰いだ。空が暗鬱な低い雲に覆われている。一休は思わず口の中で心経を唱えてしまった。

仏殿に入ると、養叟が「お前は匣を中央に」と命じた。一休は二人から離れて燭台を取ってきた。勝手知ったる本山ゆえ、何年も来てなくても燭台の置き場所は知っていた。仏殿中央に置かれた大きな燭台を二台設えて大きな蠟燭を立て、明かりを灯した。

「お前はもう良い。今後、明朝卯の下刻までけっして扉を開くな。どんな音や叫びが聞こえようとも開けてはならぬ」

養叟に命じられて平僧は仏殿を辞した。

一休と養叟は祀られた仏像に手を合わせてから、おもむろに鉛の匣に近づいた。

（未だ妖気は感じられない。先程のような寒気も感じないし、仏殿内の空気も清浄なままだ）

清浄な木の香に混じって、昼に焚かれた沈香《じんこう》の香が一休の鼻をかすめた。

鉛の匣を中央に、向かい合う形で座した。二人が動くたび、長く伸びた影がたゆたい、銀燭の炎の動きに合わせて、海藻のごとく揺らいだ。

「いま何刻《なんどき》かな」

一休は匣の向こうの養叟に尋ねた。

「さあ、お主が来てからまだ一刻と経ってないから酉《とり》の下刻頃だろう。どうしてそんなことを訊く？」

「大徳寺に来てから急に時刻《とき》の経つのが早くなったような気がするのだ。より正しくは、離れで匣の怪事を見聞きしてから、なんだか一刻どころか二刻も三刻……いやそれどころか一晩も二晩も経ってしまったような気が……」

そう一休が答えると、

「時間《とき》が早まるだと……」

養叟は一休の言葉を薄気味悪そうに繰り返した。端正な細面が銀燭の光に照らされて、なんだか酷く蒼ざめて見える。その表情が養叟も同じ感覚に襲われていると語っていた。

一休は兄弟子から目を逸らして何度も瞼をこすり、

「済まん。気になったら忘れてくれい。つまらぬ事を話している暇はないな」

「げにも」

と養叟はうなずくと鉛の匣を示した。

「とはいえ、魔仏の復活をどうやって阻止したものか」

「ううむ。わしらが匣をこじ開ける訳にもいかんし。まずは匣にどんな変化が起こるか、それを見守るか」

そう言って一休は腕組みしたが、これからどうすべきかは養叟より分からない。兄弟子は一休が数多くの怪異に遭遇しているので、魔仏など簡単に祓えると信じている様子だが、密教僧でも陰陽師でも行者でもなく、一休は禅僧である。九字を切ったり陀羅尼を唱えて魔物を祓うごとき行為とは最も遠い位置にいる仏教者なのだ。

一休は鉛の匣を見守る振りをしながら、そっと養叟の表情を読んでみた。養叟は熱い視線を匣に注いでいる。完全にこちらに期待した様子だった。

（ままよ）

と一休は坐り直した。

（かくなるうえは匣から如何なる変化《へんげ》が出現するか待つのみ。現われたら、その時はその時だ。御仏も魔界仏界同如理《まかいぶっかいどうにょり》と教えておられる。仏殿のご本尊、釈迦如来の力を頼り、魔仏とやらを成仏得脱させてやろう）

そう覚悟を決めて、匣に異変の兆候は見られないかと、一休は目を凝らした。

沈黙と緊張。息が詰まりそうな時が過ぎていく。養叟は時折、太腿を片手でさすった。掌に浮かんだ汗を拭っているのだ。一休は鼻を啜る振りをして呼吸を整えた。仏殿の中の時間が二人には永遠に続くように感じられる。

だが——。

匣の変化は予想以上に早く訪れた、

それは二人が仏殿に入ってから小半刻もしない時であった。

四

変化の最初は空気の変化だった。

「うっ……」

まず養叟がそれを感じた。

「むう」

ほとんど同時に一休も低く呻いて片耳に手をやった。目に見えない指で耳の奥を強く押されたような感覚に襲われたのだ。現代風にいえば急激な気圧変化によって鼓膜が押された感じである。だが、外は静かな節分の夜だ。気圧の激変などあろうはずはない。一休は水に潜って遠くなった耳を戻す時のように耳を軽く叩いた。

不意に養叟が口を押さえた。

「法兄、具合でも？」

養叟は口を押さえたまま首を横に振り、

「ちょっと吐き気を催しただけだ。もう治った。だい――」

口を押さえた手の下から養叟が「大丈夫」と言いかけた言葉にピンッあるいはピキッという鋭い音が重なった。

一休は匣のほうに振り返る。

匣を縛めた鎖が切れたと思った。

鎖は切れていない。

激しく揺れる銀燭の炎にもそれは明らかだった。

「何が起こっ……」

養叟の言葉が終わらぬうちに、また、鋭い音が響いた。確かに匣から発せられた音だ。だが、鎖に異常はない。鎖で固定された匣の蓋にも、また、異常は見られなかった。一休は養叟の顔を見やった。養叟は小さくうなずいた。養叟も目を大きく膨らませて匣を凝視している。

突如、匣をかたく縛めた鎖が撓《たわ》んだ。二本の銀燭の炎が揺れた。金属《かね》を裂くような鋭い音がした。一休は反射的に身構えた。

鎖が切れてその破片が飛び散ると思った。

だが、鎖はちぎれず、何の異常もなかった。

異常は鎖の下の匣にこそ起こった。

頑丈な鉛の匣の蓋が、横板が、大きく内側に凹んだのだ。

一休も養叟も何かおぞましい妖物が鎖を千切って匣から飛び出すと考えていた。

しかし、発生した異変はそれとは逆だったのである。

鎖はそのままで匣のほうが内側に向けて大きく歪み、撓み、凹んだのである。

一休と養叟が、なす術《すべ》もなく愕然と見つめるうちにも匣はさらに凹み、遂に内側に向けて破れた。養叟は思わず目を細くした。鉛の破れ目から妖しい光が発せられると考えたのだ。だが匣からは僅かな光さえ漏れはしない。

〈鉛の匣は空《から》だったのか？〉

そんな考えが一休の頭をかすめた。だが厳しい参禅で鍛えた神経が激しく危機を告げている。

何か恐ろしい事態が進行中だと一休に訴え続けているのだ。

鉛の匣は内へ内へと凹んでいく。何もない空隙《くうげき》に向かって凹み続ける。「空の匣」の中に呑まれていく。呑まれて破れ目から消えていく。消えた後には何もない。ただ「空の匣」を満たしていた「虚無」に呑まれ、呑まれ、呑まれていって――遂に匣は完全に内側に消えていった。

鎖が床に落ちる大きな音が仏殿に反響した。

その音が合図だった。

次の刹那、仏殿全体が幡幕のごとくはためいた。養叟は倒れまいと身を固くする。だが、一休は素早く銀燭に目をやった。燭台も蠟燭も香煙のような動きで揺らめいているが、炎は今までのまま、寸毫も変化していない。それに思い至ると一休は言った。

「案ずるな。本当にはためいているのではない。そのように見えるだけだ」

「では、幻術か⁉」

「いいや。これは幻術ではない。幻術ならば術者がいなくてはならぬ。だが術者は何処にもおらん。されど、わしらの〝識《しき》〟を幻惑する類の現象でもない」

〝識〟とは知覚や認知を指す仏教概念である。つまり一休は積年の参禅、修行、怪異との遭遇で培った神経で、目下の現象が目の錯覚ではないと看破したのである。

「これは……」

一休は瞼を半ば閉ざすと心眼で揺らめく仏殿内を見据えた。答えはすぐに出た。一休は言った。

「これは天の理、地の気が、このように見せているだけのこと。われらごときには説明つかぬが、天然自然の狂いぞ。つまりは地より湧く虹や観音菩薩そっくりの雲と同様の異象にすぎぬ」

一休は目下の仏殿の歪みや揺らぎが、光学的に発生した一時的な現象に過ぎないと見切ったのだった。

「では、あれはなんとする？　宙に浮くあの渦巻は？」

養叟は鉛の匣が消えて板床に重なった鎖の上方を指差した。

「渦巻じゃと？」

一休は示されたほうに視線を向け、目を見開いた。

見よ！

積み重なって山となった鎖の上、三寸二分ほどの低い上の空中に漆黒の渦巻が生まれつつあるではないか。

渦巻は最初は小指の先端ほどの大きさだったが、左回りに回転しながら、瞬く間に大きくなっていく。親指の先ほどに――槍の柄の太さほどに――孟宗竹を横に切った太さに――そして茶釜の口ほどもある大きさになったところで、不意に伸長は止まった。

「……これで終わりか」

養叟が囁いた。不安のためか、その声の底のほうが震えている。

一休はかぶりを振った。

「分からん。見続けるしかあるまい」

突然、渦巻がクイッと下がり、床すれすれで止まった。二人は見えない手に引かれたように身を乗りだす。

それを狙いすましたかのように渦巻は鋭い角度で上昇した。

と、猛烈な勢いで渦巻が一休に向かってきた。黒い塊が視界一杯に迫る。

一休は素早く身を躱した。

唸りを上げて一休をかすめた。

まばたきする瞬間の何百分の一という刹那、渦巻の全容が、一休の意識になだれ込んできた。闇よりもなお漆黒の渦巻の色。息も止められそうなほどの速度で左回転するその渦動。渦動の内部で凄まじい勢いで回り続ける暗黒光。暗黒光は微小な点また点の集まりだ。微小な点の一つびとつに人間の昏い情動が封じ込められている。その情動とは底知れぬ欲望・汲めども尽きぬ悪意・燃え盛り続ける憎悪・燻ぶるのを止めぬ嫉妬・影のように張りついて離れぬ恨み・渇きにも似た妬み・発した己さえ傷つけるほどの嘲り・常に口から迸る虚言・目に見え耳に聞こえる妄想・飽くなき野心・井戸より深い蔑み・常に覚える痛み・背中に貼りついた怠惰・相手を選ばぬ殺意も自らも含めたあらゆる者への嗜虐衝動もあった。

一休はそれらの全体に触れ、参禅で鍛えた直観力によって、それらの本質を見切っていた。

(純粋な邪悪で構成された虚無。あれが闇より黒いのは光を吸い込むからだ。悪は無目的な悪を生む。悪のための悪。悪を行うことが目的化した悪。すなわち虚無を)

超高速で回転する渦巻の中心に、一休の目は凝《こご》った暗黒光の集積を見た。

それが人間の形をしているのを見た。

それはこのうえもなく醜い人間である。

同時に、それはこのうえもなく美しい人間である。

それは一休の知るどんな天人よりも修羅よりも――御仏よりも美しい。

その存在は微笑んでいる。

微笑みつつ、一休に何か囁いている。

何かを一休に与えようとしている。

仏界や魔界を遥かに凌ぐ世界に一休をいざなっている。

一休にはそれが何刻もの長さと感じられたが、実際は、一刹那の何百分の一・何千分の一という極短時間に過ぎなかった。

五

「魔仏だ!」

一休は叫んだ。

その瞬間《とき》、一休すれすれまで迫った漆黒の渦動は自ら逸れて、鋭い角を描くや、今度は養叟に向かっていった。

「養叟、油断するな! 魔仏だ! その渦巻が魔仏なのだ!」

渦巻は身構えた養叟の顔面すれすれに迫り、次いで撥ねあがり、下降して、本尊仏の正反対――本尊仏と真っ向対峙する位置まで空中を滑ると、板床より六尺の宙に留まった。

大きな音が仏殿に響き渡った。養叟がその場に腰から身を落とした音だった。一休は養叟のほうに駆け寄る。

「大丈夫か？」

と声を掛けて、一休は養叟に手を貸して引き起こした。握った手が氷のように冷たい。養叟もあれを見た。と、一休は察した。

「あれは……」

苦しげに洩らした養叟の声は死に際の老人のようだった。

「……あれは何なのだ？」

「六代将軍足利義教が魔仏に変生するため、己が心より分離した悪心や欲望や邪悪――純粋な悪そのものだ」

一休は黒い渦動体から目を話すことなく、厳然と答えた。

「義教は間違っていた。人は己が心より邪悪を分離しても魔仏にはなれぬ」

「それでは魔仏とは人心より分離された悪心邪悪のほうだというのか。形なき邪悪が人の形をとって魔仏になると？」

「違う」

と一休は断じた。

「真に恐懼《きょうく》すべきは悪心だの欲望だの邪悪だのではない。無目的な悪だ。愉悦や法楽のために悪しき行為を行うのは真の悪ではない。真の悪とは無目的だ。悪のために行われる悪。殺戮のために行なわれる殺戮。戦いのために戦われる戦い。それこそが真の悪だ。目的を持った悪ならば人間界のみならず魔界にも修羅界にも天界にも有り得る。我らが釈迦如来は悪や執着より解脱せよと説かれ成仏得脱《じょうぶつとくだつ》せよと説かれた。だから魔界の者も天界の者も修羅界の者も仏と成りえる。だが、魔仏はそんな道とは遠く離れた存在だ。如何なる悪も欲望も邪神をも吸い込む虚無――それが魔仏なのだ」

「ば、馬鹿な。お主は詭弁を弄しておる。邪悪に生きようが、魔界にあろうが、御仏の教えに触れたならば――」

そこまで言った養叟の言葉を一休は押し戻した。

「虚無に触れた瞬間、地獄におろうが、極楽におろうが、吸い込まれる。虚無そのものとなる。光も知恵も闇も暗愚も何もかも吸い込まれてしまうのだ――魔仏に」

一休が断じると養叟は息を呑んだ。沈黙する。一休も沈黙した。漆黒の渦巻もまた音もなく超高速で回転し続ける。

広々とした仏殿に、ただ蠟燭の芯の燃えるか細い音だけが聞こえていた。

ややあって養叟が静寂を破った。

「ならば……」

一休は養叟に振り返った。

「なんじゃ？」

蒼白な顔で養叟は口早に尋ねた。

「ならば、何とする？　魔界ならば仏界と同じ理《ことわり》が通ずるから心経や祈りで封ずることも出来よう。だが、相手が虚無では心経も祈りも通じはしないぞ」

「……さてのう」

と一休は唇を歪めた。

「わしらも、いよいよ年貢の納め時やもしれん」

「ふざけるな。真剣に問うておるのだ」

そう吐き捨てると養叟は合掌した。瞼を半眼にして口の中で低く心経を唱えはじめる。最後まで御仏の力に頼ろうと言うのではない。他に何も出来ないから、こんな真似をしだしたのだ。それを痛いほど知っているので一休は兄弟子を揶揄することは出来なかった。

無気味に回転する漆黒の渦巻を見つめながら一休は自問する。

（何か出来るはずだ。何か……）

だが、何も思いつかない。頭は雑巾できれいに拭われたように空白であった。

（こんなことになったのも山名の糞タワケが余計な真似をしくさったからだ）

一休は歯噛みした。

（もし無事に朝を迎えられたら必ず奴の頭を一発どやしつけてやる）

そう考えた時、頭の中で笑い声が響いた。山名持豊の笑いではない。そもそもこの事態を起こした張本人。六代将軍足利義教の哄笑だった。

（可笑しいか、義教？）

一休は心の中で哄笑する足利義教に問うた。

（貴様の捨てた邪悪が虚無に育ち、いま、魔仏という名の化け物に変化して、朝になれば、この仏殿を手はじめに何もかも呑みこみ、京はおろか天下万物の一切を呑みこんでしまうのがそんなに

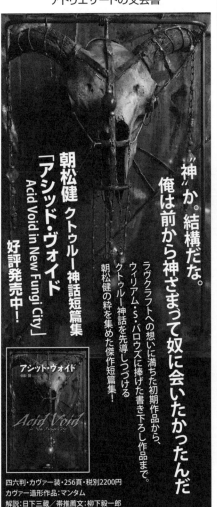

可笑しいか)

一休と養叟の眼前で渦巻は物凄い勢いで回転し続けている。その漆黒の回転を凝視するうちに一休には渦巻が魔仏の坐する蓮華座とも思えてくるのだった。

(喜ぶがいい、義教。貴様のひった邪悪がかくもおぞましい魔仏に変じた姿を)心の中でそう吐き捨てた時、一休の心に閃くものがあった。(義教のひった邪悪だと?)一休は心で呟いた。(ということは……これもまた、かつては人間《ひと》の心にあったもの。すなわち自然の理の一つであった……「禅林類聚《ぜんりんるいじゅう》」に曰く、千江《せんこう》、同一の月、万戸《ばんこ》ことごとく春に逢う、と。……千の川に映る月はいずれも同一の月である。一万もの家々に訪れる春は全て同じ春に他ならない。一視同仁《いっしどうじん》。月にも春にも区別はない。いずれ平等に、天地自然が恵みたもうたもの。ならば魔仏と呼び虚無と呼ぶも、我らの天地自然に存在する限り、未だ天の恵み自然の賜物《たまもの》の一つに他ならぬ……)

一休の瞳に光が拡がった。

その双眸で漆黒の渦巻をひたと睨み据えると、一休は養叟の腕を摑んだ。

「なにをする?」

心経を唱えるのを中断されて小さく叫んだ養叟の腕を摑んだまま、一休は踏み抜かんばかりに床を蹴った。兄弟子を引いて漆黒の渦巻めがけて突進する。走りながら一休は祈った。

(南無釈迦如来、我らを助けたまえ)

見る見るうちに渦動が迫る。その中心で渦巻く暗黒光、暗黒光で形づくられた魔仏という名の虚無に呼びかけた。

「貴様らも元はと言えば足利義教の胸中にありし、悪心邪心。その人の形は本来の姿に非ず。されば、その偽りの姿を解いて悪心邪心へと戻り、一休宗純と養叟宗頤の肚《はら》へと入るべし」

「そうか」

と小さく叫び、養叟も叫ぶ。

「わたしの心に入れ。入ってわが心の闇となれ。影となれ」

一休が声を限りに叫んだ。

「我が肚に入りて、我が糞となれッ!」

そして——二人は闇よりもなお黒い渦動の中心へと飛び込んだ。飛び込むと同時に渦動の中心から奇怪な声が発せられた。

「唵《おん》・魔茶《らくしゃさ》・娑嚩賀《そわか》」

しっかりと耳に響くその声は一休も養叟も聞き覚えのある六代義教のものに相違なかった。義教の声は言った。

「呑みこんでくれる。双方ともそのまま魔仏の構成因子となれ」

「なるものか。貴様ごとき魔仏でもなんでもない。義教がひった糞だ。吐き捨てた痰だ。義教のいじけ歪んだ心より絞り出された膿に他ならぬッ」

そう決めつけた瞬間——。

一休と養叟は暗黒の渦動に飛び込んでいた。

*

仏殿の扉より差し込める光で二人は目が覚めた。扉を開いたのは外で控えていた平僧であった。仏殿内で凄まじい音や叫ぶ声がしても平僧は扉を開くことなく、養叟の命じた朝——卯の下刻まで待ち続けたのである。

我に返った一休と養叟はまず互いの顔を確かめた。一休は少し煤けてうっすら銀の髭が伸びかけていたが、いつもの顔の一休だった。養叟もすっかり蒼ざめて病人のようにやつれてはいたが、端正な容貌は全く変化していない。

「どうやら……」

「お互い魔にも邪にも取り憑かれてはおらぬようだの」

そう呟き合って養叟と一休は笑みを拡げた。

「ご住持、鉛の匣は……」

仏殿の真ん中に積まれた鎖の山を見て平僧が尋ねた。

「案ずることはない。封ぜられたものは、わたしたちが処分した」

「しかし鉛の匣もございませんが」

怪訝な顔で尋ねた平僧に、一休は答えた。

「中身と一緒に、鉛の匣もわしらが食ってしまったのさ。お陰で、わしらの心はもう清浄ではなくなった。わしは今まで以上に口の悪い助平な意地悪爺になってしまったし、法兄はお前が知るより遥かに居丈高で、知識や出自を鼻に掛けた厭な奴になってしまったかもしれんがな。なに、心配はいらん。それだけのことだ。わしら等しく大徳寺派の名僧、華叟宗曇《かそうそうどん》師より、禅の道において悟りを得た者と印可状を賜った身じゃ。如何なる闇、如何なる魔が、我らの心に忍んだとて、人も殺さねば、戦さを仕掛けたりもせん」

この一休の寝ぼけたような言葉に平僧は思わず問い返した。

「……はあ？」

その顔を見た養叟は、

「分からんか。普通一般の人間は分からぬでよい。分からぬほうがいい話だ」

そう言うと声をあげて笑いはじめた。

笑い続ける兄弟子に笑い返した一休は、次いで、あの漆黒の渦動のあったほうに、静かに一礼した。それから、誰に訊かせるでもない即興の道歌を口の端に上らせた。

我が心そのままほとけ生きぼとけ
　波を離れて水野あらばや

note◆舞台が室町時代、一休宗純が主人公で、〈コスミック・ホラー〉……いや、驚くにはあたらない。朝松健はこれまでに幾度となく、時代小説の器を現代のホラーで満たしてきているからだ。一休もので思い出すままに挙げても、これまでに短篇では「生きてゐる風」「邪曲回廊」「応仁黄泉圖」などがあり、長篇にも『一休魔仏行』（本作とはまた別の魔仏の物語）がある。

いずれも傑作だが、本作は編集部の「一休ものでコスミック・ホラーを」という依頼（いや挑戦か？）を作者が受けて立った、文字どおりの会心の作。お楽しみいただけますよう。

前号で御紹介した、室町の戦乱を主題にした作品も、着々と執筆中。

二〇一八年の朝松健に、さらなる御声援を！

ナイトランド・クォータリー vol.12

不可知の領域──コスミック・ホラー

編　者　アトリエサード
編　集　牧原勝志
岩田　恵
鈴木　孝
徳岡正肇
望月学英

協　力　トライデント・ハウス
（《ナイトランド》スタッフ）
エドワード・リプセット
朝松　健
植草昌実
小笠原勝
高橋葉介／竹岡啓
渡辺健一郎／ Stephen Jones

発行日　2018 年 2 月 28 日

発行人　鈴木孝
発　行　有限会社アトリエサード
東京都新宿区高田馬場 1-21-24-301
〒 169-0075
TEL.03-5272-5037 FAX.03-5272-5038
http://www.a-third.com/
th@a-third.com
振替口座／00160-8-728019
発　売　株式会社書苑新社
印　刷　株式会社平河工業社
定　価　本体 1700 円＋税
ISBN978-4-88375-302-4 C0390 ¥1700E

■編集後記■創刊3年目を締めくくる特集では、宇宙的恐怖《コスミック・ホラー》に〈クトゥルー神話〉とは別の角度からのアプローチを試みました。ホラーの核心を捉えていたラヴクラフトの偉大さには脱帽するのみです。Vol.13は5月、テーマは「切り裂きジャック」。歴史上の事件、伝説の殺人鬼を題材にした、内外の小説家たちの華麗な競演にご期待ください。（マ）